薄田泣菫《すすきだきゅうきん》読本

倉敷市・薄田泣菫文庫調査研究プロジェクトチーム【編】

翰林書房

薄田泣菫読本 目次

第2部　泣菫の作品鑑賞

第3部 資料編

序

文学史はその時代に画期的な業績を残した作家・作品を定位した文学の歴史である。しかし歴史的記述の限界として、その「画期的」なるものは、つねにその時々の記述者の、あるいは時代の価値観によって左右される。が、やがてそうしたブレが修正されながら、大方の認知する〈妥当な〉説として収まりどころをえて、そこに新たな知見が積み上げられ、再びブレと修正を繰り返してゆく。

価値観を形成するものは、記述者の生きる時代（政治や経済）の状況であったり、諸科学から導き出された思想、ひいては個人の信仰・信条、経験的感情であったりする。だから、極論すれば文学史は誰がどのように書いてもいいのである。時流・時節の勢いで筆が滑ったにせよ、それが後世の歴史的考察の材料にでもなれば記述者はもって瞑すべしである。

さて近年、ＩＴ技術の飛躍的進化によって、それまで物理的に風化したり、あるいは意図的な圧力によって姿を消されていた過去の情報が、大量によみがえりはじめている。ことに近現代文学に関しては、パソコンの前にいながらにして容易にそのデータを確認することができるようになった。今まで不揃いだった雑誌や新聞記事も、あるいは原資料レベルの情報にいたるまで、発見・発掘さえされれば、やがてほぼ完全な形で、共有情報として閲覧が可能になりつつある。これは研究者にとって画期的な状況変化といっていい。表舞台から抹消されていた作家・作品、そしてそれらにまつわる周辺情報までが、今わたしたちの目の前に現れ、その再評価と過去の文学史的定説の再考を迫っている。

もちろん文学史の中に彼らのあらたな座標を見つける場合にも、わたしたちがそれぞれに抱懐する〈今〉の価値観を尺度とすることは免れない。その点、かつての文学史構築の作業と同じ限界に置かれていることに変わりはない。

しかしその過程にあって、文芸批評の反証不可能性に隠れて、つごうのいい論法や感性やを振り回すような言説は、もはや文学研究とは異なる別のなにものかとして区別しなければならない時代になった。

臆断や予定調和を許さない、つごうの悪い資料はしばしば平然と現れる。したがって、これからは情報の収集能力のみならずそうした資料をいかに捌き、研究史のなかにどう編みこんで一歩を進めて行くかが研究者の力量ということになろうか。であれば、そうして得た成果を謙虚に披歴して、広く是非を請う研究者の〈誠意〉がますます求められることになる。

＊

さて、わたしがいま不器用に言葉を重ねなければならなかったのは、本書『薄田泣菫読本』の基幹に、その〈誠意〉という一本の太い筋道が貫かれていることを言いたいがためであった。

本書のねらいは、もちろん薄田泣菫の再評価と、そのきっかけを広汎な読者に用意して、泣菫の存在意義をあらためて指し示したいというところにある。執筆メンバーは近年、倉敷市に収蔵された「薄田泣菫文庫」という膨大な新資料と向き合い検証し、『倉敷市蔵　薄田泣菫宛書簡集』三冊（平成二六～二八年）にまとめ上げた、いま最も深く新しく、薄田泣菫の世界を知る顔ぶれである。そうした作業を経る中で、姿を現してきた、あらたな薄田泣菫の人と文業を、なんとしても多くの人々に広く再認識してもらいたい、その熱意の結晶がこの『薄田泣菫読本』である。

従来の文学史上の泣菫は、明治三〇年代初期から四〇年代初期に〈泣菫有明時代〉を形成し、典麗優雅な古典的浪漫詩によって文語定形詩を完成した詩人として定位されている。もちろんそれは特筆されるべき業績でなければならない。が、薄田泣菫は日本近代詩の潮流の〈一点〉として閉じられてしまうような存在ではない。多くの文学者がそうであるように、その後の泣菫もまた、岐路や停滞、奮闘と成熟といった長いスパンの中でその文業は評価されなければならない。

そうした全体像は、研究者による評伝あるいは専門的学術書でカバーすればいい、ということになるのかもしれない。けれどもそれは少数の碩学の延々たる努力の結実を待たなければならない。松村緑『薄田泣菫』（昭和三一年）、同『薄田泣菫考』（昭和五二年）、三宅昭三『泣菫小伝』〈一～一〇〉（平成一四～二四）など、先駆的業績や精緻を極めた労作など、学究的営為はたしかにある。

しかし、近現代文学史の記述は、次世代の作家にスポットを当てるのに急である。加えて、専門家による重厚な研究書は、一般の文学愛好者からは難解で敷居の高いものと映って、広く世間に流通することがない。

しかも現代の若い人たちにとって、〈近代〉の文学は、自分の日常から、はなはだ遠い〈古典〉になってしまっている。教職に身を置く人たちには実感されることであろうが、今の小中高生が近代文学に触れるのは教科書のなかだけであり、それらは断片的な知識として、さらにいえば、入試問題の素材のレベルで閉じられてしまっている。最も精神性の豊かなときに、彼らには近代文学による多様な〈世界〉に導かれる機会はほとんどなく、したがってあらたな情調の発見や理性の転回する驚きも経験せぬまま、やがて、彼らは慌しく実社会に出てゆくことになる。

＊

これは近代文学のみならず、今の日本文学受容の全体的状況であると見ていい。この硬直した脆弱な文学享受の状態に、いかにして風穴をあけ、文学作品とその作家世界の魅力をまんべんなく、平易に読者に伝えるか、というのがすなわち「読本」（＝入門書・案内書）というものにあたえられた役割である。

本書『薄田泣菫読本』は、最新の資料と最新の研究をふまえて成った、泣菫の人と文学を知るための恰好のガイドブックである。まず「第1部　泣菫の生涯」では、詩人としての泣菫を再確認し、その華々しい詩壇の第一人者が、四一歳にして襲われた、パーキンソン病という難病と闘いながら六九歳で生涯を閉じるまでを通観し、〈文学人〉としての栄光と苦悩・再生と終焉とを、分かりやすくたどれるよう各所にコラムや貴重な写真を配して、人・薄田泣菫をより親しみを持って知ってもらえるように配慮した。

次いで「第2部　泣菫の作品鑑賞」へと分け入る。まず泣菫の創作の金字塔「詩」について代表的作品を掲げ、「解題（現代語訳・語釈・鑑賞）」を付して、その魅力を深く味わえるようにした。次いで、その後の泣菫が圧倒的な時間をかけて延々と発表した「随筆」に移る。このジャンルは詩業に劣らぬ彼の創作世界におけるもう一つの果実である。

その多方面にわたる知識と、柔軟な観察力、そしてやはり詩人ならではの無類の感受性、これらが総合された明晰な理性がウイットと皮肉とペーソスとによって独特の余韻を醸し出す文章は、それまでの日本の文壇にはなかった、いわゆる本格的「エッセイ」のスタイルを切り開いた大きな業績である。珠玉の数篇を紹介したので、その妙趣を十分に堪能していただきたい。

続く「第3部　資料編」は「第1章　語られる泣菫」と題し、泣菫をとりまく多様な文化人の証言が紹介される。いわば相対化された、泣菫の素描である。そこに焦点を結んで立ち現れる泣菫像は、読む者によってさまざまに彼の人となりを解釈させる興味深いものだろう。

泣菫の人間ネットワークについて一言すれば、それは詩壇のみにとどまらず、『大阪毎日新聞』学芸部編集長としての位置にあってから、あらゆる方面の人々との交流が開け、むしろこの時からこそが、さらなる泣菫の潜在的能力が開花し、〈ジャーナリスト薄田泣菫〉の面目が躍如とし始めたときであった。新旧、公私にわたる多彩な文化人との交流は、先の『倉敷市蔵　薄田泣菫宛書簡集』三冊に収まりきらないほど大量多岐であった。他者が見た薄田泣菫評は、彼を一歩踏み込んで知るための好材料となるはずである。

「第2章」に年譜を付し、従来の研究成果を統括しつつ、煩瑣をさけて適宜内容を取捨するとともに、最新の情報を付置して、あらたな薄田泣菫の生涯をコンパクトに再編した。

「第3章　ゆかりの地」は、倉敷、京都、大阪、津山など、泣菫にちなむ地域を地図や写真を豊富に用いて泣菫の生きた空間をビジュアルに再現する。

「第4章　薄田泣菫関連情報」では、今後の泣菫研究に欠かせない現在に至るまでの主要参考文献名を記し、倉敷市蔵「薄田泣菫文庫」の概要などをお知らせする。また、地元〈薄田泣菫顕彰会〉のみなさんによって大切に保管されている同市連島にある泣菫生家、各所に点在する泣菫文学碑等の紹介もしている。なお、倉敷市では泣菫出生の地としてさまざまな記念行事が行われ、文化活動も盛んである。その中心的役割を長年にわたって果たしてきたのが地元有志の方々によるこの〈薄田泣菫顕彰会〉であり、わたしたちもずいぶんお世話になった。同会についても紹介したので、実際に現地を訪れるさいや文学散歩のおりなどに、ぜひ同会にお声をかけられてはいかがだろうか。泣菫が一段と身近になる情報が得られるはずである。

＊

薄田泣菫は明治詩壇の雄としてのみ、あまりに長く文学史の中に定位され続けた。その業績を再認識するとともに、これまで照明の当たらなかったその後の泣菫をも知っていただきたく、難病を抱えつつも、エッセイスト、ジャーナリストとして大正・昭和の時代において、よりいっそうの活躍をくり広げ、文壇に読書界に、輝かしい足跡を残した人物であったことを、本書によって少しでも御理解いただければ、執筆者一同これにすぎる喜びはない。

（片山宏行）

第1部

泣菫の生涯

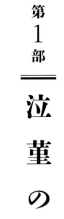

第1章

出発期

1877〜1898

1　生い立ち

　薄田泣菫は明治一〇（一八七七）年五月一九日、篤太郎と里津の長男として、岡山県浅口郡大江連島《つらじま》村（現、倉敷市連島町連島）に生まれる。本名は淳介《じゅんすけ》。上に二歳上の姉アヤ、下に三歳下の弟鶴二がいた。

　薄田家の先祖については、泣菫自身が「大男」（『茶話』収録）という文章で「隼人の後裔」と語るように、大坂の陣で活躍した豪傑薄田隼人正《はやとのかみ》兼相《かねすけ》の弟で、大坂落城の際に連島に落ち延びた薄田次郎兵衛尉《ひょうえのじょう》兼房《かねふさ》だと伝えられる。兼房はこの地で三宅姓を名乗っていたが、兼房から数えて九代目の惟忠の時に薄田姓へ復し、それまで生業にしていた酒造業から医業に転じる。その子如圭《ゆきよし》も医業に携わったが、子のないまま没した。そのため、遺言によって分家（西薄田）の泣菫の父篤太郎が、跡を継ぐことになった。泣菫数え年六歳の時、篤太郎は一家を連れて、今は泣菫生家と呼ばれている本家邸へ移り住む。村役場に勤め、後に助役にもなった篤太郎だが、分家から本家を継いだという責任からか、薄田本家から引き継いだ土地の耕作にも余念がなかったという。

▲父薄田篤太郎

▲母薄田里津

▲月岡芳年『魁題百撰相』より「薄田隼人」（町田市国際版画美術館蔵）

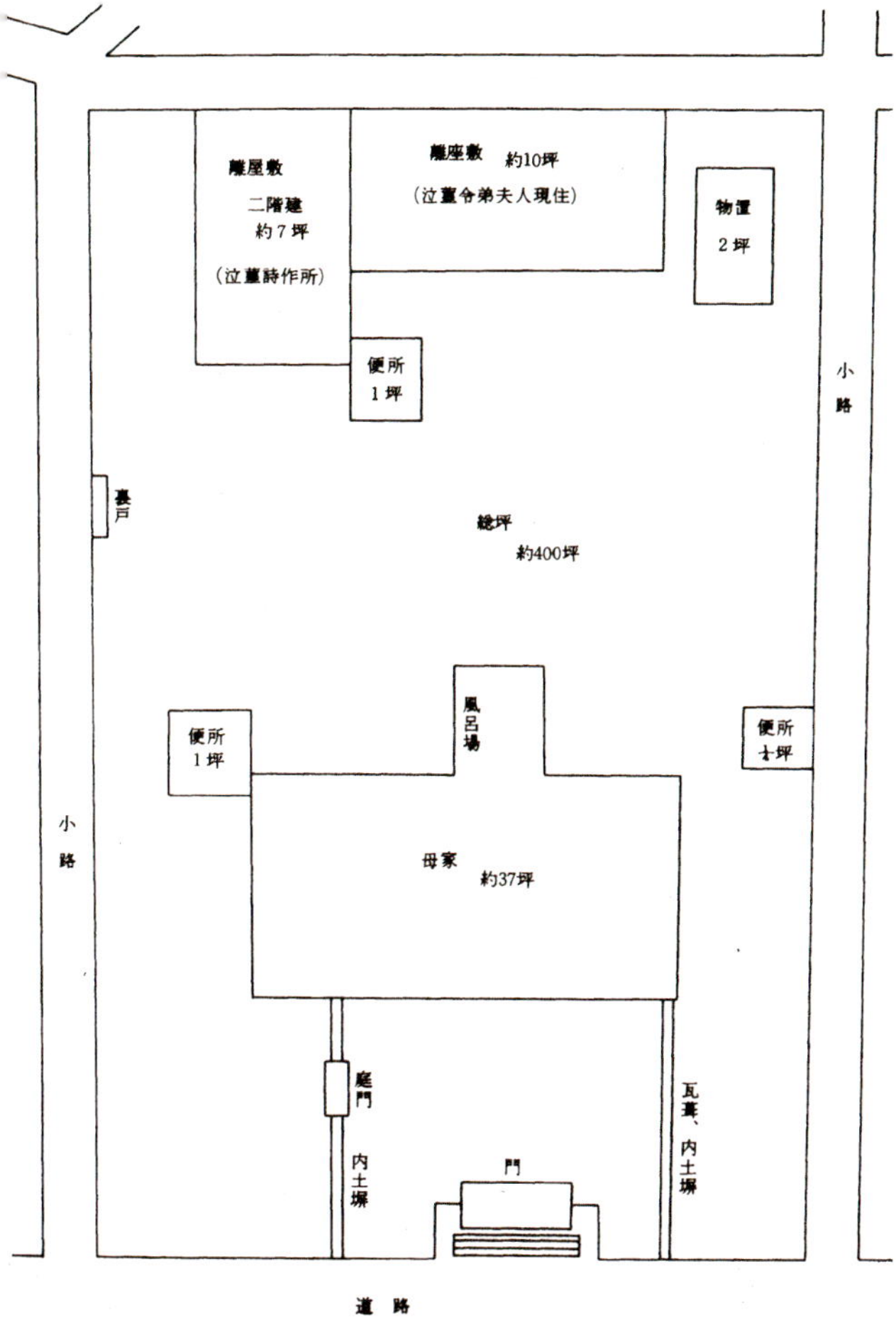

▲左図面左上の離屋敷（土蔵）。この二階が若い頃の泣菫の勉強部屋だった。ここで詩作もしていたという

◀薄田泣菫生家配置図（永山卯三郎編著『倉敷市史』名著出版、昭和48年より）。現在泣菫生家として保存されている建物は母屋だけだが、その奥に離れがかつてはあった

また、泣菫が「自伝」（『現代詩人全集　第二巻』新潮社、昭和五年）の中で、父を「半農半俳」と呼んでいるように、篤太郎は農業にも勤しむ傍ら、湖月庵清風という号を持つ俳人であり、「豊崎薇邦（江戸末から大正期にかけて活躍した連島西之浦出身の俳人――西山注）と共に我連島俳界の宗匠であった」（『連島町史』連島町誌編纂会、昭和三一年）。俳句以外にも、日本外史の講義を村の青年達にすることもあったという。

▲母屋の前庭で。左から父篤太郎、甥清、母里津、次女和子か

先代如圭も医業の傍ら漢詩や篆刻の趣味を持ち、その姉妹には画を描く者もいたという。こうした家系・家庭環境が、泣菫の人生に影響を及ぼしたことは想像に難くない。弟の鶴二も日露戦争に出征した後、金尾文淵堂や獅子吼書房で出版業に携わり、最後は中国民報社で支配人にまで登り詰めるなど、やはり文筆に関わる仕事に従事している。

▲現在の宝島寺から

また、後年の泣菫の文学活動への影響ということでいえば、泣菫は故郷連島の山海について「赤土の山と海と」（『艸木虫魚』収録）の中で、次のように語っている。

> 私の郷里は水島灘に近い小山の裾にある。山は格別秀れたところもないが、少年時代の遊び場所として、私にとつては忘れがたい土地なのだ。
>
> 山は一面に松林で蔽はれてゐる。赤松と黒松との程よい交錯。そこでなければ味はれない肌理《きめ》の細かい風の音と、健康を喚び覚させるやうな辛辣な空気の匂とは、私の好きなものの一つであつた。
>
> （中略）
>
> 海が遠浅なので、私はよく潮の退いた跡へおり立つて、蝦や、しやこや、がざみや、しほまねぎや、鰈や、いろんな貝などを捕つた。私はこれらのものの水のなかの生活に親しむにつれて、山の上の草木や、小鳥などと一緒に、自分の朋輩として彼らに深い愛を感ずるやうになつた。そしてこの世のなかで、人間ばかりが大切なものでないことを思ふやうになつた。
>
> あの小高い赤土の松山と遠浅の海と。――思へばこの二つは、私の少年時代を哺育した道場であつた。

▲弟薄田鶴二（明治 35 年 8 月撮影）

このように、泣菫は故郷の豊かな自然環境が、自らの世界観や想像力を育む彼にとっての「道場」だったと回想している。

▲生家の裏山西にある宝島寺から亀島・瀬戸内海を望む。明治末～昭和前期頃の撮影と思われる（倉敷市歴史資料整備室蔵）

◀生家の裏山から東を望む。撮影年代不明

◀生家の裏山から南、亀島を望む。左下に見える幾つかの屋根が生家と思われる。撮影年代不明

明治一六（一八八三）年、泣菫は近所の連島小学校（当時は知新小学校とも）に入学する。当時の小学校制度では初等科・中等科各三年、高等科二年であったが、泣菫が中等科に進んだ頃、

制度改革によって尋常小学校・高等小学校各四年という体制になり、連島小学校には高等小学校が置かれなかったため、西之浦小学校（当時は西浦小学校とも）に通うことになる。だが、こ

の転校はまだましで、その後、西之浦の高等小学校は一時玉島の高等小学校に併合されることとなり、泣菫は玉島まで片道九キロほどの道のりを徒歩で通学せねばならなくなった。

▲明治期の連島小学校（現、連島東小学校）

▲明治～大正期の西之浦小学校（現、連島西浦小学校）

▲大正期の玉島小学校

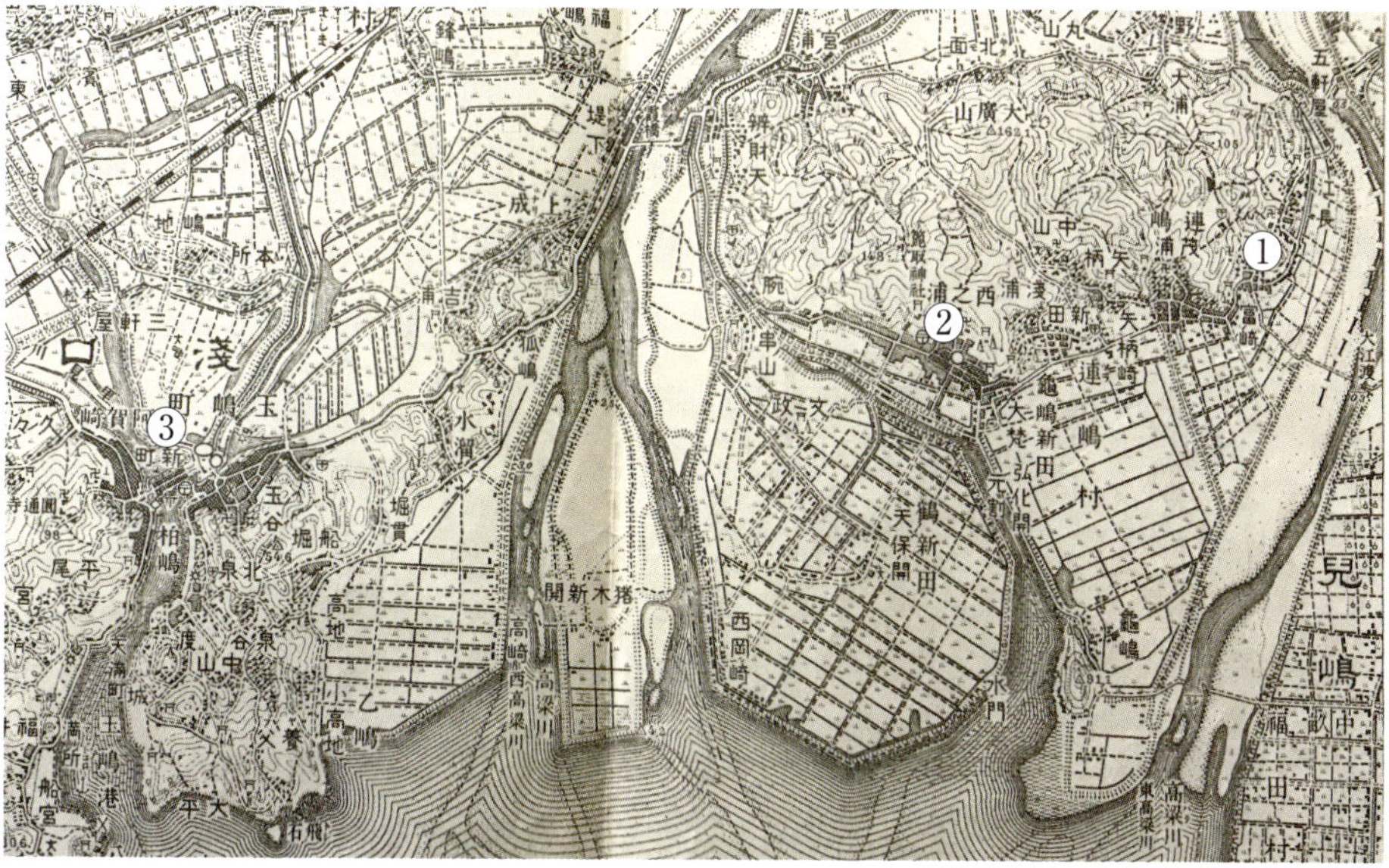

▲明治期の連島・玉島方面の地図（大日本帝国陸地測量部『玉島』地図（明治 43 年）より、倉敷市歴史資料整備室蔵）
①大江（泣菫生家・連島小学校）②西之浦（西之浦小学校）③玉島（玉島小学校）

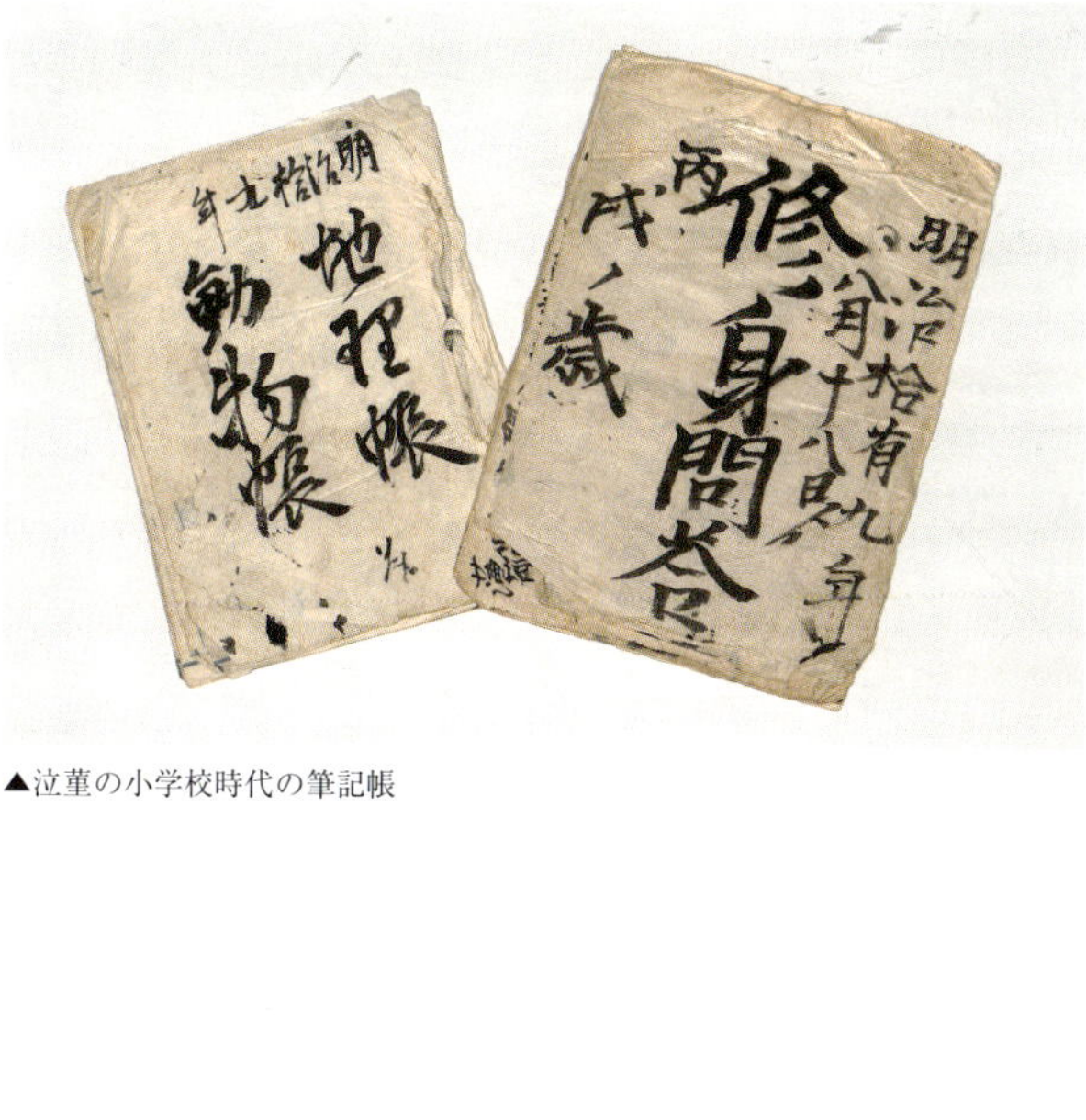

▲泣菫の小学校時代の筆記帳

2　岡山県尋常中学校にて

明治二四（一八九一）年三月に玉島高等小学校を卒業後、泣菫は同年九月に岡山県尋常中学校（現、岡山県立岡山朝日高等学校）に進学する。同年同月に終点が岡山から福山まで延びた山陽鉄道を使って最初は通学していたが、長男泣菫の教育に熱心だった父篤太郎が、始発までまだだいぶ時間があるにもかかわらず朝早くから泣菫をせきたてて駅に送り出そうとするのに閉口して、結局岡山に下宿することにしたという。

岡山で泣菫は、東田町の永楽舎という下宿屋から通学することになる。この下宿の離れ家で同室になったことから生涯の親友となったのが、松尾哲太郎（後に第六高等学校教授）である。玉島出身の彼は、当時岡山の武内書店から発行されていた小学生向きの投稿雑誌『をしへ』（明治二一年一〇月創刊）に、幼き日の泣菫が投稿した文章を読み、その巧みさから直接会う以前に名前を記憶していたという。そして、実際起居を共にして驚いたのが「記憶力の良い事」で、「一度読んだ事は決して忘れないらしい」「天才肌な人間です。（中略）頭がよいので話が面白く、皮肉が矢継ぎ早に飛びますが、決して相手を不快にしない」ともいう（松村緑「松尾哲太郎先生聞書」『岡山春秋』昭和二八年五月）。後にその該博な知識を生かして『茶話』等のエッセイで人気を誇った、泣菫の片鱗をここに垣間見ることができるようだ。

ただし、器械体操は苦手だったという泣菫自身の証言も残っている。

▲中学時代の泣菫と友人。右から松尾哲太郎、白石通則、泣菫（明治25年4月撮影）

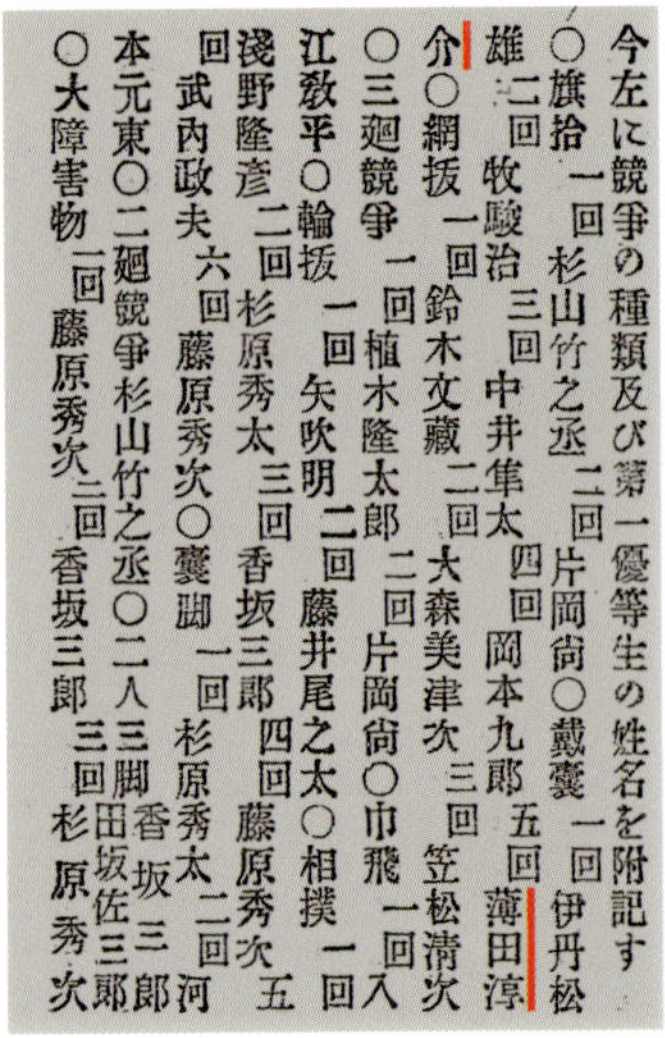

今左に競爭の種類及び第一優等生の姓名を附記す
○旗拾　一回　杉山竹之丞　二回　片岡尙○戴嚢　一回　伊丹松雄　二回　牧駿治　三回　中井隼太　四回　岡本九郎　五回　薄田淳介○網扱　一回　鈴木文藏　二回　大森美津次　三回　笠松淸次○三廻競爭　一回　植木隆太郎　二回　片岡尙○巾飛　一回　入江敎平○輪扱　一回　矢吹明　二回　藤井尾之太○相撲　一回　淺野隆彦　二回　杉原秀太　三回　香坂三郎　四回　藤原秀次　五回　武内政夫　六回　藤原秀次○嚢蹴　一回　杉原秀太　二回　河本元東○二廻競爭杉山竹之丞○二人三脚　香坂三郎　田坂佐三郎○大障害物　一回　藤原秀次　二回　香坂三郎　三回　杉原秀次

▲「運動会記事」（『尚志会雑誌』第20号、明治26年6月）より。「戴嚢」という競技の5回戦で泣菫が1等を取っている。ただし、当時のこの運動会は競技というより遊戯的要素が強かったともいう（岡山県立岡山朝日高等学校資料室蔵）（赤線は西山）

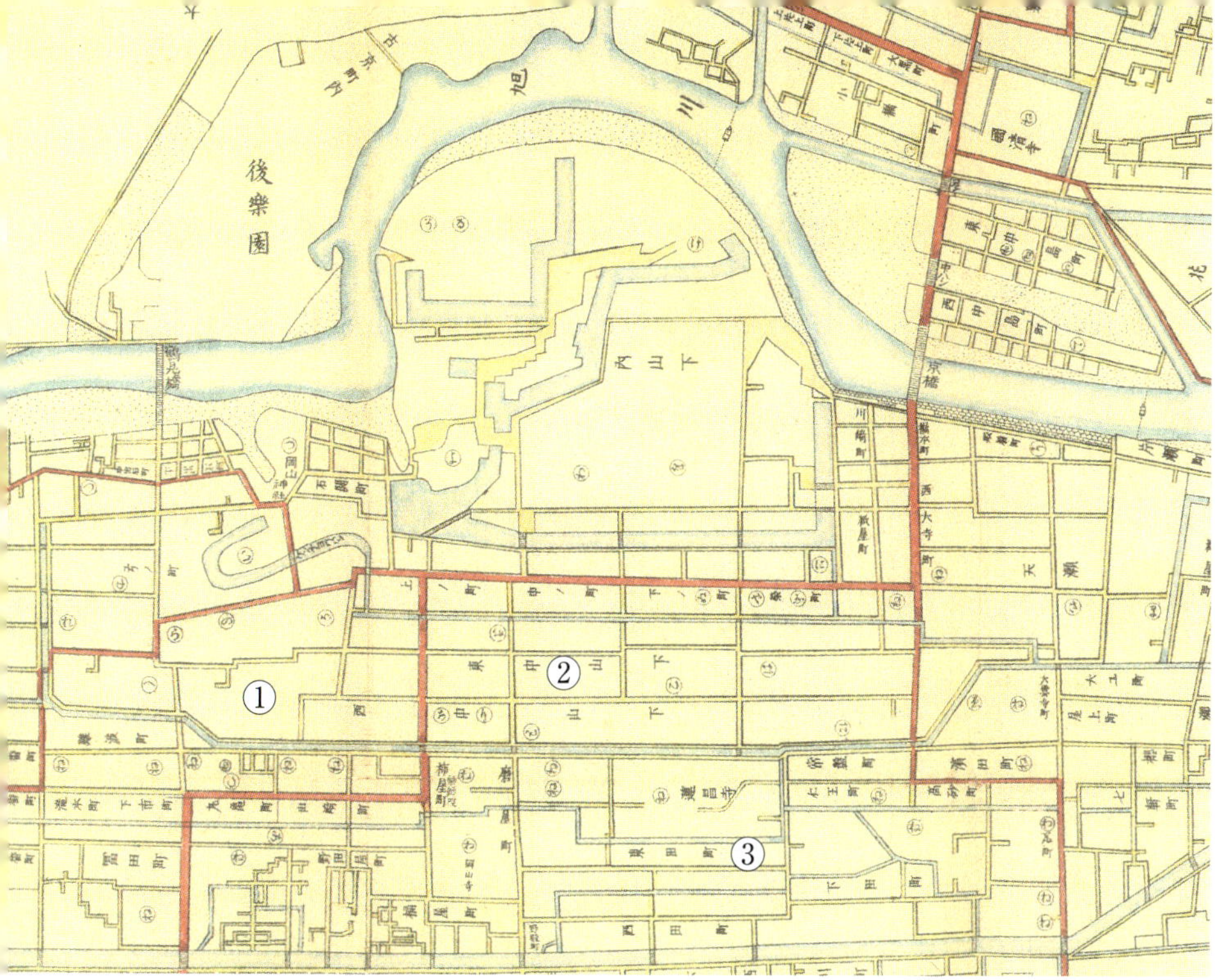

▲明治期の岡山市街の地図（『新撰岡山市明細図』（明治24年）より、岡山県立岡山朝日高等学校資料室所蔵）。①岡山県尋常中学校、②岡山基督教会（84ページ参照）、③東田町（泣菫の下宿先永楽舎があった）。地図上部に旭川と岡山城址があるが、そちらが東となる

◀明治20年代の岡山県尋常中学校校舎（岡山県立岡山朝日高等学校資料室蔵）

▲岡山県尋常中学校校舎（中央）。ただし、写真は明治後半のものと見られる。旧藩校以来の講堂（右）や柳川（左手前）も見て取れる（岡山県立岡山朝日高等学校資料室蔵）

だが、この岡山県尋常中学校を泣菫は二年で退学している。同窓の馬場屖一（境外）によれば、泣菫のいた「二年のシー組といへば学校中の腕白者の一連」で「ストライキの相談ばかり」するクラスだったため、学年末試験で三十名ほどのクラス中二十三名が除名や落第扱いとになったという（馬場境外「薄田泣菫と岡山中学」『白虹』明治四〇年五月）。泣菫も、軍人上がりの体操教師といざこざを起こすなど、とにかく「行状」すなわち素行点が、クラスの中でも特に悪かった。その結果、やはり上記の学年末試験で除名扱いになり退学する。

◉本學年の教科用書

前學年に於ける教科用書と多少變動ありたれば左に記す

自明治廿七年九月 迄仝廿八年七月 教科用書表

	一年級	二年級	三年級	四年級	五年級
倫理	朱子小學外篇 上 勅語衍義	仝 仝 下	論語 仝 一、二	仝 仝 三	仝 仝 四
國語	高津、上田 國文學 文法 口授 上	仝 仝 下	中學讀本 仝 三	仝 仝 四	仝 五
漢文	本朝蒙求	孟子 一、二	仝 三、四	孟子 文章軌範 四	仝 史記傳抄 仝
英語	ローヤル第三 スターー第四 ガツケンボス小米國史	スターー第五 ジツケンズ英國史 スヰントン大文典	ラセラス ユニオン第四 仝	仝 ピカー	スヰントン英文學 ミルトン論 シーザー
歷史	天野、前橋 日本歷史	長己、小川 萬國史要	山本 新支那歷史	松本 日本史料	スヰントン萬國史
地理	中村 中等地理日本ノ部	山上、濵田 新撰萬國地理	クラーク地理書	ゲーキー地文書	日本政治地理 口授
數學	田中 中等算術書 菊池 初等幾何學教科書	仝 スミス大代數	仝 ショビ子ー幾何書	仝 仝	トツホンター 大三角術
博物	敬業社 動物學 植物學 鑛物學		呉 新選人身生理學	白井 植物學教科書	石川動物學教科書
物理		ヌチユワート小物理		スチユワート大物理	仝
化學		ロスコー小化學		宮崎 無機化學	口授
習字	眞書千字文 行書千字文	仝 草書千字文	間架結搆摘要九十二法		
圖畫	森谷 中等教育圖畫帖	仝	増田 水彩畫帖		
罫畫		口授	仝	仝	仝

雜報　六十七

▲明治27年度の岡山尋常中学校使用教科書（『尚志会雑誌』第27号、明治27年10月より）。泣菫の退学した翌年度になるが、それほど大きな異同はないと思われる（岡山県立岡山朝日高等学校資料室蔵）

▲泣菫在校時の校長岡田純夫（岡山県立岡山朝日高等学校資料室蔵）

一方で、この尋常中学校では一年級から英語を驚くべき勢いで詰め込みつつ、それと並行して倫理・国語漢文・博物・実技系以外の科目では、必ずどの段階かで英語の原書を教科書として使用した。そのため、生徒は辞書と首っ引きで予習をしないといけない状態に追い込まれたが、反面この厳しい教育がなければ、後年の泣菫の文学的営為もなかったことであろう（84ページ参照）。

3 故郷を離れて

この時期の泣菫には謎が多い。明治二六（一八九三）年、尋常中学を退学した同じ年の秋か初冬の頃、泣菫は京都で同志社予備校に通っていたらしい。同志社の普通学校に入学するには学歴不足であったため、予備校へ入ったという。しかし、泣菫は翌年の春か夏頃には東京に上京していると思われるので、同志社の普通学校には結局入学せず、この予備校にいたのもほんのわずかの期間だったようだ。

泣菫は同志社のすぐそば、室町上立売にあった竹内家に寄寓して通っていた。その家の夫人が、後に津山の女子教育における先駆者となった竹内文子（ふみ）である。

文子は明治元（一八六八）年津山城下に生まれ、両親ともクリスチャンであったことから神戸女学院に学び、同志社出身で津山教会に牧師としていたこともある馬場種太郎を、夫に迎え入れる。クラークに招かれて札幌赴任となった夫に同行するも、夫が病を得て同志社に戻り療養生活をする傍らで、文子は同志社に通う学生たちを寄寓させていた。「旧棲」（『白玉姫』収録）ほか多くの泣菫作品で「姉」と呼ばれているのは、彼女のことである。

▲左から竹内文子、俊彦、謙（明治27年7月21日撮影）

▲同志社時代の泣菫と友人（左から泣菫、長坂猛生、佐藤謙次。明治26年12月9日撮影）

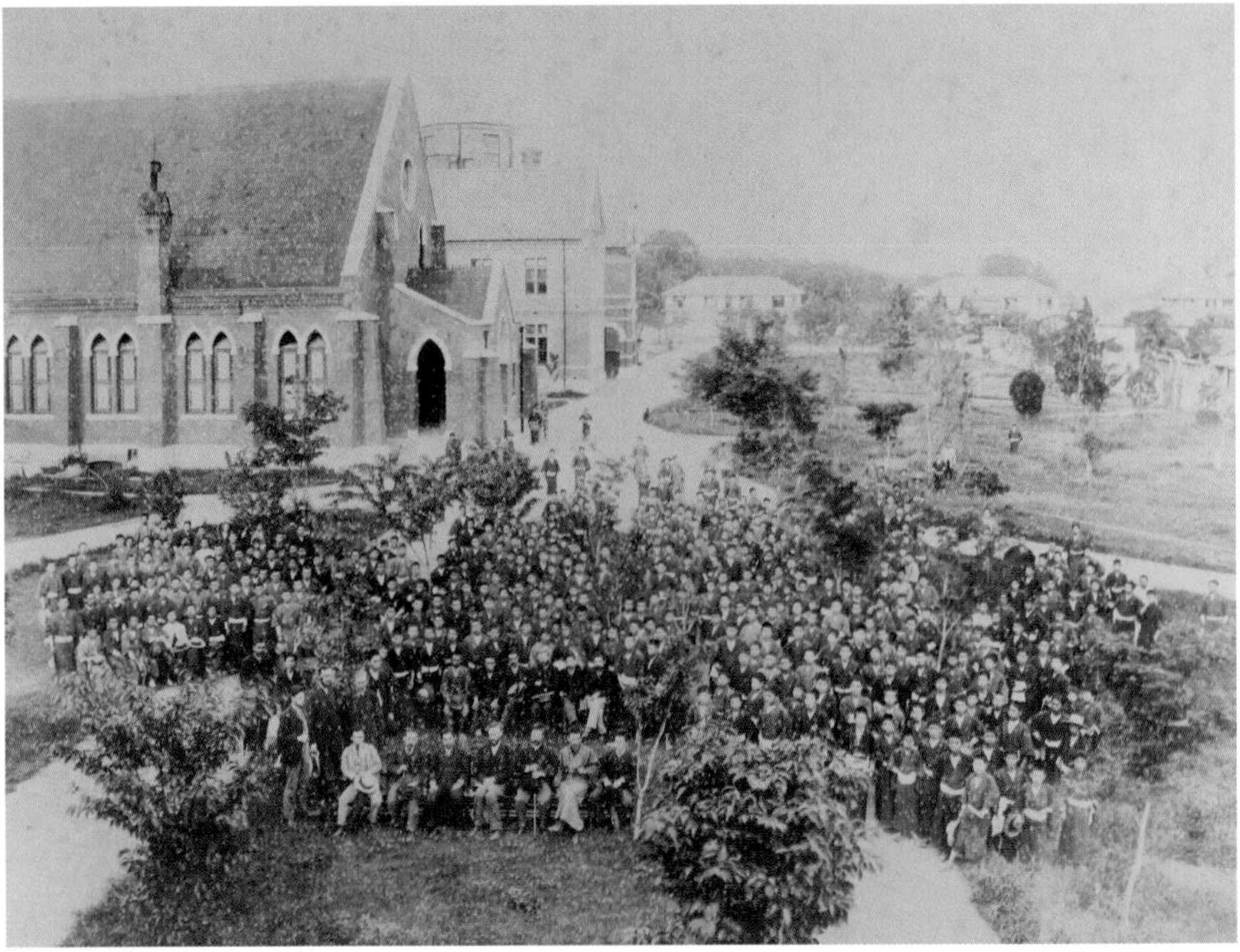

▲明治25年頃とされる同志社の写真（同志社大学同志社社史資料センター蔵）

▲明治27年度同志社予備校卒業生。泣菫がいたとされる時期と重なる（同志社大学同志社社史資料センター蔵）

▲現在の京都上立売通り。かつてこのあたりに泣菫が下宿していた。左側は同志社大学の校舎

夫種太郎は明治二六年一〇月に亡くなっており、泣菫が寄寓したのはこの前後とされる。文子と種太郎との間には俊彦と謙という二人の男児がいたが、謙は後にシャーロックホームズシリーズ等の翻訳家として有名になる延原謙である。泣菫が寄寓した時、数え年二歳の謙もそこにいたことになる。その後、文子は夫の没後二年ほど経って津山に戻り、竹内女学校を開いて女子教育に尽力することとなる。

さて、同志社を去った泣菫は明治二七(一八九〇)年、初めて東京の地を踏む。とはいえ、公的な学校に属することはせず、牛込宮比町の聞鶏書院という個人経営の漢学塾に寄寓し、夜は塾主宮内黙蔵(鹿川)の講義を聞き、昼は上野の東京図書館に通って独学といった生活をしていたらしい。しかし近年、この頃の泣菫が二松学舎の創始者三島中洲に接して二松学舎で学んでいた、という話を、薄田家と縁戚筋の高戸家の子孫高戸要氏が家伝として紹介している(高戸要「薄田泣菫と二松学舎」『二松学舎百年史』学校法人二松学舎、昭和五二年)。確かに、泣菫が寄寓した聞鶏書院の塾主宮内鹿川と三島中洲は、ともに師を同じくする陽明学者で、『宮内黙蔵全集』(八木淳夫編、三重県郷土資料刊行会、平成一五年)によれば、明治二八年から宮内鹿川が「助教」として二松学舎に出入りしていた事実も窺える。二松学舎に入っていた従兄弟の高戸猛から二松学舎や三島中洲のことを聞くに及び、泣菫は上京して同校に近づき、結局その関係者宮内鹿川の漢学塾に寄寓することになり、時に鹿川について二松学舎に出入りして、高戸猛(要氏祖父の兄)と机を並べていた――こうした可能性もなくはないように思われる。

▲宮内黙蔵(鹿川)(八木淳夫編『宮内黙蔵全集』上巻、平成15年7月、三重県郷土資料刊行会より)

▲明治期の二松学舎(学校法人二松学舎編・発行『二松学舎百十年史』昭和62年10月より)

▲泣菫(左)と高戸猛(明治28年4月撮影)

泣菫は聞鶏書院で、鹿子木孟郎（明治七～昭和一六年）と満谷国四郎（明治七～昭和一一年）という二人の同郷の洋画家と出会っている。鹿子木孟郎は岡山市田町に宇治長治の三男として生まれ、八歳で叔父の鹿子木家へ養子に入る。岡山高等小学校卒業後、松原三五郎の画塾天彩学舎に、また上京して小山正太郎の不同舎に入って絵を学ぶ。その後、満谷らと洋行してフランスでジャン・ポール・ローランスの教えを受け、帰国後は浅井忠らと関西美術院を設立。関西美術界の中心人物として精力的に創作活動を続けた。昭和七（一九三二）年にはフランス政府からレジオン・ドヌール勲章（シュヴァリエ）を授けられている。倉敷市の薄田泣菫文庫には鹿子木が聞鶏書院を去った直後の明治二八年の書簡が残っているが、そこには鹿子木の方が年上にもかかわらず、泣菫に対する並々ならぬ尊敬の念が窺われて興味深い。

一方、満谷国四郎は岡山県賀陽郡門田村に満谷準一郎の三男として生まれる。岡山県尋常中学校で当時図画の教員をしていた松原三五郎に、才能を見出される。明治二四（一八九一）年に中学を退学して上京、当初は五姓田芳柳に入門するも師匠の死に会い、翌年鹿子木もいる小山正太郎の不同舎に入

▲鹿子木孟郎・妻春子（明治30年11月13日撮影、三重県立美術館蔵）

▲鹿子木の代表作〈浴女〉（昭和9年、岡山県立美術館蔵）

◀鹿子木孟郎の描いた泣菫。画の右には「十八歳の夏聞鶏書院にて鹿子木孟郎兄ゑがく」と書かれている

り、本格的に絵を学ぶ。三三年には、パリ万博に出品した《蓮池》が銅牌を受ける。また同年、上記したように鹿子木らとともに洋行し、帰国後は吉田博らと太平洋画会を設立、画壇に衝撃を与え続けた。満谷国四郎が岡山県尋常中学校を退学して上京した年に泣菫は同校に入学しているため、ほとんどすれ違いのようだが、泣菫は満谷のことを「代數の教科書に教師の似顔を書き散らしてゐた」上級生と覚えていて、満谷が師匠の小山の指示で漢学を学びに聞鶏書院にやってきたその場で、すっかり意気投合したという（『泣菫詩集』大阪毎日新聞社、大正一四年）。後年、松尾哲太郎の媒酌で、泣菫の長女まゆみと国四郎の甥で後に養子になった満谷三夫とが結婚して、泣菫と国四郎は姻戚関係にもなっている。

　日本近代洋画檀を代表するこの二人との交流は、後年まで続くことになる。

▲満谷国四郎から泣菫に送られた直筆絵葉書の数々

▲満谷国四郎（昭和９年撮影、岡山県立美術館蔵）

▲満谷の代表作〈瀬戸内海風景〉（大正６年頃、岡山県立美術館蔵）

4　詩壇への登場

明治三〇（一八九七）年四月、『新著月刊』という文芸雑誌が、東京専門学校（現、早稲田大学）出身の後藤宙外や島村抱月らの丁猶文社から創刊される。その創刊号巻頭で、小説・脚本とともに新体詩の投稿募集があり、泣菫はそれに杜甫の五言律詩「百舌」の一句「花密蔵難見」（はなみつにしてかくれてみえがたし）を総題とする長短十三篇の詩をもって応募する。結果、見事翌月の『新著月刊』第二号の新体詩欄冒頭を飾ることとなった。無名の新人が大町桂月ら名だたる詩人を抑えて第一席に掲載されたことで、当時はたいへん驚かれたことであろう。

しかし、この「花密蔵難見」は、実は泣菫の野心に満ちた作品でもあった。というのも、その冒頭の二篇以外はすべて八六調を用いた十四行詩であり、それは西洋のソネットを日本に移植しようする試みであったからだ。この野心が当時の読者にどれほど理解されたかはともかく、翌月の『早稲田文学』では繁野天来と島村抱月が「花密蔵難見」を取り上げ、島崎藤村の詩に似たところもあるが将来有望な詩人として推挽する。だが、中には泣菫の華々しい活躍に対して、否定的な批評も現われてくる。その代表的なのが、帝国文学記者による「泣菫と松魚」（『帝国文学』明治三二年九月）だ。その中で記者は泣菫と田村松魚（小説家）を「年少文士中の二天才なり」としつつも、

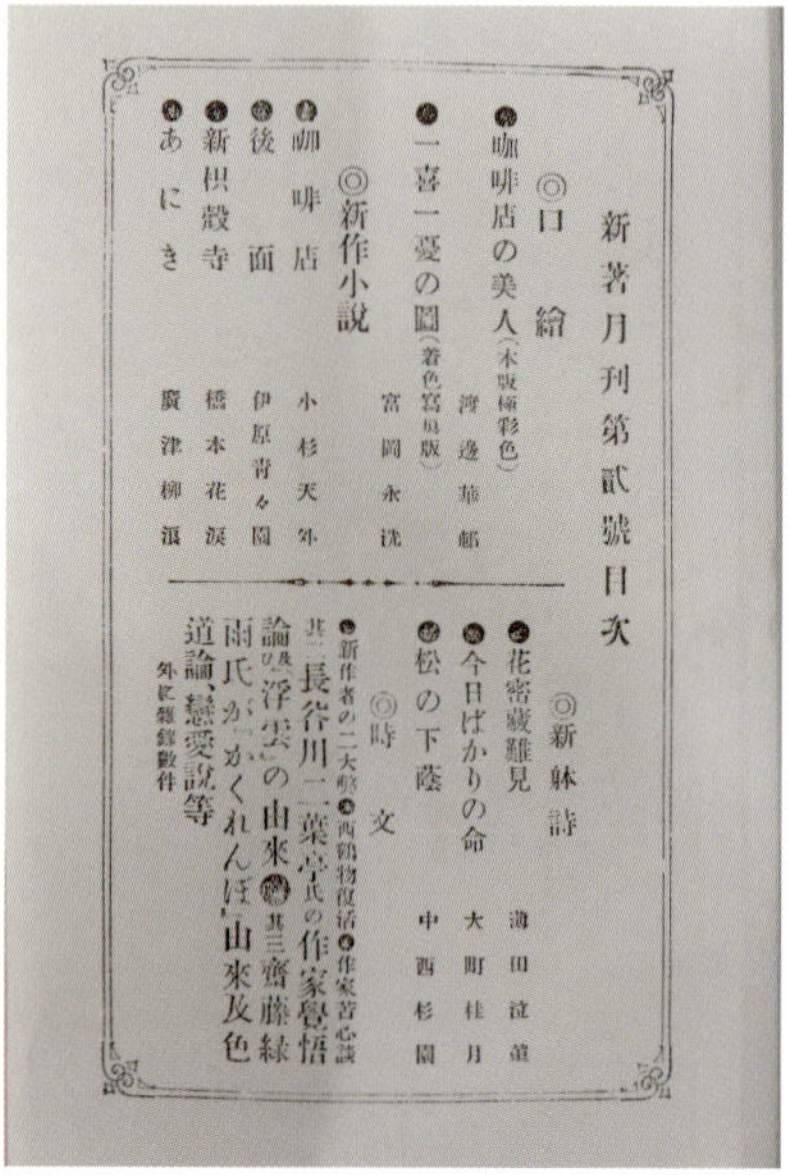

新著月刊第貳號目次

◎口絵
咖啡店の美人（木版極彩色）　渡邊華邨
一喜一憂の圖（着色寫眞版）　富岡永洗

◎新作小説
咖啡店　小杉天外
後面　伊原青々園
新枳殻寺　橋本花涙
あにき　廣津柳浪

◎新躰詩
花密藏難見　薄田泣菫
今日ばかりの命　大町桂月
松の下蔭　中西杉園

◎時文
新作者の二大弊・西鶴物復活・作家苦心談其二長谷川二葉亭氏の作家苦悟論及び『浮雲』の由來・其三齋藤緑雨氏が『かくれんぼ』由來及色道論、戀愛說等
外に雑錄數件

▲『新著月刊』第２号目次（明治30年５月）。新体詩欄の最初に泣菫「花密蔵難見」の記載がある

◀『新著月刊』の創刊号（左）と第２号（写真は上の目次とともに復刻版『新著月刊』（不二出版、平成元年）を使用）

二人に「何等の修養かある。何等の蓄積かある。高等の学未だ彼等が修めざる所なり」と学歴のないことを指摘し、「外国文学の趣味、また彼等の十分に解し得る所にあらず」と断じ、「彼等が詩人と称し作家と称するの資格将た何処にかある」とまで批判する。

過剰とも思えるこの批判には裏があった。この文章の直後に掲載された同じ帝国文学記者による「宙外に与ふ」という文章では、前月の『新小説』（明治三二年八月）に掲載された宙外の文章「泣菫が『民の声』」に対する強い反発が記されている。この宙外の文章は、泣菫が「若し大学出身なりしならば、藤村晩翠等と共に」もっと受け入れられたはずだと訴えるものであったが、おそらくそこに大学関係者すなわち自分たちへの批判を感じ取った帝国文学記者が、「宙外に与ふ」で宙外の弁は妄言であり泣菫が評価されないのは単に「未だ修養なく蓄積」がないだからだと反発するのである。

▲東京専門学校文学科メンバーと泣菫。左から水谷不倒、島村抱月、平野履道、泣菫（明治 35 年 1 月 7 日撮影）

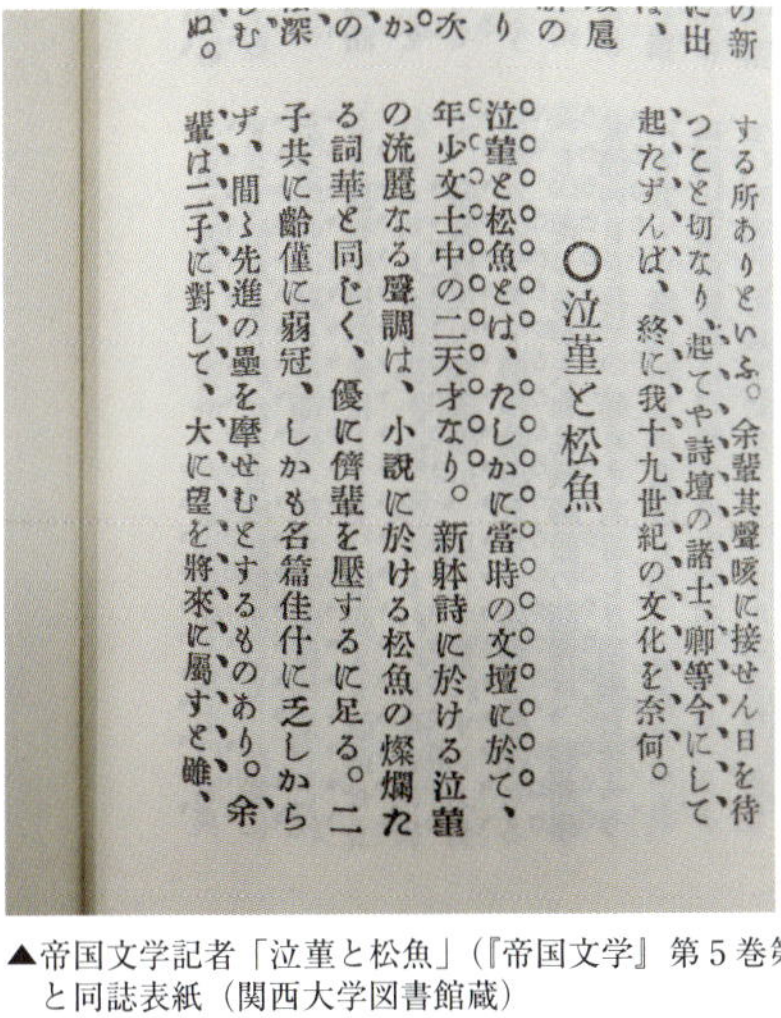

する所ありといふ。余輩其聲咳に接せん日を待つこと切なり。起てや詩壇の諸士、卿等今にして起たずんば、終に我十九世紀の文化を奈何。

○泣菫と松魚

泣菫と松魚とは、たしかに當時の文壇に於て、年少文士中の二天才なり。新躰詩に於ける泣菫の流麗なる聲調は、小説に於ける松魚の燦爛たる詞華と同じく、優に儕輩を壓するに足る。二子共に齢僅に弱冠、しかも名篇佳什に乏しからず、間〻先進の壘を摩せむとするものあり。余輩は二子に對して、大に望を將來に屬すと雖、

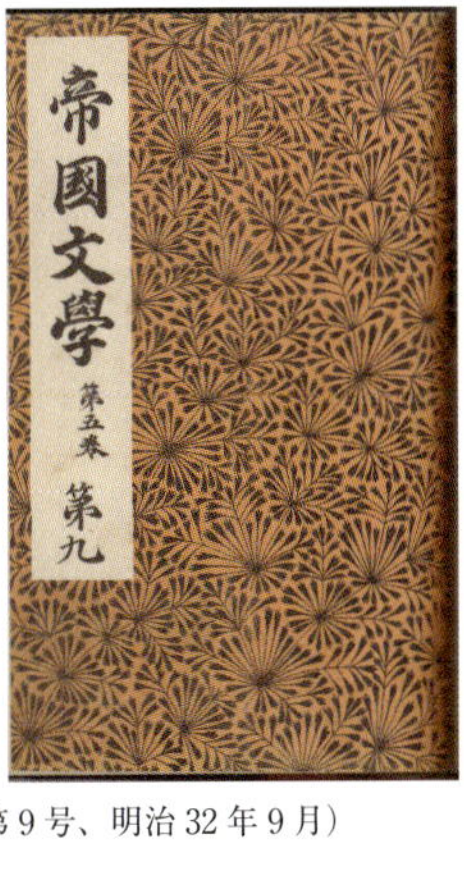

▲帝国文学記者「泣菫と松魚」（『帝国文学』第 5 巻第 9 号、明治 32 年 9 月）と同誌表紙（関西大学図書館蔵）

つまり、先の帝国文学記者による「泣菫と松魚」は泣菫批判という外見を纏ってはいるが、真の目的は宙外批判にあった。その背景には帝国大（現、東京大学）系文士と早稲田系文士の間の対抗意識があり、実際『帝国文学』と『早稲田文学』や『新著月刊』といった早稲田系の雑誌との論争は、この時期これ以外にも絶えず起っていた。

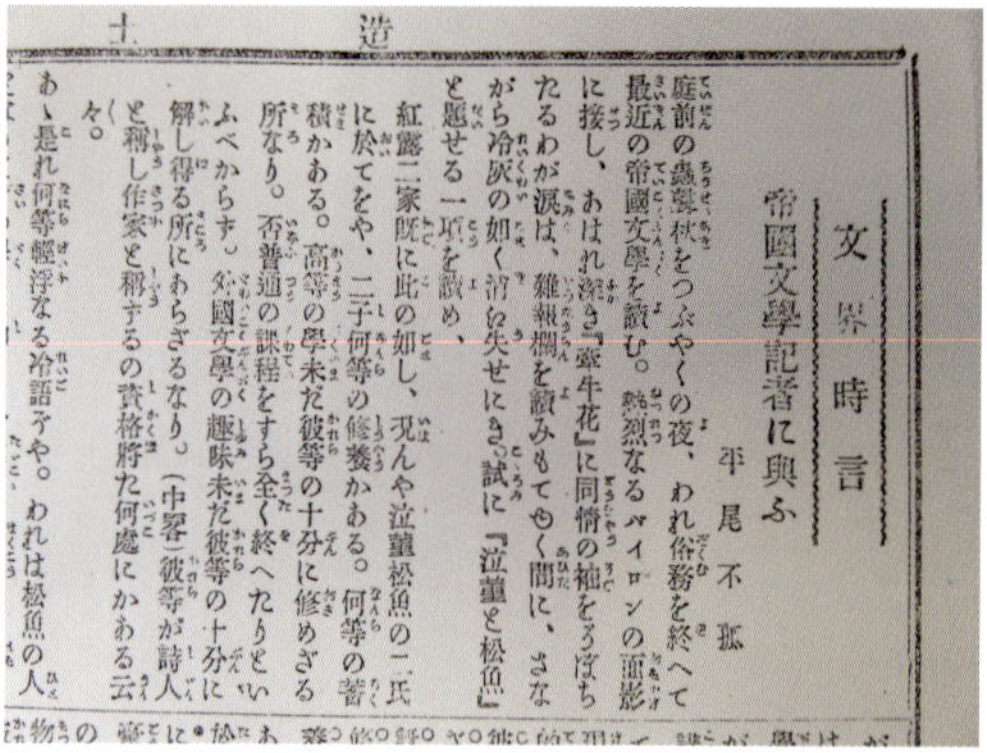

造士

文界時言

帝國文學記者に與ふ　平尾不孤

庭前《ていぜん》の蟲聲《ちうせい》秋をつぶやくの夜、われ俗務《ぞくむ》を終へて最近《さいきん》の帝國文學《ていこくぶんがく》を讀む。熱烈《ねつれつ》なるバイロンの面影《おもかげ》に接し、あはれ深き『牽牛花』に同情の袖をしぼりたるわが涙《なみだ》は、雜録欄を讀みもてゆく間《あひだ》に、さながら冷灰《れいくわい》の如く消え失せにき。試《こゝろみ》に『泣菫と松魚』と題せる一項《こう》を讀め、

紅露二家既に此《かく》の如し、況《いは》んや泣菫松魚の二氏に於《おい》てをや、二子何等《なんら》の修養《しうやう》かある。何等の蓄積《ちくせき》かある。高等《かうとう》の學未だ彼等《かれら》の十分に修《をさ》めざる所なり。否普通《いなふつう》の課程《かてい》をすら全《まつた》く終へたりといふべからず。外國文學の趣味《しゆみ》未だ彼等《かれら》の十分に解《かい》し得る所《ところ》にあらざるなり。（中略）彼等《かれら》が詩人と稱《しやう》し作家《さつか》と稱するの資格《しかく》將た何處《いづこ》にかある云々。

あゝ是れ何等《なにら》輕浮《けいふ》なる冷語《れいご》ぞや。われは松魚の人

▲平尾不孤「帝国文学記者に与ふ」（『造士新聞』第34号、明治34年9月17日、明治新聞雑誌文庫蔵）

さすがにこの濡れ衣に近い泣菫批判に対して、旧友の平尾不孤が立ち上がる。不孤は明治七（一八七四）年岡山市野田町に生まれ、同二二年岡山県尋常中学校に入学だが、一年級を二度繰り返したらしく、泣菫が入学した同二四年には二年級にいた。その後、不孤も尋常中学を中退して上京、東京専門学校を経て、当時は大阪の『造士新聞』の編集仕事をしていた。その『造士新聞』（明治三二年九月一七日）に、「帝国文学記者に与ふ」と題した文章を掲載し、「あはれ博学なる帝国文学記者よ。記者は彼が修養に就て如何に苦学したりしかを知り給ふか。あゝわれをして友の為めに語らしめよ。彼れは夙に今日の学校の己れを教育するの地にあらざるを憤りて、「われを教育するものはわれによるの外なし」と悟り、奮然として郷里の中学を辞し、京都の学校を退き、東都に来るや、風の朝、雨の夕、切磋磨礪一日も欠ぐる所なく図書館に通ひたり。彼が修養は記者の如く他動的教育にあらずして、徹頭徹尾独学的修養にてありき」と、帝国文学記者を批判する。

▲平尾不孤

▲後藤宙外（昭和3年10月3日撮影）

後藤宙外も、『新小説』（明治三二年一〇月）の「人文」欄に帝国文学記者への反論を掲載しているが、ここではこの不孤の文章を破格の長さで引用している。

この不孤の文章に対し、帝国文学記者も次の『帝国文学』（明治三二年一〇月）で「造士新聞記者に答ふ」という文章を掲げて反論するが、そもそも泣菫批判が目的でないこともあり、泣菫に修養が「絶対的に」ないとはいわないなどと、苦し紛れの発言に終始している。宙外と帝国文学記者との論争はこの後翌年まで続くのであるが、こうした論争が泣菫への注目を世間に促す面もあったことは否めないだろう。

（西山康一）

▲上京の頃の泣菫

▲泣菫が通いつめたという上野の東京図書館（国立国会図書館蔵）

第2章 詩人としての絶頂期

1899～1906

1 第一詩集『暮笛集』の刊行

明治三二年一一月、第一詩集『暮笛集』が大阪・金尾文淵堂から刊行された。四六横版、絹糸綴じで、本文は赤い線の輪郭がつき、ノンブルも赤で二度刷された贅沢な作りである。挿画は赤松麟作と丹羽黙仙が描いた。

『暮笛集』は、大阪心斎橋筋で元々仏教書の出版をしていた金尾文淵堂の主人・金尾種次郎が、文学書の出版をはじめるその第一弾として出版されたものであり、平尾不孤が出版に尽力した。

金尾は『暮笛集』の出版に際して、「此度の件は利己主義を以て仕り候事にて無之候まゝ一切あなた様の仰せ通りに凡てを致し度」（泣菫宛書簡、明治三二年八月三〇日）と述べ、利益を追った出版ではなかったようだが、売れ行きは好評だったという。

三三年五月に再版、三九年に三版が、それぞれ表紙を変えて出版された。

かつて「大学出身」をめぐって否定的に評価した『帝国文学』も「刻下の新体詩壇に於て、晩翠藤村を措きては、先づ泣菫に屈せざるを得ざる可きは、十指の指す所なるべし」と藤村晩翠に並ぶ詩人として泣菫を評価した。

▲『暮笛集』初版

▲『暮笛集』再版

▲『暮笛集』三版

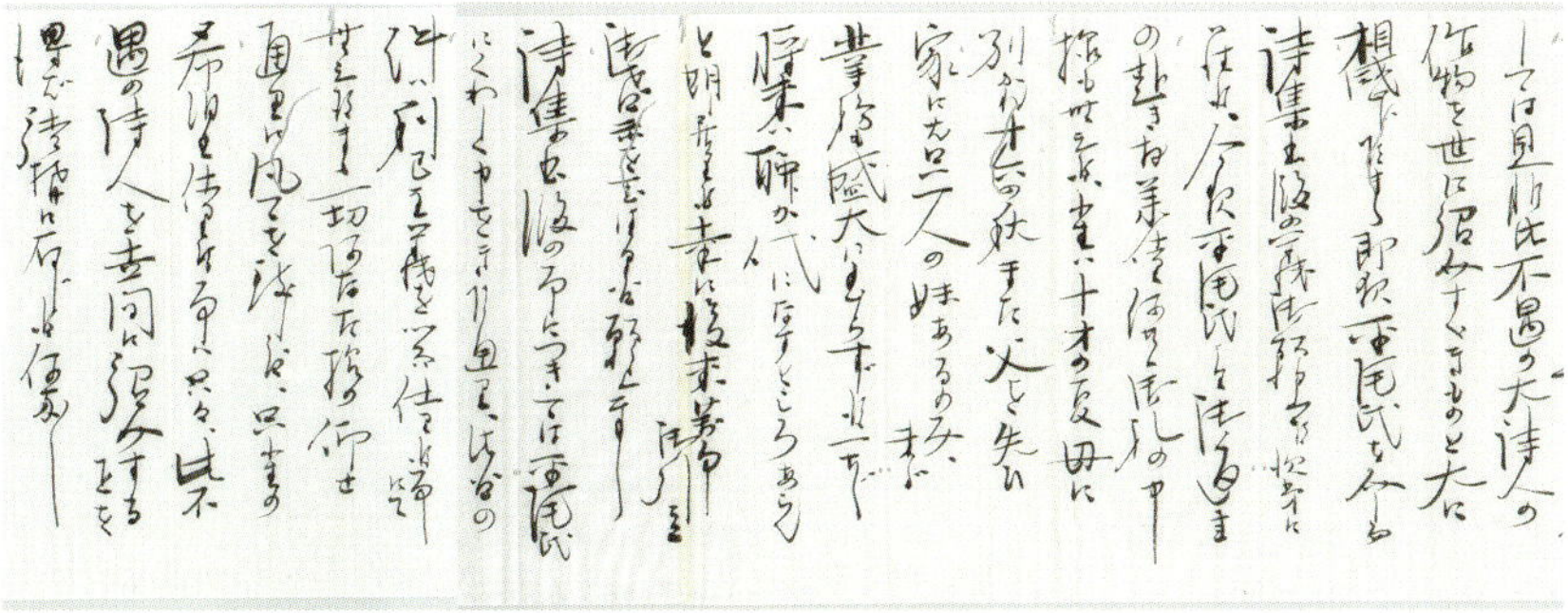
しては且つ同氏不遇の大詩人の
作物を世に紹介すべきものと大に
家にては二人の妹あるのみ
詩集出版の事につきては泣菫氏
遇の詩人を世間に紹介すること

▲金尾種次郎、泣菫宛書簡（明治32年8月30日）

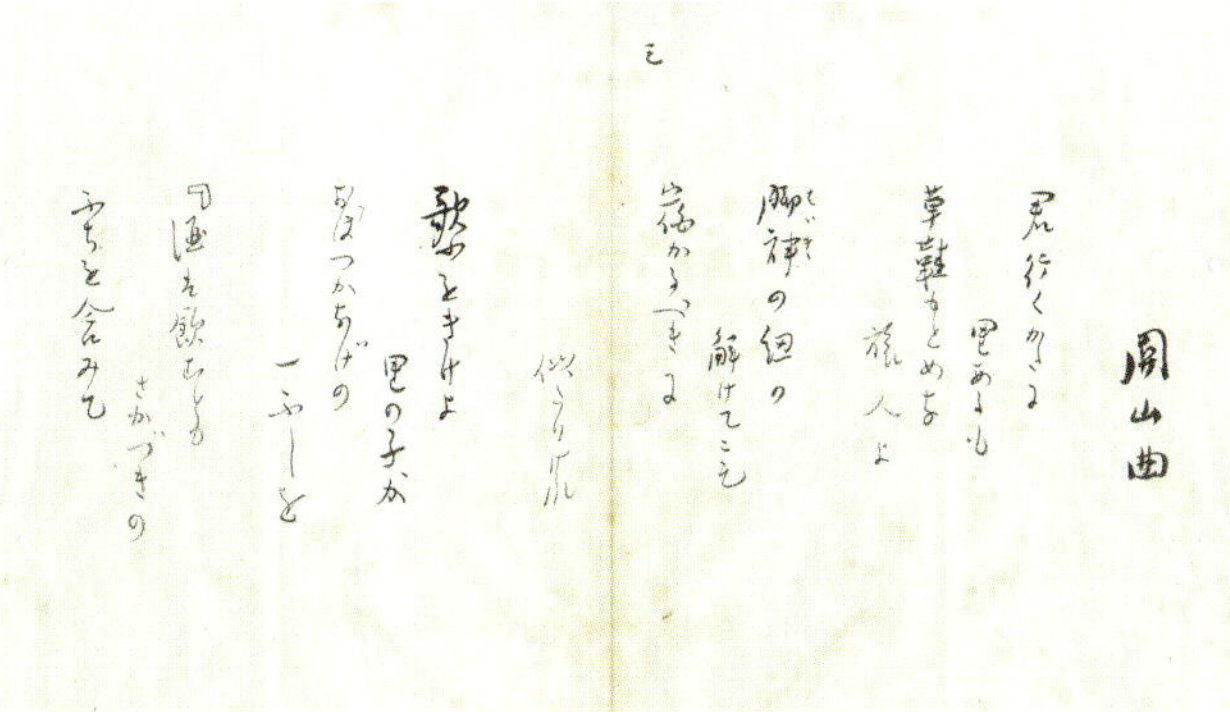

▲詩「関山曲」の原稿

▲『暮笛集』挿絵（赤松麟作）

▲与謝野鉄幹

蒲原有明は、明治三三年一月三〇日の書簡で、『暮笛集』の詩を丁寧に引用しながら、「御公刊の暮笛集は精読仕候」と、興味深く読んだ詩の題名を挙げ、「キーツの歌の心をよくもかく迄和らげ給ひつるものかな」と評価している。

与謝野鉄幹は『國文学』（明治三三年一月）に「暮笛集（薄田泣菫君を想慕して）」を掲載し、詩の形で『暮笛集』を称揚した。

泣菫はこれに対し、同じ詩形の七五調四行詩で「鉄幹君に酬ゆ」を『ふた葉』（明治三三年一月）に掲載し、応答した。

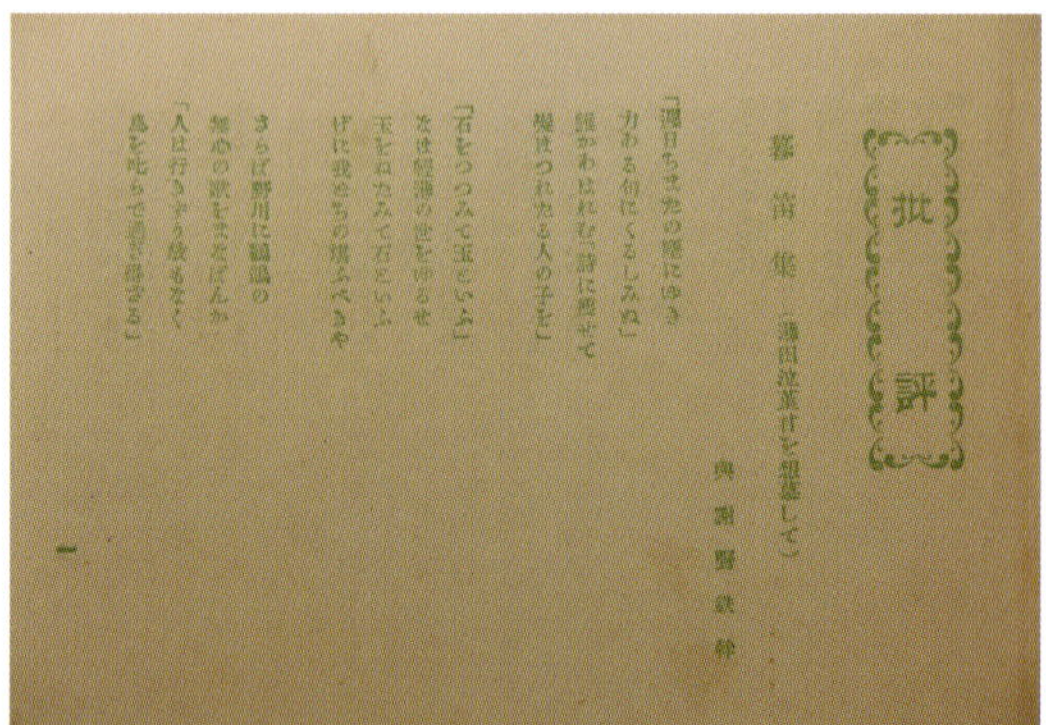

批評

暮笛集（薄田泣菫君を想慕して）

與謝野鉄幹

▲与謝野鉄幹「暮笛集（薄田泣菫君を想慕して）」（『暮笛集』再版に再掲されたもの）

与謝野鉄幹は明治三三年四月に『明星』を創刊し、創刊号には島崎藤村の「旅情」（後に改題し「小諸なる古城のほとり」）と並んで、泣菫の「夕の歌」が掲載される。与謝野鉄幹は、「いまだ拝芝を得ず候へども芸術に於ける御苦心のほどはかねぐ〜おなつかしく存

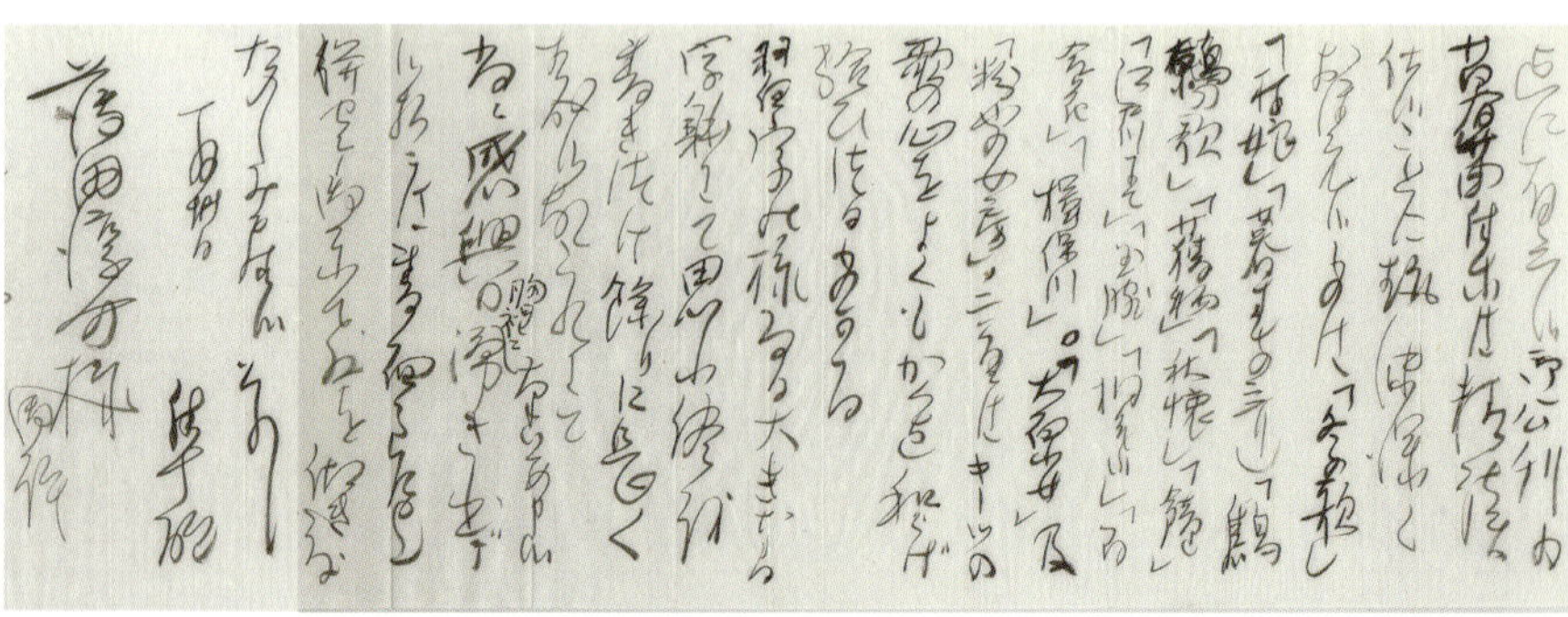

▲蒲原有明、泣菫宛書簡（明治33年1月30日）

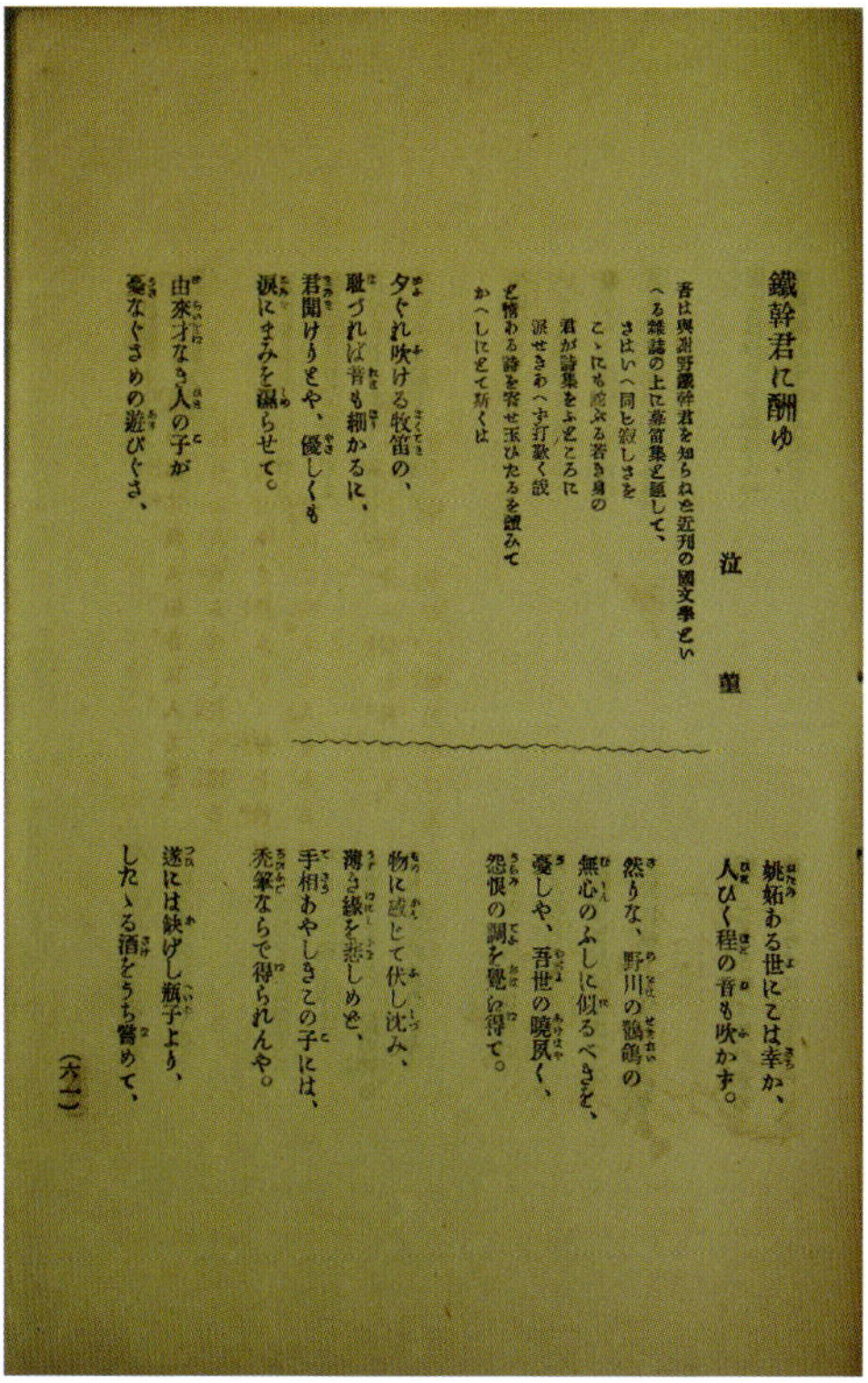

鐵幹君に酬ゆ

泣菫

吾は與謝野鐵幹君を知らねど近刊の國文學といへる雑誌の上に鼻笛集と題して、さはいへ同じ寂しさをこゝにも偲ぶる若き身の君が詩集をふところに涙せきあへず打誦く説と惰わる詩を寄せ玉ひたるを讀みてかへしにとて斯くは

夕ぐれ吹ける牧笛の、
耻づれば音も細かるに、
君聞けりとや、優しくも
涙にまみを濕らせて。

由來才なき人の子が
憂なぐさめの遊びぐさ、

嫉妬ある世にては幸か、
人ひく程の音も吹かす。

然りな、野川の鶺鴒の
無心のふしに似るべきを、
憂しや、吾世の曉夙く、
怨恨の調を魅ね得て。

物に破じて伏し沈み、
薄き緣を悲しめど、
手相あやしきこの子には、
禿筆ならで得られんや。

遂には缺けし瓶子より、
したゝる酒をうち嘗めて、

（六一）

▲薄田泣菫「鉄幹君に酬ゆ」『ふた葉』明治33年1月（関西大学図書館蔵）

▲与謝野鉄幹と薄田泣菫。明治34年頃

じ居候」（泣菫宛書簡、明治三三年二月八日）と泣菫への共感を語って『明星』創刊号への詩の寄稿を求め、二人はその後長く交流を続ける事となる。

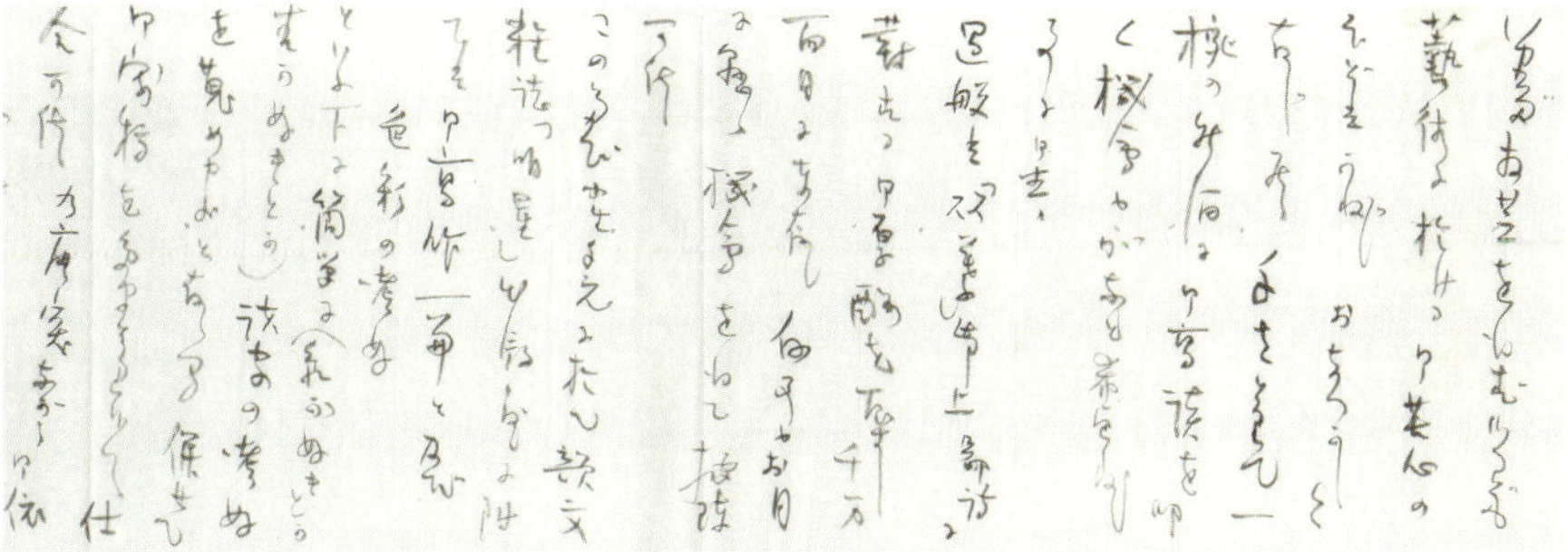

▲与謝野鉄幹、泣菫宛書簡（明治33年2月8日）。『明星』創刊号に詩1篇と、好きな色に関するアンケートを求めている

2 『ふた葉』『小天地』での活躍

泣菫は故郷連島で『ふた葉』の新体詩欄の選者を担当していたが、明治三三年六月、三宅薫が気に沿わぬ結婚をし、心を痛めていた。それを知った平尾不孤と金尾種次郎が、七月に泣菫を大阪に誘い出し、泣菫はそのまま金尾文淵堂に寄宿することになった。

七月には、泣菫の詩の良き擁護者であった後藤宙外が来阪、初めて対面する。続いて八月には関西旅行中の与謝野鉄幹と初対面した。与謝野鉄幹にとってこの旅は、鳳晶子（後の与謝野晶子）と初対面する旅でもあった。

与謝野鉄幹は泣菫との対面を「詩に痩せて恋なきすくせさても似たり年はわれより四つしたの友」と歌にしている。鉄幹は秋に再び大阪を訪れて泣菫と再会、「梅が辻の菊を見て、天王寺に逍遥し、一酔をとりて相別れ」（『明星』明治三三年一一月）ており、詩「泣菫と話す」では、「浪華の市／好会こ、

▲『小天地』1巻1号（関西大学図書館蔵）

▲『ふた葉』第2巻1号、第3巻2号（関西大学図書館蔵）

▲後藤宙外（右）

▲明治35年4月、金尾文淵堂にて

に両度／若き詩人と対す／趣味知る少女の恋か」とその出会いを記している。

明治三三年一〇月、『ふた葉』を発展継承する形で『小天地』が創刊。泣菫は編集主任となり、平尾不孤、角田浩々歌客を加えて編集にあたった。創刊号に泣菫は「低唱」を掲載する。

明治三三年一二月、『小天地』編集は兼務のまま、大阪毎日新聞社に入社する。菊池幽芳との交流は、この時期に始まったと考えられる。

その後三四年二月には大阪毎日新聞社を退社し、『小天地』主幹として編集に専念することになる。

一二月には、平尾不孤、角田浩々歌客と京都で旅行している写真が残る。

明治三四年四月、上京。後藤宙外と会津東山温泉に旅行する。

平尾不孤は東京の女学生とのスキャンダルを『万朝報』に書き立てられ、泣菫は不孤を擁護する記事を『小天地』（明治三四年七月）に掲載する。

▲明治 33 年 12 月、平安神宮にて。薄田泣菫・平尾不孤・角田浩々歌客

▲明治 33 年 12 月、京都御所にて。児玉花外・角田浩々歌客・平尾不孤・薄田泣菫

入社の辞　薄田泣菫

われ毎日新聞社《まいにちしんぶんしや》に入《い》る。

おもふに新聞紙《しんぶんし》は鋼《かう》に似《に》たり、延《の》べて鍼《はり》となすべく、鍛《きた》へて剣《つるぎ》となすべし、若《も》し鍼たらずんばすなはち剣《つるぎ》。

われは革命《かくめい》を企《くはだ》てんとするに非《あら》ず、政友会《せいいうくわい》と進歩党《しんぽたう》とを罵《のゝし》らんとするに非《あら》ず、雑報《ざつぱう》に筆《ふで》を執《と》らんとするなり。

殺人《さつじん》と強姦《がうかん》と詐偽《さぎ》と拐帯《かいたい》と車夫《しやふ》の喧嘩《けんくわ》と掏児《すり》の捕縛《ほばく》と……

こは吾友《わがとも》なり。吾詩《わがし》難《なん》ずべしや。

われ雑誌《ざつし》「小天地《せうてんち》」の編輯《へんしふ》に任《にん》ずるや、先《ま》づ俗言《ぞくげん》の或《あるひ》は身《み》に到《いた》らんを憂《うれ》ひたる友《とも》ありき、果《はた》せるかな、「大日本《だいにほん》」（十四日）の文芸記者《ぶんげいきしや》は「泣菫《きふきん》は雑誌《ざつし》「小天地《せうてんち》」の編輯《へんしふ》に従事《じうじ》してより作品《さくひん》の一《いつ》も論《ろん》ずべきなし」「小天地《せうてんち》」幸《さいはひ》に詩人《しじん》泣菫《きふきん》を殺《ころ》す無《な》くんば可《か》なり」と言《い》ひ出でたり、言葉《ことば》の当《あた》れるや否《いな》やは知《し》らず、吾《われ》は自《みづか》ら活《い》き居《を》るを信《しん》ずるが故《ゆゑ》に煩《わづら》ひとする所《ところ》あらざるなり。

今《いま》また、かねて毎日社《まいにちしや》に入《い》る、他憂《ひとうれ》ふるを須《もち》ひず、吾胸《わがむね》は描《ゑが》き居《を》れり。

回向院《ゑかういん》の力士《りきし》、土俵《どへう》を踏《ふ》みて五日目《いつかめ》、若《も》しくは六日《むいか》目に到《いた》るや、胸《むね》をうつて「是《こ》れからだ」といふ。願ひあるは此言葉《このことば》なり、

吾《われ》も以《も》つてこの頃《ころ》の心掛《こゝろがけ》となすとせん。

入社《にふしや》の辞《ことば》なり

▲『大阪毎日新聞』（明治 33 年 12 月 31 日）に掲載された「入社の辞」（国立国会図書館蔵）

3 『ゆく春』の刊行

明治三三年一一月、『明星』第八号巻頭に、四号活字で組まれた「破甕の賦」が発表される。この詩を含む第二詩集『ゆく春』は明治三四年一〇月に刊行された。菊版裁本で、赤い絹糸綴じの造本と、上製本の二種類がある。

本文は松尾素濤の描いた緑の輪郭を入れた二色刷、挿絵は満谷国四郎が描いた。

与謝野鉄幹は、『明星』（明治三四年一二月）に詩「『行く春』を読む」を掲載し、「亜細亜初めて歌を聞ける、」と称揚した。大町桂月も『ゆく春』を以て島崎藤村、土井晩翠と雄を争うに足る詩人と評した。

『ゆく春』刊行後ほどない一〇月二九日、泣菫は竹内文子を訪ねて津山へ旅する。泣菫は中学退学後、同志社

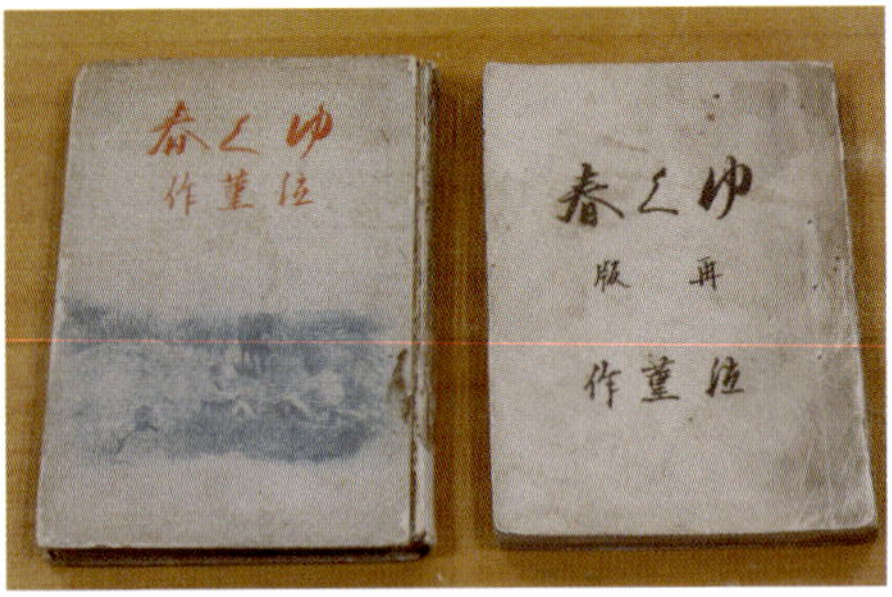

▲『ゆく春』初版（上製本）、再版

▲『ゆく春』挿絵（満谷国四郎）

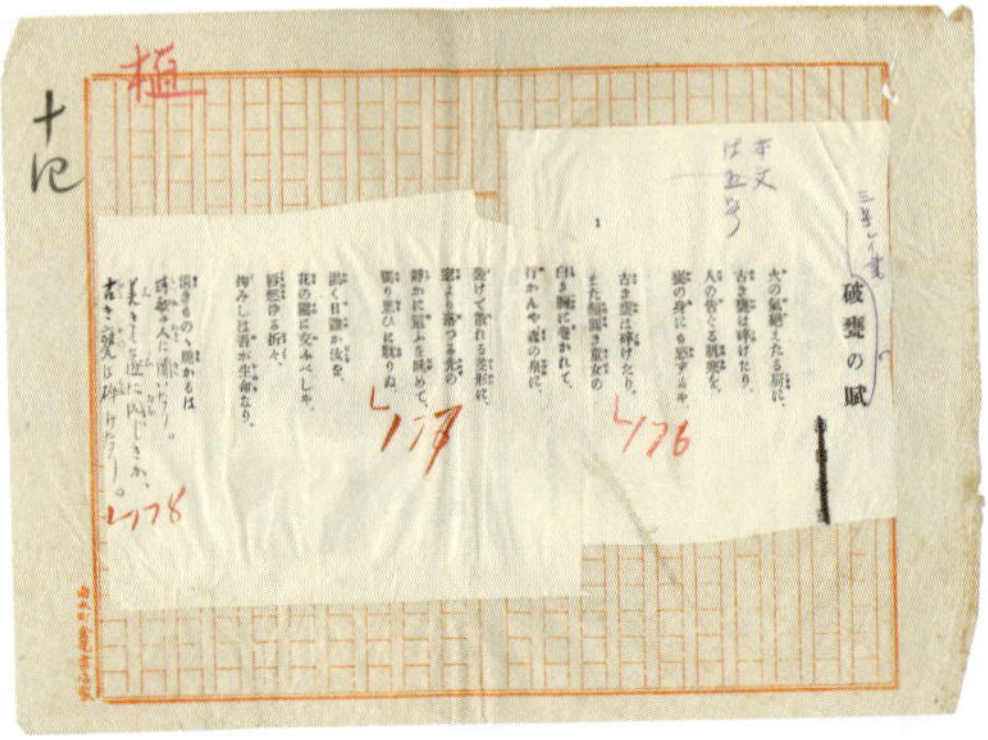

▲「破甕の賦」原稿。『ゆく春』刊行の際に利用されたと見られ、初出雑誌の切り抜きに指示が記されている

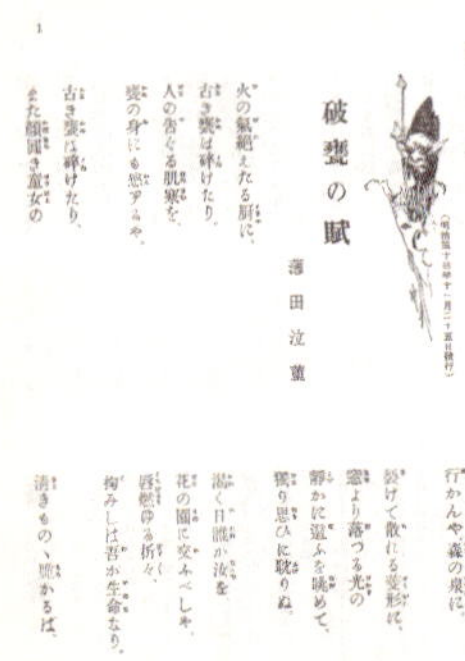

明星 第八號

破甕の賦

薄田泣菫

火の氣絶えたる厨に、
古き甕は碎けたり。
人の害なる肌寒を、
甕の身にも怨ずるや。

古き甕は碎けたり、
また傾き童女の
白き腕に巻かれて、
行かんや、森の泉に。

裂けて散れる甕形に、
窓より落つる光の
靜かに遊ふを眺めて、
獨り思ひに耽りぬ。

湍く日朧か汝を、
花の園に交みべしや。
唇燃ゆる折々、
掬みしは吾か生命なり。

清きもの、脆かるは、

▲「破甕の賦」『明星』（明治33年11月）第8号（関西大学図書館蔵）

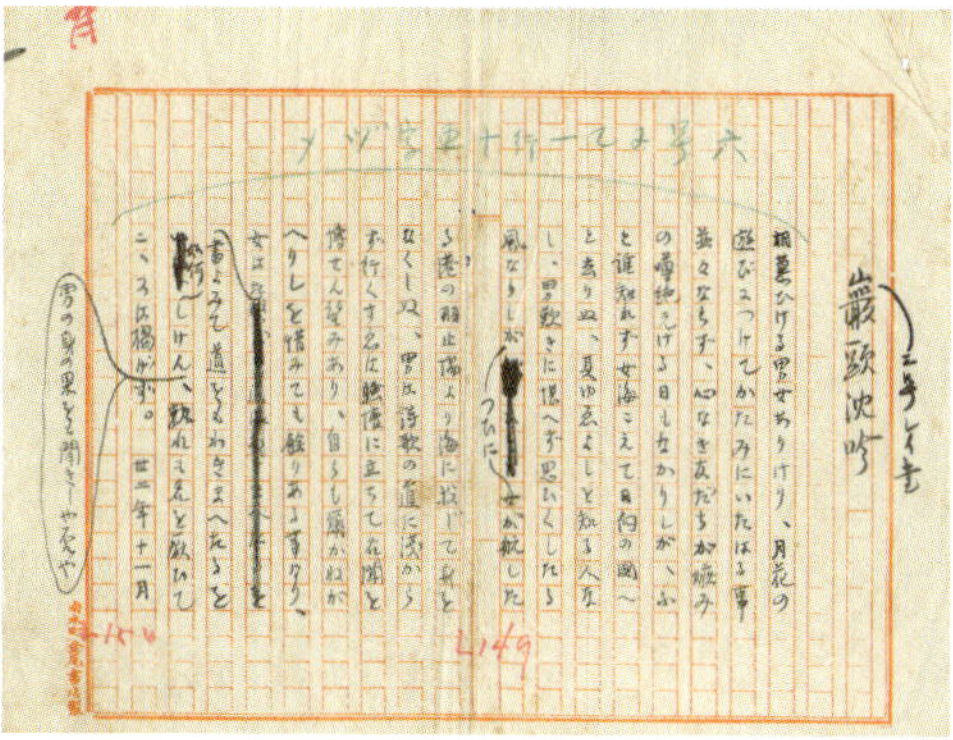

巖頭沈吟

相慕ひける男女ありけり、月花の
遊びにつけてかたみにいたはる事
並々ならず、心なき友だちが嫉み

▲「巖頭沈吟」原稿

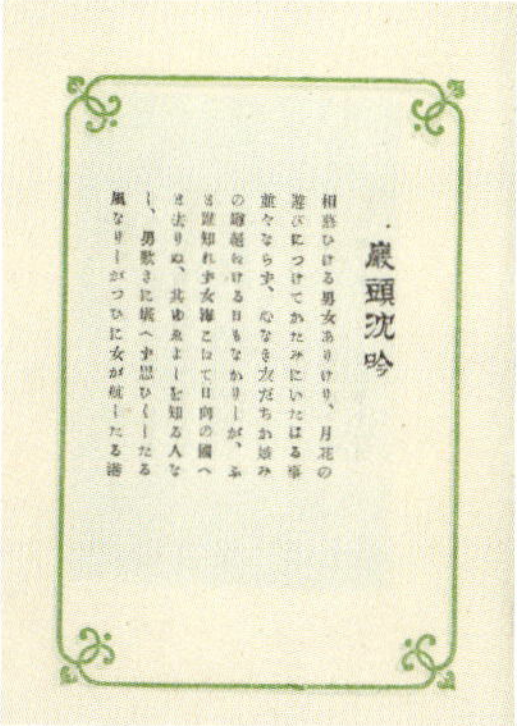

巖頭沈吟

相慕ひける男女ありけり、月花の
遊びにつけてかたみにいたはる事
並々ならず、心なき友だちお嫉み
の讒謗ねける日もなかりしが、ふ
る謹知れず女海こえて日向の國へ
去りぬ、其ゆゑよしを知る人な
し、男歎きに堪へず思ひくしたる
風なりしがつひに女が棲したる海

▲『ゆく春』「巖頭沈吟」

入学を目指す時期に京都の竹内家に寄宿していたが、竹内文子はその後夫と死別、郷里津山に帰り、教育と伝道に従事していた。旅行中に見た、大きな銀杏が風にあらがい立っている様を文子の厳しい生活態度に重ねて歌い上げたのが「公孫樹下にたちて」である。

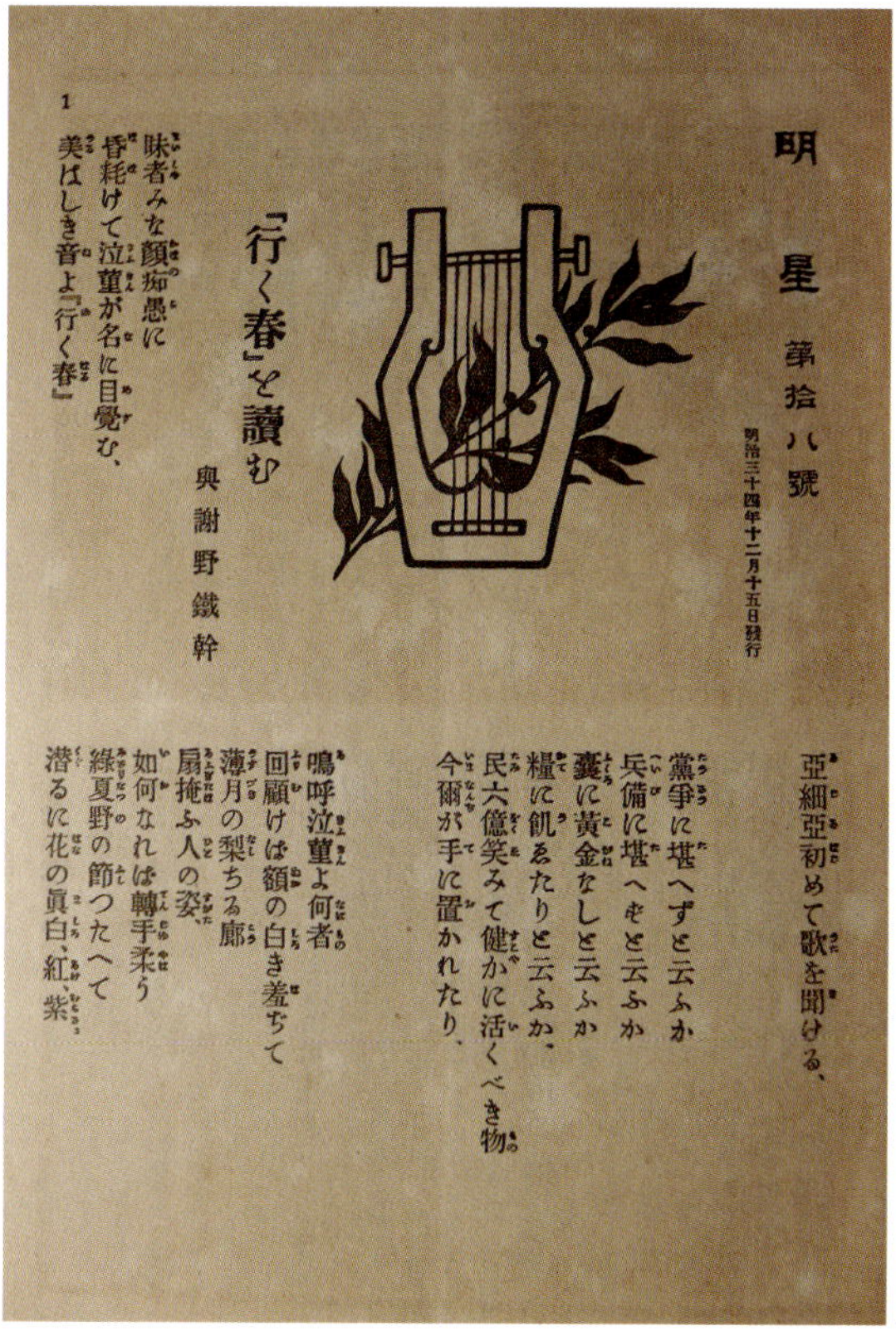

明星　第拾八號
明治三十四年十二月十五日發行

「行く春」を讀む
與謝野鐵幹

味者みな顔痴愚に
昏耗けて泣菫が名に目覺む、
美はしき音よ『行く春』

亞細亞初めて歌を聞ける、
黨爭に堪へずと云ふか
兵備に堪へずと云ふか
嚢に黄金なしと云ふか
糧に飢ゑたりと云ふか、
民六億笑みて健かに活くべき物
今爾が手に置かれたり、

嗚呼泣菫よ何者
回顧けば額の白き羞ぢて
薄月の梨ちる廊
扇掩ふ人の姿
如何なれば轉手柔う
緑夏野の節つたへて
潜るに花の眞白、紅、紫

1

▲与謝野鉄幹「「行く春」を読む」『明星』（明治34年12月）第18号

▲竹内文子

その後泣菫は金尾文淵堂から、大阪谷町の本長寺に居を移す。

明治三四年に土井晩翠はヨーロッパへ旅立つ。後に晩翠から泣菫へ、キーツとシェリーの墓を訪ねたことを記し、キーツの墓のそばにあったという菫の押し花が同封された書簡が送られている。

明治三五年三月一九日には、神戸港に島村抱月の外遊を見送っている。その頃、目を患った上、胃病を併発。本長寺での独居生活から金尾文淵堂に戻り病床に伏した。四月に京都に赴き、高安月郊の案内で旅行する。この頃、保津川に舟を浮かべ、『ゆく春』一巻を「嵐峡の水神に捧げて、自分の少年の夢を葬むる」べく川に沈めたという。

眼病をおして編集に力を尽くすが、関西での出版という難しさもあって経営困難に陥り、『小天地』は明治三六年一月で休刊となった。

五月「金剛山の歌」が『新小説』に

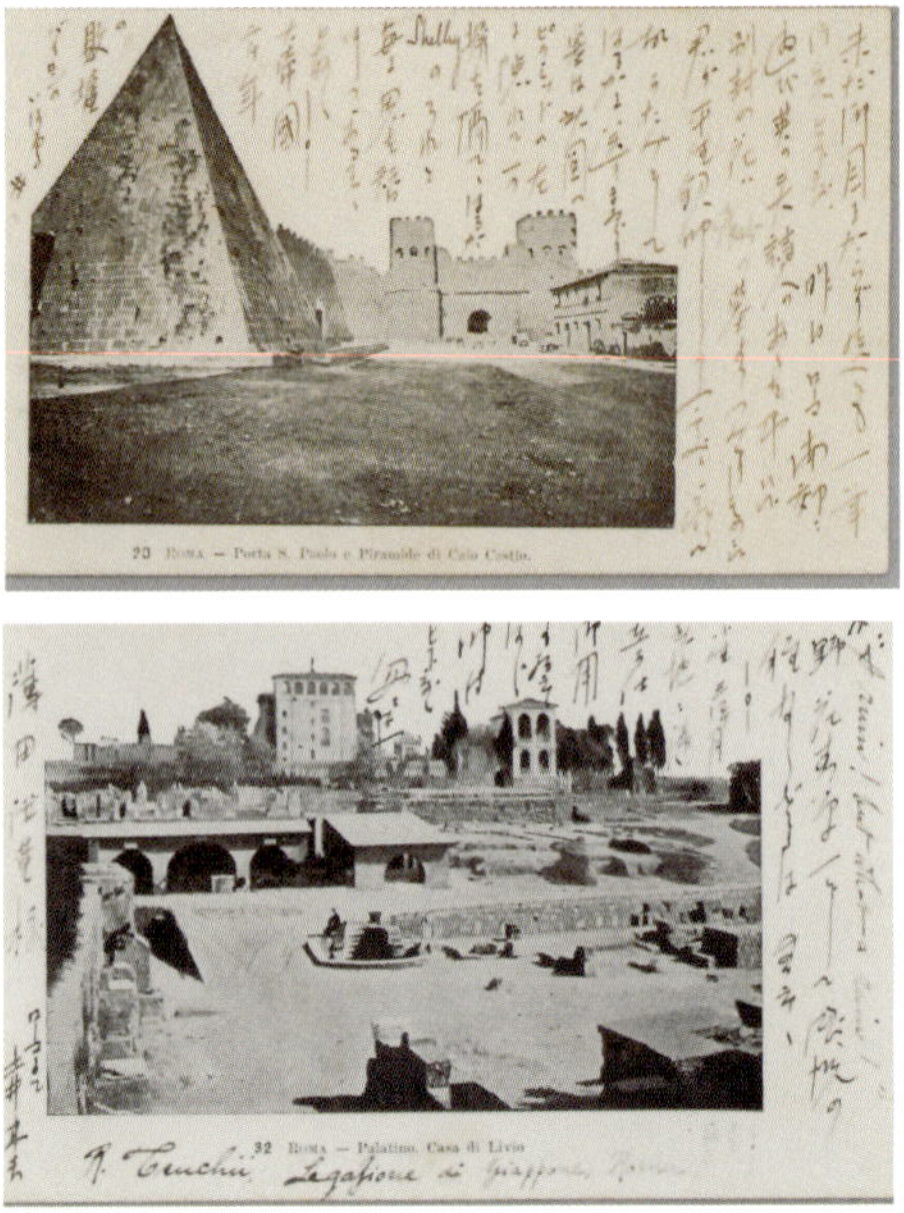

▲イタリアの土井晩翠から泣菫へ送られた絵はがき

▲島村抱月

▲外遊中の島村抱月から送られた写真

四号活字で掲載。六月には『明星』に「雷神の歌」が掲載される。

七月には父の篤太郎が上阪し、開催中だった第五回内国勧業博覧会を見物した。同じ頃徳冨蘆花も来阪して泣菫を訪問し、一緒に博覧会を見物する。この時の様子を泣菫は「徳富健次郎氏」に、蘆花は後に小説『富士』に書いている。

八月頃、京都岡崎満願寺裏の小林方に転居。高安月郊と盛んに京都周辺を探索した。この頃、月郊の紹介で、生田流の箏曲家である鈴木鼓村と知り合った。泣菫は鼓村のために「おもかげ」他八曲を作詩する。

一〇月には、富小路下ル四条教会にて、同志社文学会、四条基督教青年会共催の文学講演会で詩の朗吟をする。後に泣菫は、「自分の朗吟が滅茶苦茶だつたのに較べて、同じ席で試みられた与謝野寛氏の短歌朗吟が、声といひ、節といひ、真に気の利いたものだつたことだけはいまだに覚えてゐます」と回想している。

▲糺の森にて

▲鈴木鼓村

▲新詩社の集まりにて。泣菫は後列右から６人目。明治 36 年５月。

4 『二十五絃』の出版

明治三七年二月、日露戦争の勃発に伴い帰郷し、詩作に専念する。弟鶴二は満州に従軍している。夫に死別した姉のアヤは、次男の死をきっかけに、長男と長女を郷里に残して再婚していた。

▲与謝野晶子。子供は長男の光

▲与謝野秀

六月には与謝野鉄幹、晶子の次男が生まれ、泣菫は求められてその子に「秀」と名前をつけた。

与謝野鉄幹は「ひんがしのキイツと親もたふとびし君が賜びたる汝が名し思へ（泣菫君児の為めに名を秀と撰ばれたり）」との和歌を『明星』（明治三七年八月）に掲載した。また、深いお礼を記した書簡が残されている。

明治三八年一月には与謝野晶子、山川登美子、増田雅子の歌集『恋衣』が刊行され、献辞には「詩人薄田泣菫の君に捧げまつる」と記された。

明治三八年五月、第三詩集『二十五絃』が刊行された。四六版上製、濃緑色のクロースに金箔を載せ、空押で竪琴を弾く女性が表紙に描かれている。装丁は岡田三郎助による。『二十五絃』は「この度の大御軍に加はれるわが弟に」と、弟鶴二に捧げられた。

与謝野寛は本郷書院からの発行

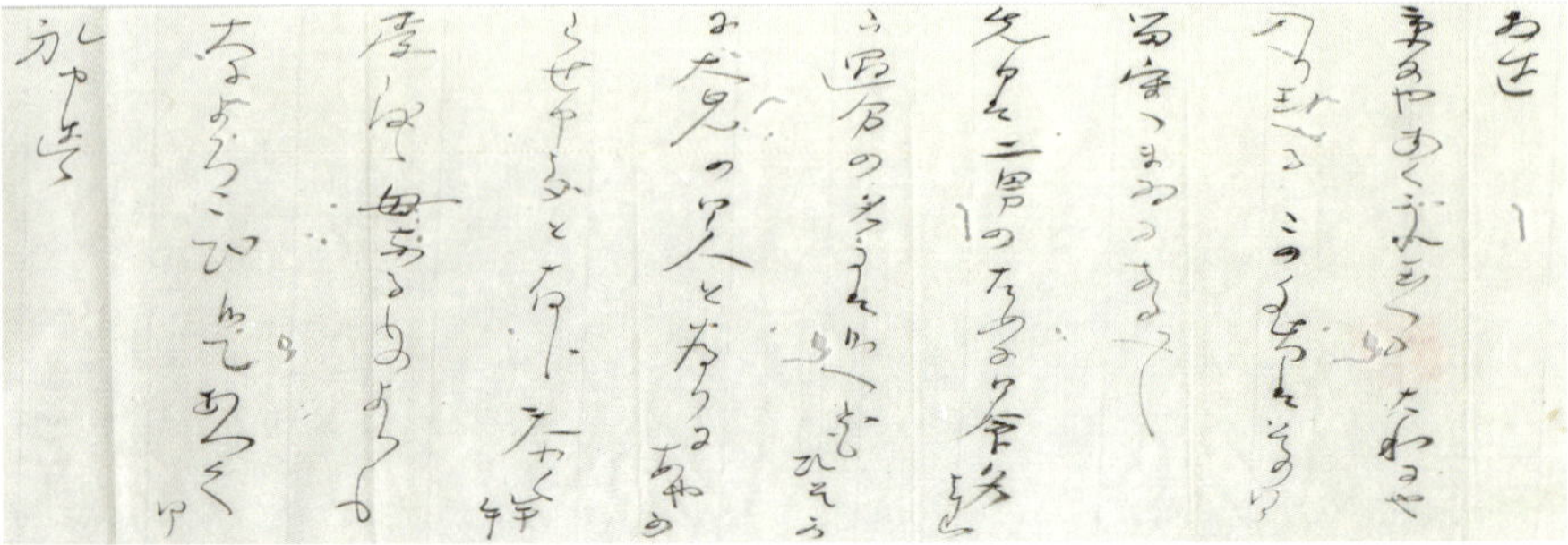

▲与謝野鉄幹よりの礼状（資料提供：薄田仁郎氏）

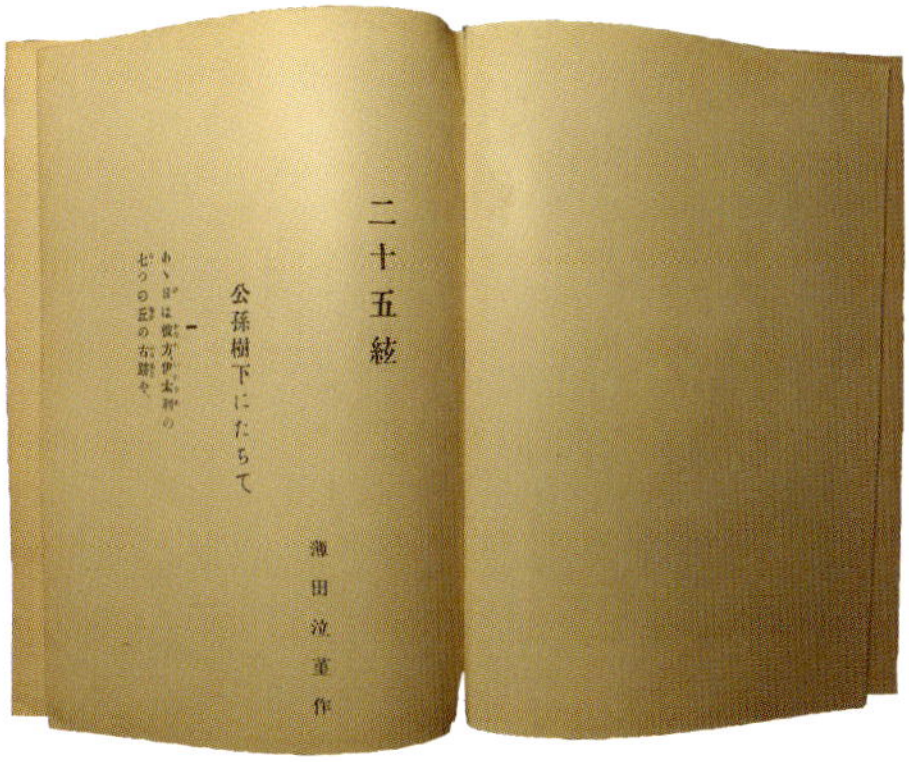

▲『二十五絃』「公孫樹下にたちて」

▲『二十五絃』

を提案し動いていたが、『二十五絃』は春陽堂より刊行され、『暮笛集』刊行直後から春陽堂での詩集出版を望んでいた後藤宙外の希望が叶った形となった。

巻頭に掲げられた「公孫樹下にたちて」は当時の青年達に広く愛誦されることになる。

宇野浩二は『芥川龍之介』で、辰野隆と久保田万太郎が合唱するシーンを描いている。木村毅によれば、岡山の青年達の中には、那岐山の古刹菩提寺の大銀杏を詩の舞台と考え、その幹の皮の剥げた跡に詩の一節を鉛筆で書いたり、銀杏の葉を拾いに行って詩集の栞にする者もいたという。

▲『二十五絃』挿絵（岡田三郎助）

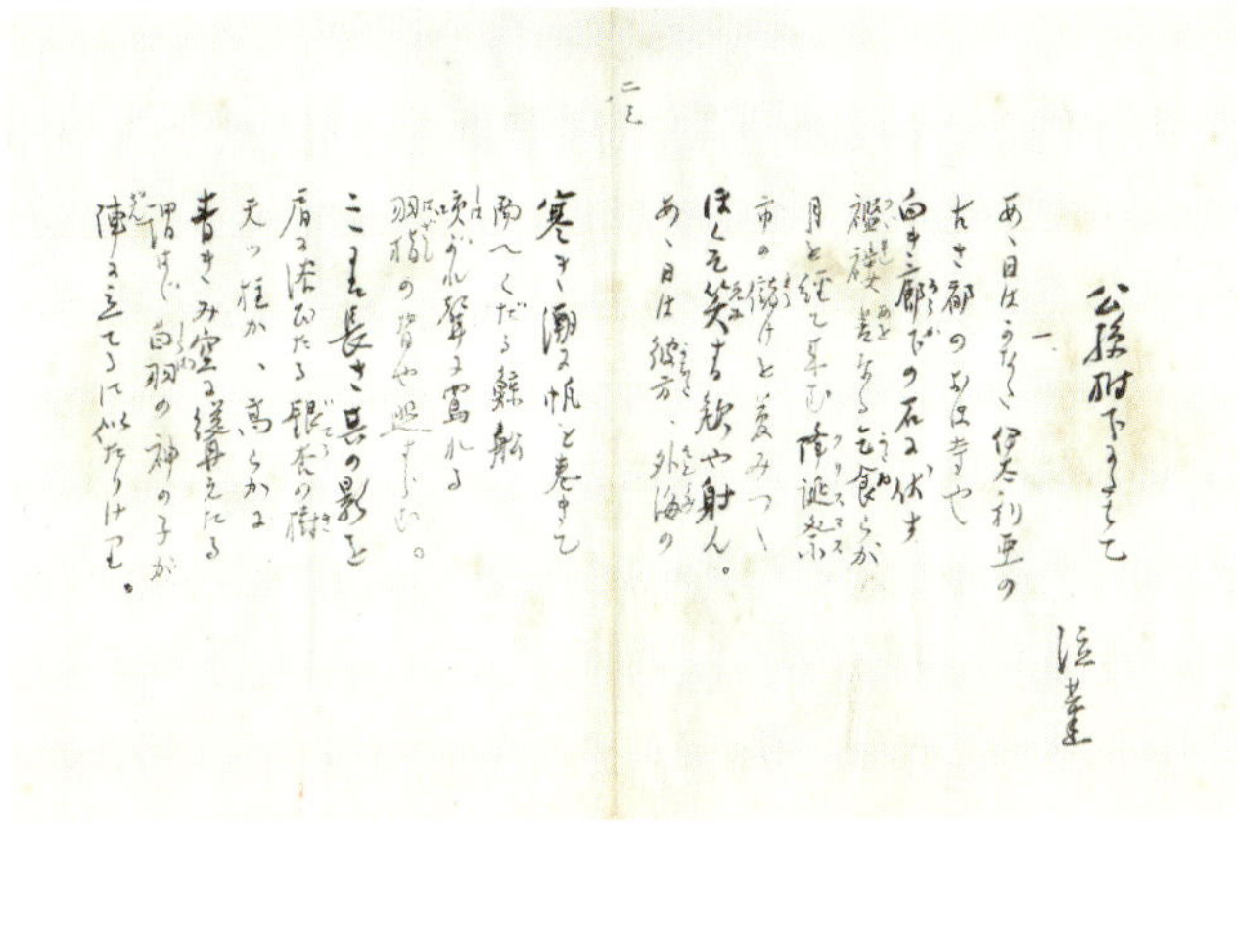

◀「公孫樹下にたちて」原稿

明治三八年六月、詩文集『白玉姫』が金尾文淵堂より刊行される。四六版、クロースが卵色、褪紅色、鼠色の三種類のバージョンが出された。民謡調の七篇の詩と、散文が収められている。献辞には「この書を高安月氏郊氏にさゝぐ」とある。

明治三八年九月には日露戦争の講和条約が調印された。弟の鶴二も満州より帰還した。

▲『白玉姫』

戦争の終結に伴い、一〇月に泣菫は京都へ戻った。翌一一月の「あゝ大和にしあらましかば」（『中学世界』）を始め、薄田泣菫の代表詩とも言われる重要な詩が三九年にかけて次々と発表される。三九年一月には「望郷の歌」が『太陽』に、「わがゆく海」が『明星』に発表される。さらに、島村抱月の帰朝を受けて復刊された『早稲田文学』には「魂の常井」が東儀鉄笛の作曲による楽譜付きで掲載された。

明治三九年四月に泣菫は六年ぶりに上京する。文芸協会に島村抱月を訪ね、坪内逍遙に紹介されたり、新詩社の集会に列席したり、森鷗外の観潮楼を蒲原有明、岩野泡鳴と共に訪ねたりなどする。備中の出身であり、かねてより文通で交流していた綱島梁川と初めて対面するのもこのときである。また、山本露葉、岩野泡鳴、前田林外らと近県を旅行している。東京より帰る際の送別会での写真が残っている。

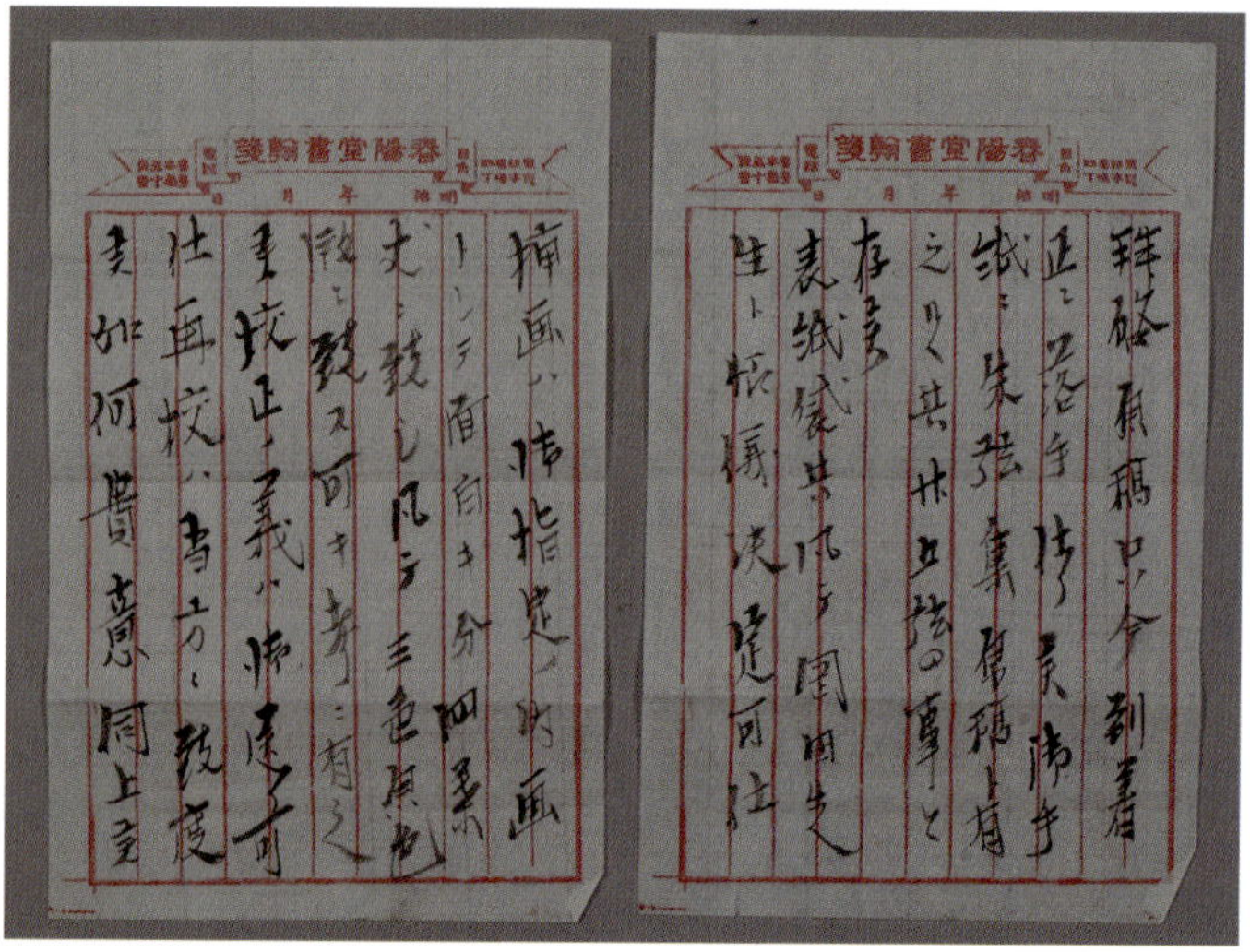
▲後藤宙外よりの書簡。装丁や挿絵、校正の段取りなどを確認している

▲薄田泣菫送別会にて。明治三九年五月。右から、薄田泣菫、小山内薫、蒲原有明、岩野泡鳴、野口米次郎、前田林外、山本三郎、児玉花外、今津隆次。（資料提供：薄田仁郎氏）

5 『白羊宮』の刊行

明治三八年七月には蒲原有明『春鳥集』、一〇月には上田敏の『海潮音』と、日本における象徴詩受容の重要な成果が次々と刊行されていた。そうした流れの中で明治三九年五月、詩集『白羊宮』が刊行される。四六版、表紙のクロースは純白と鼠色の二種類がある。表紙には黄道一二宮の第一の星座である白羊宮が描かれている。挿絵は満谷国四郎の「わがゆく海」と鹿子木孟郎の「鈴蘭」の二葉がつけられた。「この書を後藤寅之助氏にささぐ」と、『白羊宮』は後藤宙外に捧げられた。上田敏が『芸苑』にて推賛したのをはじめ、『白羊宮』は各誌にて好意的に評価された。『明星』は馬場孤蝶、与謝野寛、茅野蕭々の鼎談「白羊宮合評」を掲載し、一つ一つの作を丁寧に論評している。東西の趣味に通じた上で深い日本語の素養を元に詩作していることが賞讃される一方で、「古語癖」による難解さへの懸念も表明されている。

▲『白羊宮』。表紙の色は白と灰の２種類がある

▲『白羊宮』挿絵（満谷国四郎）

蒲原有明からの書簡には、「引手あまたのベルレイヌに候」と記され、ベルレーヌ詩集が様々な詩人の間で貸し借りされたことが記されている。泣菫もこうした詩集の貸し借りの中で象徴詩を学習していったことがわかる。

『中央公論』は明治三九年八、九月に特集「現時の新体詩の価値」を組み、現在の新体詩は「謎語」ではないかと各方面に意見を問うた。その中で阪井久良岐は『白羊宮』を、古事記万葉から明治語までごちゃまぜになっていることで「殆ど滑稽の感じがして、抱腹絶倒にたへざらしめ申し候」とやり玉に挙げた。明治三八年以降、口語詩の運動が急速に高まることに伴い、詩の言葉も現代語を使うべきとして、有明や泣菫の試みは、「死語」を弄するものとして否定的に評価する風潮が高まっていく。

　そうした詩の潮流の中で、泣菫の詩作は減少し、随筆の執筆が増えていく。

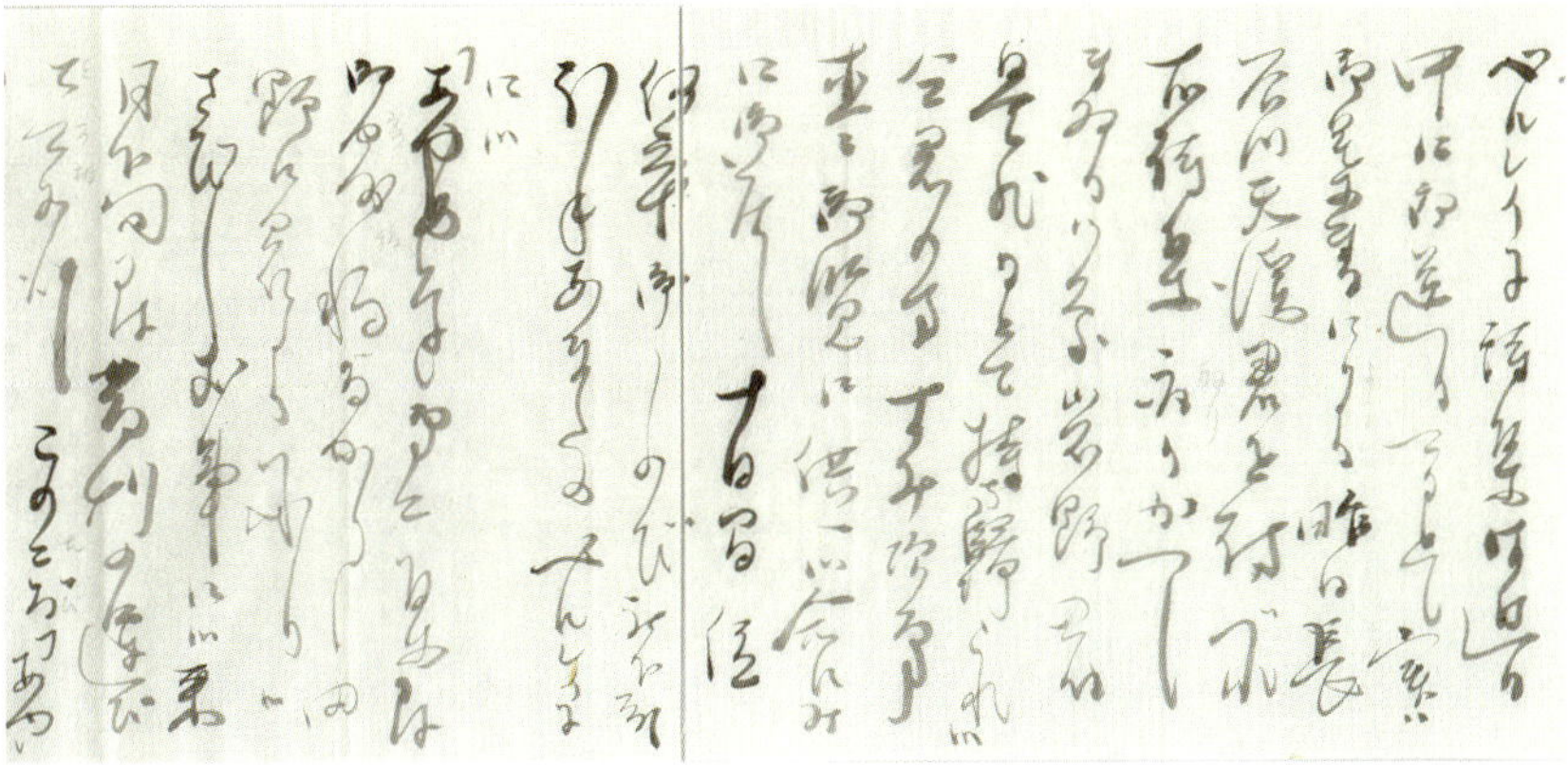

▲蒲原有明よりの書簡（明治 39 年 8 月 31 日）

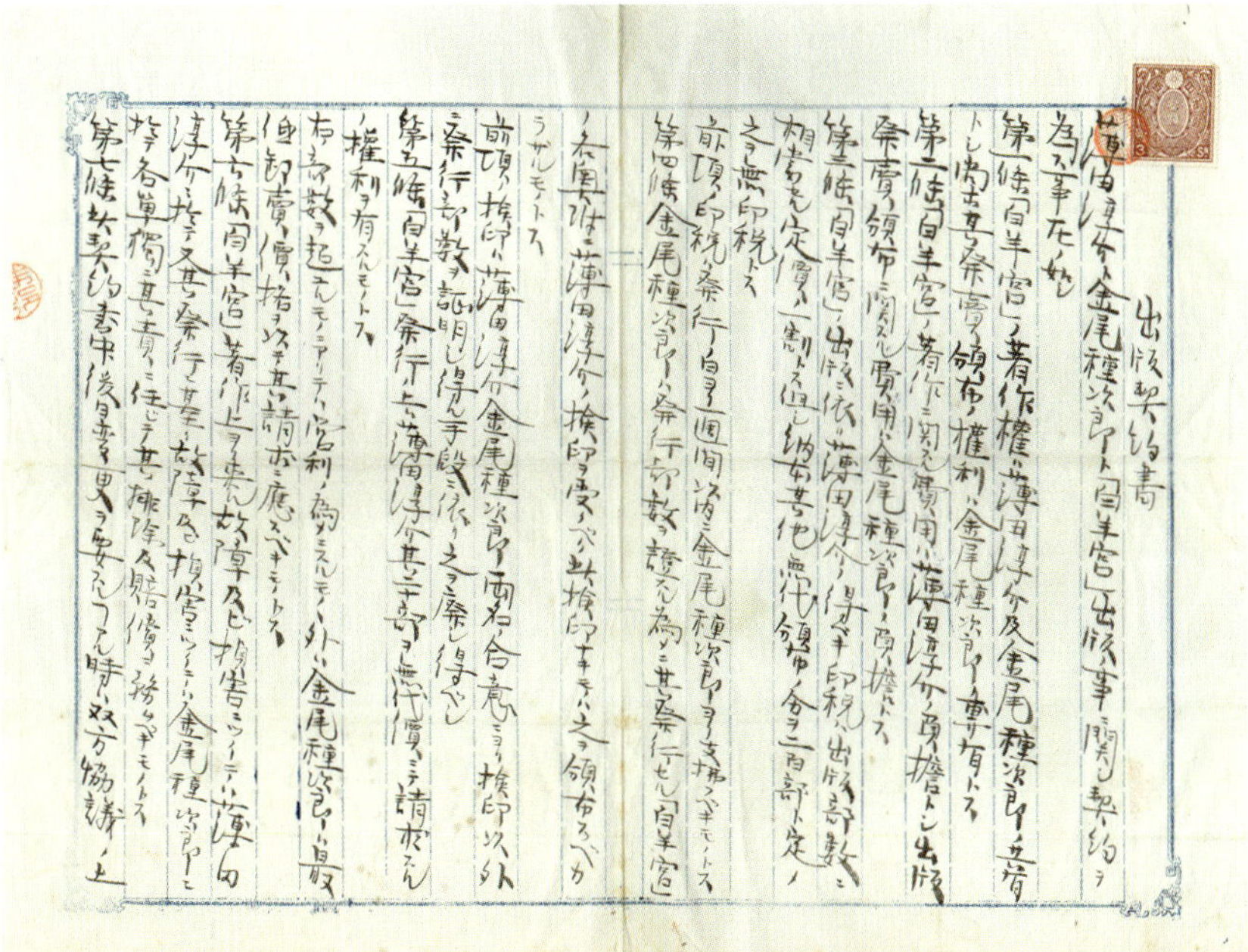

出版契約書

薄田淳介金尾種次郎ト「白羊宮」出版事ニ関シ契約ヲ為ス事左ノ如シ

第一條「白羊宮」ノ著作権ハ薄田淳介及金尾種次郎ノ共有トシ内出版発売頒布ノ権利ハ金尾種次郎ノ専有トス

第二條「白羊宮」ノ著作ニ関スル費用ハ薄田淳介ノ負擔トシ出版発売頒布ニ関スル費用ハ金尾種次郎ノ負擔トス

第三條「白羊宮」ノ出版ニ依リ薄田淳介ノ得ベキ印税ハ出版部数ニ相当スル定價ノ一割トス但シ納本其他無代頒布ノ分ヲ二百部ト定メ之ヲ無印税トス

前項ノ印税ハ発行ノ日ヨリ一週間以内ニ金尾種次郎ヨリ支拂フベキモノトス

第四條 金尾種次郎ハ発行部数ヲ證スル為メニ其発行セル「白羊宮」ノ表紙裏ニ薄田淳介ノ検印ヲ受クベク此検印ナキモノハ之ヲ頒布スベカラザルモノトス

前項ノ検印ハ薄田淳介金尾種次郎両者合意ニヨリ検印以外ニ発行部数ヲ証明シ得ル手段ニ依リ之ヲ廃シ得ベシ

第五條「白羊宮」発行后薄田淳介其二十部ヲ無代價ニテ請求スル権利ヲ有スルモノトス

右部数ヲ超ユルモノニアリテハ営利ノ為メニスルモノノ外ハ金尾種次郎ハ最低卸売價格ヲ以テ其請求ニ應ズベキモノトス

第六條「白羊宮」著作上ヨリ来ル故障及ビ損害ニツイテハ薄田淳介ニ於テ又其発行上ヨリ来ル故障及ビ損害ニツイテハ金尾種次郎ニ於テ各単独ニ其責ニ任ジテ其排除及賠償ノ務ヲ負フベキモノトス

第七條 此契約書中後日変更ヲ要スル事アル時ハ双方協議ノ上

▲『白羊宮』出版契約書

6 結婚

明治三九年一一月、京都市寺町通鞍馬口下ル高徳寺町に転居する。これは翌月の市川修との結婚を見据えてのものだった。鈴木鼓村の鼓村楽堂の楽頭職、津倉せきの手引きによるものという。三九年春に京都に行き、婚約が成立。一二月二日に新居にて結婚式を挙げた。余興で鈴木鼓村が泣菫作の京極流箏曲「おもひで」を演奏した。

泣菫の日記には、五月二四日「母君来る。事成る。神よわれらを恵み給へ」とあり、これが泣菫と市川修の婚約の成立を示した記述と考えられている。

また、泣菫が求婚の歌として修に送ったという色紙「それとまだ名をかたるべき君ならず風情は似たりしら桃の花」が残っている。

（竹本寛秋）

▲市川修

▲寺町通鞍馬口下ル高徳寺町の自宅で

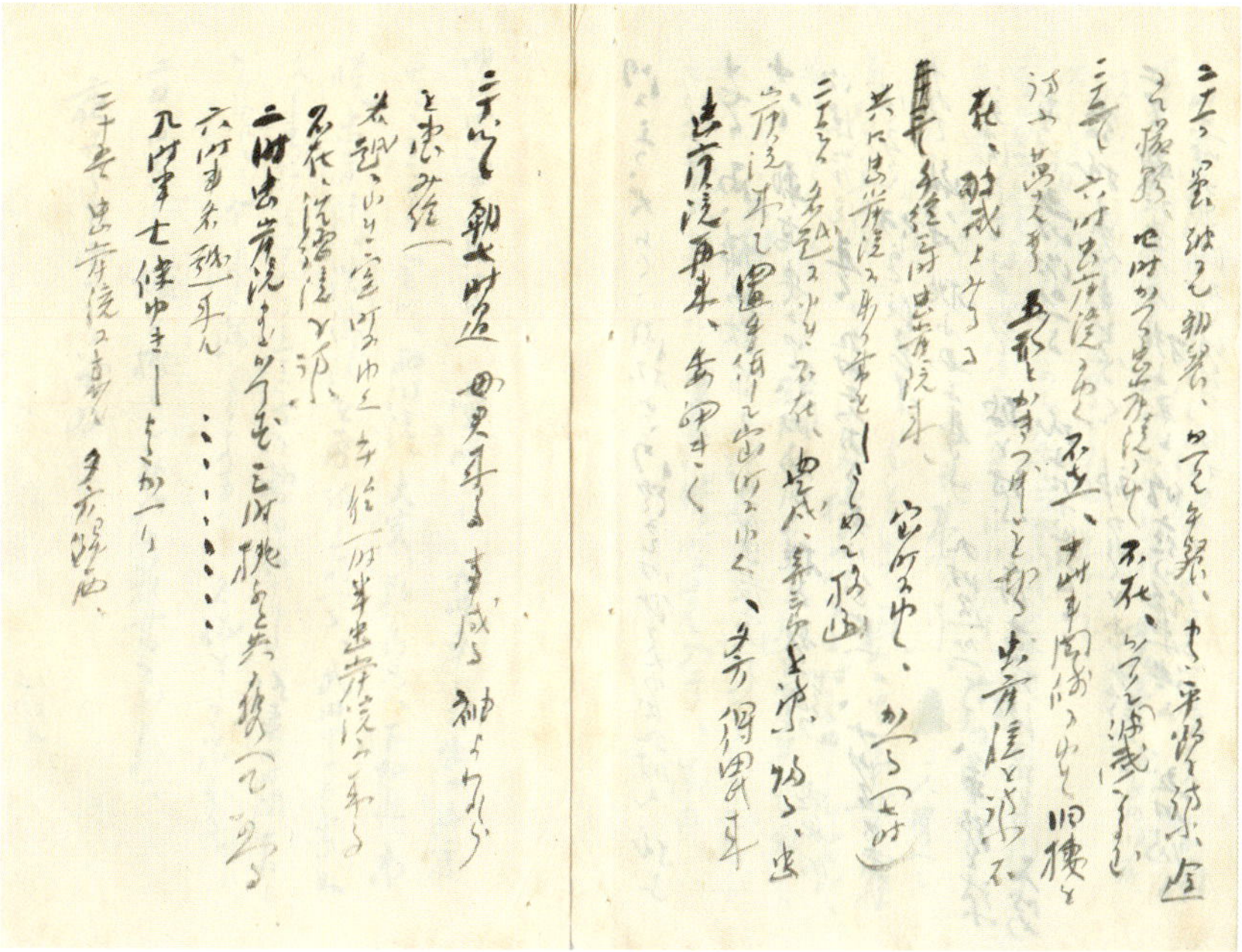

▲泣菫の日記。明治39年5月の記述

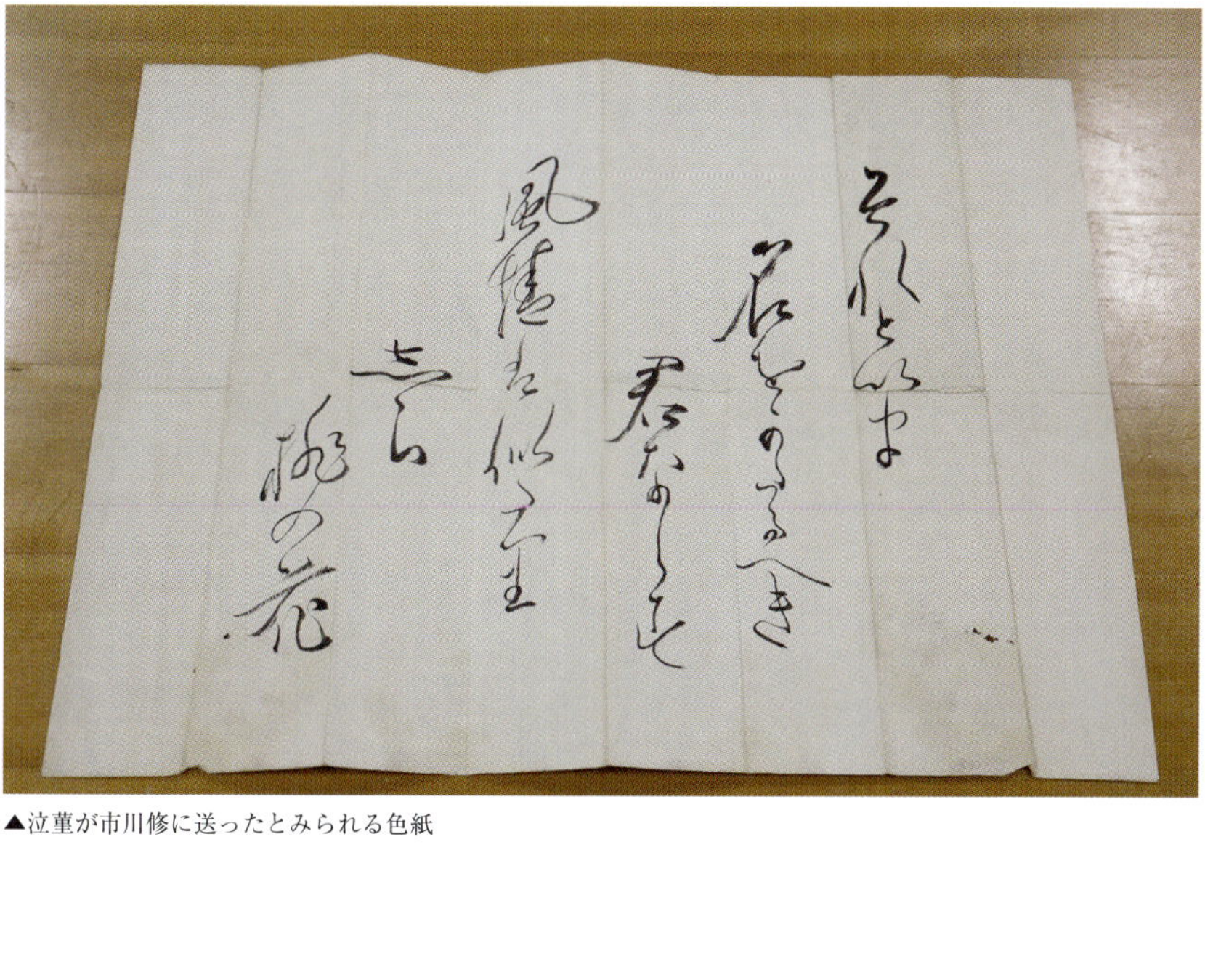

▲泣菫が市川修に送ったとみられる色紙

第3章　模索期

1907〜1911

1　結婚後の動向

結婚後の明治四〇（一九〇七）年三月、泣菫夫妻は「下長者町室町通り西入ル」に転居する。この頃、「盲腸を煩らひて、二旬が程枕につ」（「春宵」『落葉』）いたが、まもなく回復し、四月、妻を伴って一時帰郷した。

この月、国民新聞社の社友となり、「京都」（三月二四日）をはじめて掲載して以後、『国民新聞』紙面に文章を発表し始める。『国民新聞』にはこの一一月以後「子守唄」と題した一連の作品を発表しており、これは前年に発表していた「子守唄」の試みと連続したものと見られる。作品のいくつかは後に刊行された『お伽噺とお伽唄』（冨山房、大正六年一二月）に収録されている。

五月に金尾文淵堂が企画した『畿内見物大和の巻』（明治四四年三月刊行）の取材旅行で中沢弘光と大和を廻り、東大寺、法華寺、海龍王寺などを訪れた。

子守唄　薄田　泣菫

○鵙と時鳥

深山の鳥のほととぎす、
沓商賈のほととぎす、
鵙に沓代を貸したまま、
ついそれなりに秋も來た。

その後は鵙も氣の毒に、
仕合せの無い日ばかりで、
沓の代をも拂ひかね、
深山を逃げて里へ來た。

里は九月の秋はじめ、
鵙は澤やら田に降りて、
あわてる蟲を捉へては、
ひとり乾肉を爲はじめる。

歳も暮れたでほととぎす、
鵙を尋ねて野へ來れば、
鵙は居らいで草や木に、
濟せぬ沓代にせめてもの、
蜥蜴や蛞蝓の贄ばかり。

▲「子守唄　鵙と時鳥」（『国民新聞』明治40年11月14日）
国立国会図書館蔵

子守唄　薄田　泣菫

猿の腰掛

山の朽木に黄いろの
菌がひとつ生えたのを、
兎はゆふべここに來た
鬼が落した角といひ、
狸は深山の山姥が
狐づかひの手だといふ。

そこで二人が連れ立つて、
森のお猿を訪ねたら、
知つたか風のえて公は、
それは角でも手でも無い、
お慈悲の深い神様が、
お猿にたもる床几ぢやと、
言ひまぎらした口まめに、
狸も兎も合點して、
山の菌はその日より、
ずるいお猿の腰かけと、
いつの代までもなつたとさ。

▲「子守唄　猿の腰掛」（『国民新聞』明治40年12月1日）
国立国会図書館蔵

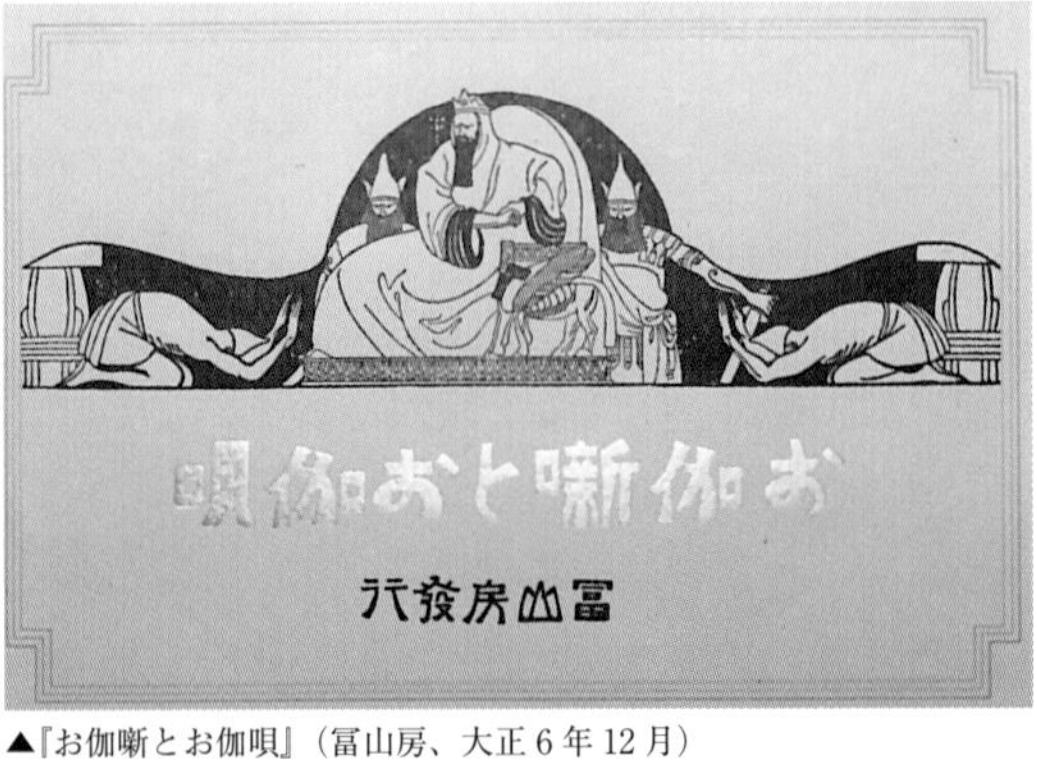

▲『お伽噺とお伽唄』（冨山房、大正6年12月）

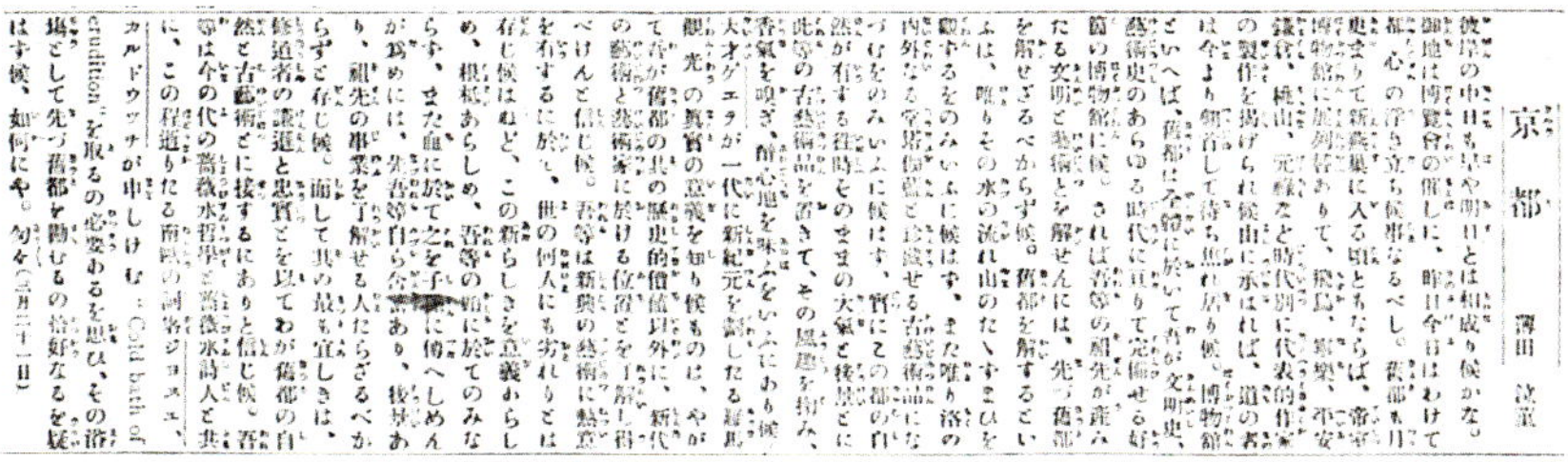

京都　薄田泣菫

彼岸の中日も早や明日とは相成り候かな。御地は博覧会の催しに、昨日今日はわけて都心の浮き立ち候事なるべし。舊都も月吏まりて新燕巣に入る頃ともならば、帝室博物館に陳列替ありて、飛鳥、寧楽、平安、鎌倉、桃山、元禄など時代別に代表的作家の製作を掲げられ候由に承はれば、道の者は今より鶴首して待ち焦れ居り候。博物館といへば、舊都は全部に於いて吾が文明史、藝術史のあらゆる時代に亘りて完備せる好箇の博物館に候。されば吾等の祖先が産みたる文明と藝術とを解せんには、先づ舊都を解せざるべからず候。舊都を解することは、唯りその水の流れ山のたゝずまひを觀ずるをのみいふに候はず、また唯り洛の内外なる堂塔伽藍と珍蔵せる古藝術品になづむをのみいふに候はず、實にこの都の自然が存する往時そのまゝの大氣と旋律とに此等の古藝術品を置きて、その風趣を掬み、香氣を嗅ぎ、醉心地を味ふをいふにあり候。大ギヨエテが一代に新紀元を劃したる羅馬觀光の眞實の意義を知り候ものは、やがて吾が舊都の其の歴史的價値以外に、新代の藝術と藝術家に於ける位置とを了解し得べけんと信じ候。吾等は新興の藝術に熱望を有するに於て、世の何人にも劣れりとは存じ候はねど、この新らしきを意義あらしめ、根柢あらしめ、吾等の節に於てのみならず、また血に於て之を子に傳へしめんが爲めには、先づ吾等自ら合點あり、後世あり、祖先の事業を了解せる人たらざるべからずと存じ候。而して其の最も宜しきは、修道者の謙遜と忠實とを以てわが舊都の自然と古藝術とに接するにありと信じ候。吾等は今の代の象徴派哲學と象徴派詩人と共に、この程逝りたる南歐の詩客ジヨスエ、カルドウツチが申しけむ「Cold bath of erudition」を取るの必要あるを思ひ、その浴場として先づ舊都を勸むるの恰好なるを疑はず候、如何にや。匆々（三月二十一日）

▲「京都」（『国民新聞』明治 40 年 3 月 24 日）（国立国会図書館蔵）

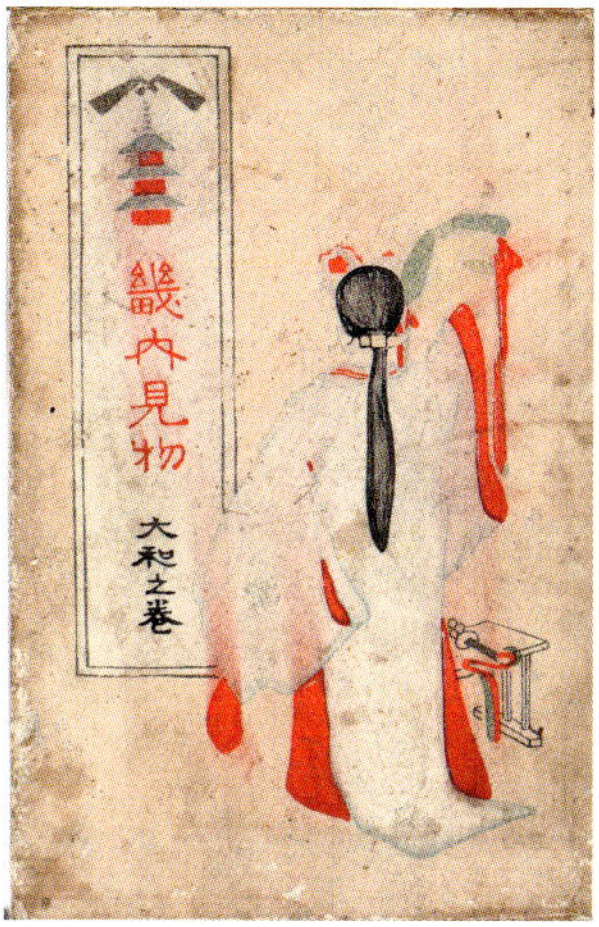

▲『畿内見物大和の巻』（明治 44 年 3 月）

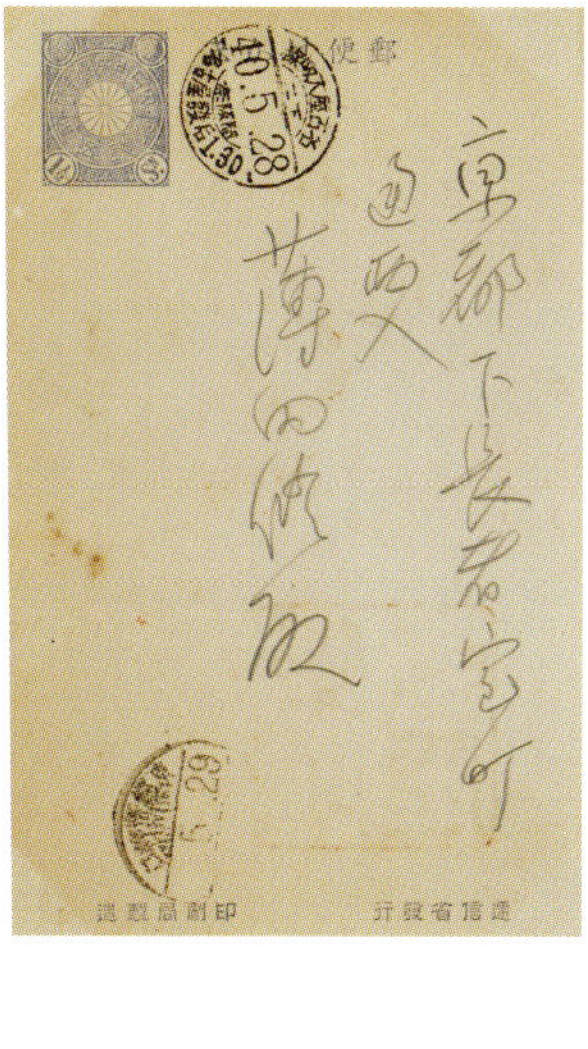

◀▲大和から妻修子への葉書（明治 40 年 5 月 4 日）「薬師寺に来る／あゝくたびれた／腹も減った」とある

2　綱島梁川の死と長女の誕生

九月一四日、綱島梁川が東京で死去した。同じ岡山県出身のこの思想家とは、明治三九（一九〇六）年四月に泣菫が上京した時に初めて会ったが、それ以前以後も親しく手紙のやり取りをしていた。京都でその死の報に接した泣菫は「山川相距る百里、遙かに東の方を望みて涙流る。情思は飛びて君が側にあり」（「綱島梁川君を弔ふ」『落葉』）とその死を悼んだ。

翌年『書簡集』（上下）を後述する獅子吼書房から出版した。

なおこの時期、「よみうり抄」（『読売新聞』九月八日）によれば、九月には京都の仏教学校（現、龍谷大学）の教師となって、英文学を講じている。

一一月二一日、長女まゆみが誕生する。親友の平野履道も長男朗（後の評論家、平野謙）が一〇月三〇日に生まれており、泣菫に宛てて「まゆみ君の発達の速かなのには驚きました。先達の朗の方が遙かにおくれたやうです」と書き、「生後二百十二日」の朗の手形を押した葉書を送っている（明治四一年六月一日）。

▲綱島梁川

▲右から平野履道、泣菫、斎藤弔花（明治38年10月）

▲薄田まゆみ（明治41年5月25日）

▲上　平野履道からの葉書・裏（明治 41 年 6 月 1 日）
▶右　同葉書・表

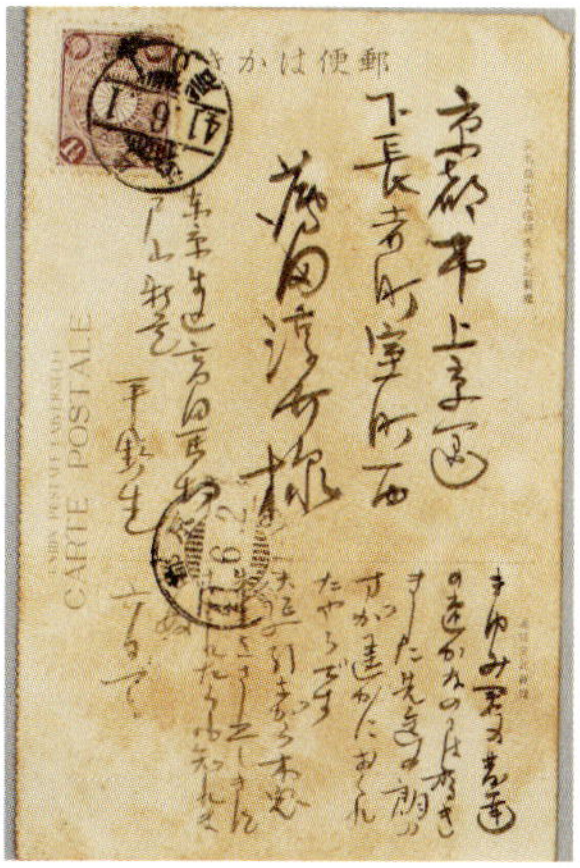

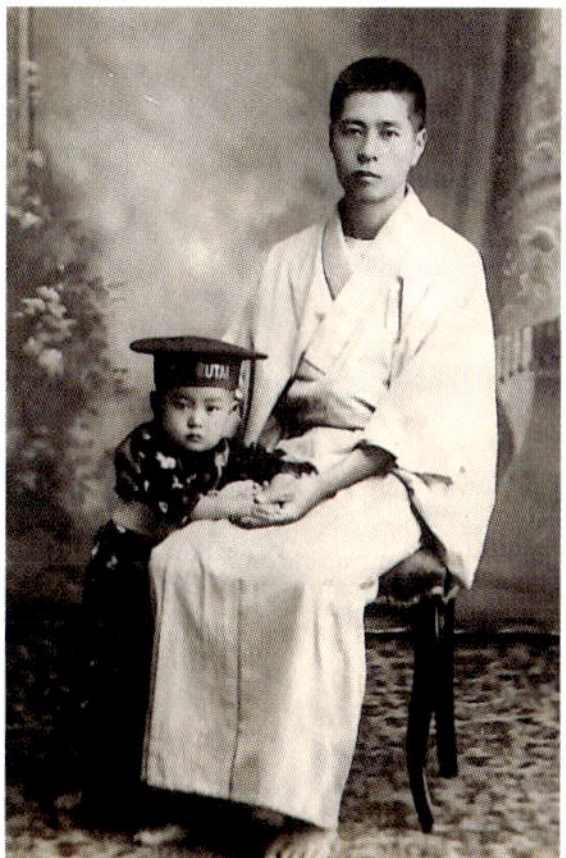

▲平野履道と長男朗（平野謙）（明治 42 年 9 月）

▲平野朗（謙）生後 5 か月

3 随筆集『落葉』

明治四一（一九〇八）年二月、これまでの文章を集めた、泣菫にとって初めての随筆集『落葉』を獅子吼書房より刊行した。獅子吼書房は、金尾文淵堂に勤めていた弟鶴二が独立して創めた出版社で、同じく金尾文淵堂に勤めていた中山泰昌、洛陽堂の河本亀之助の弟河本俊三と創業し、この書物が獅子吼書房の最初の刊行物となった。口絵を旧知の満谷国四郎が担当し、扉には「この書を両親に膝下に献ず」との献辞がある。この書は好評をもって迎えられたようで、翌月に再版が刊行されている。

なお鶴二との共著で七月に『名家書翰集』を、一二月にも『新書翰』を刊行している。だが獅子吼書房自体は翌年には廃業しているようで、版権が杉本梁江堂に渡っている。

翌明治四二（一九〇九）年二月には京都で高安月郊、厨川白村らと外国文学研究会の九日会を結成した。

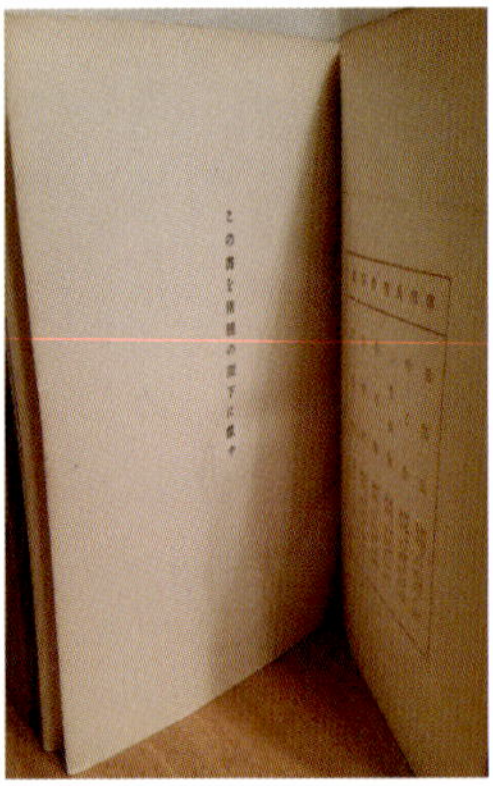
▲『落葉』の献辞「この書を両親の膝下に献ず」

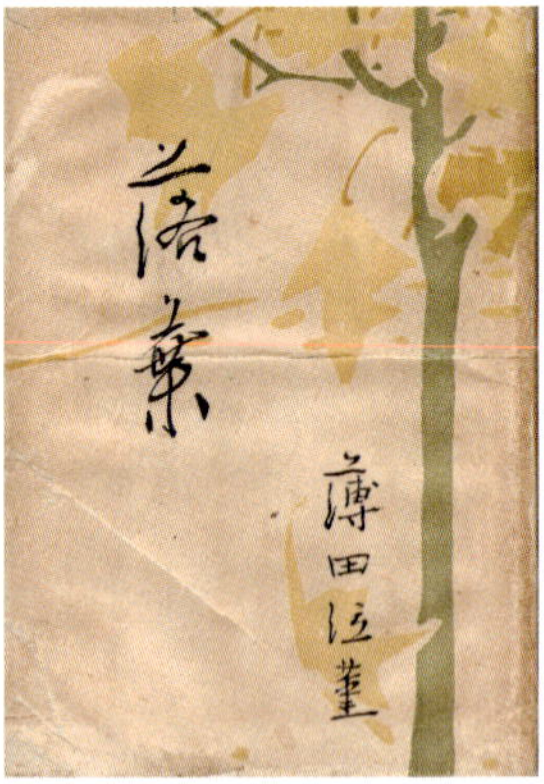

▲『落葉』（獅子吼書房、明治 41 年 2 月）

▲『落葉』広告（『東京朝日新聞』明治 41 年 2 月 21 日）（国立国会図書館蔵）

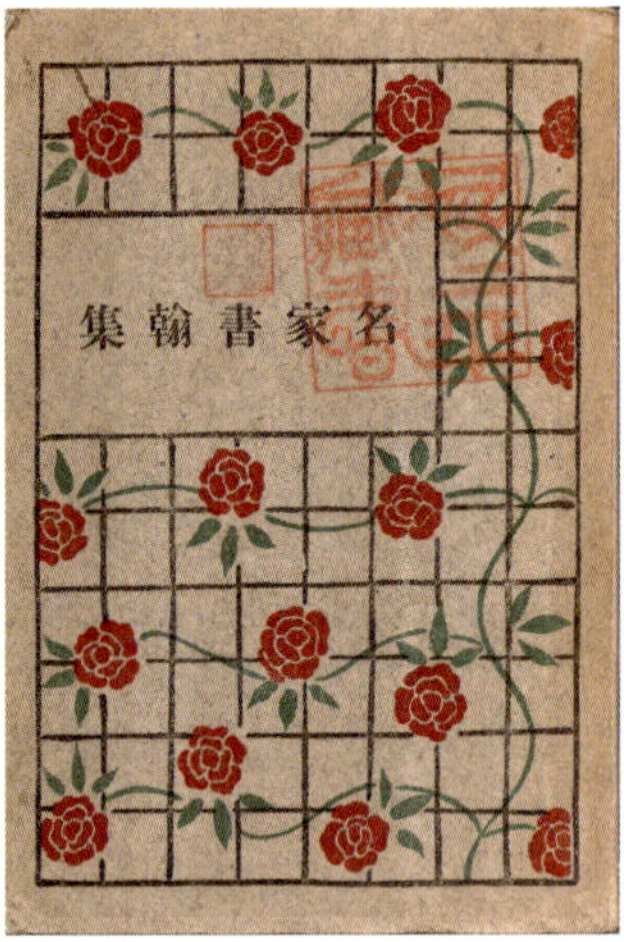

▲『名家書翰集』（獅子吼書房、明治 41 年 12 月）

▲九日会のころ（前列左端泣菫、右端成瀬無極、後列左端川田順、その右上田敏）

4　小説への挑戦

明治四二（一九〇九）年二月の『スバル』に発表した「温室」を最後に詩の新作は見られなくなった。泣菫の小説への挑戦が始まっていたのである。ただこれ以前から、すでに泣菫は小説を手掛けていたようで、明治四〇（一九〇七）年三月一五日の『読売新聞』には「長篇の小説に筆を染め居れる由九月頃脱稿の筈」（「よみうり抄」）と報じられているほか、「「破戒」よりも長くなると氏自身で云つてゐるさうだ」（「よみうり抄」『読売新聞』明治四〇年六月二日）、「今度書く長篇小説のモデルは箏曲家鈴木鼓村氏である」（「よみうり抄」『読売新聞』明治四一年九月六日）などと何度も報じられている。

　この時期に書かれていた作品が、後に発表された小説と同じものかは不明だが、泣菫の小説第一作「鬼」は、明治四二（一九〇九）年四月『新小説』に発表された。

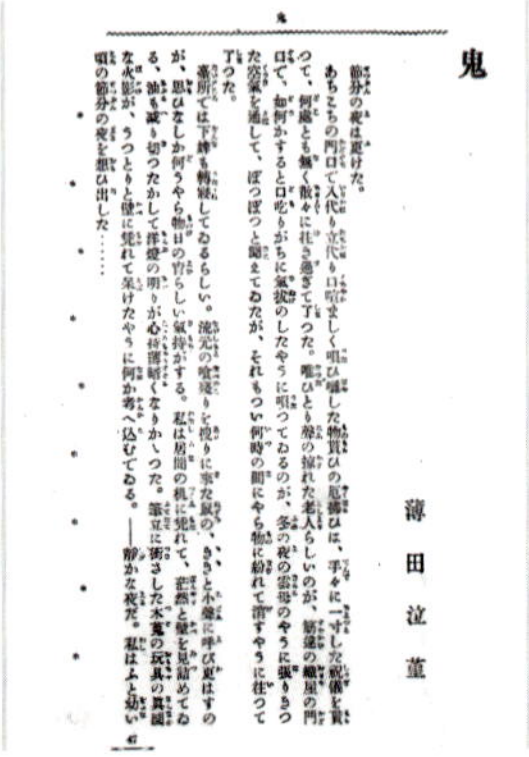
鬼

薄田泣菫

節分の夜は更けた。

あちこちの門口で入代り立代り口喧ましく唄ひ囃した物貰ひの厄拂ひは、手々に一寸した祝儀を貰つて、何處とも無く散々に往き過ぎて了つた。唯ひとり聲の掠れた老人らしいのが、筋違の織屋の門口で、如何かすると口吃りがちに氣抜のしたやうに唄つてゐるのが、冬の夜の雲雀のやうに張りきつた空氣を通して、ぽつぽつと聞えてゐたが、それもつい何時の間にやら物に紛れて消すやうに往つて了つた。

臺所では下婢も轉寝してゐるらしい。流元の喰殘りを搜りに來た鼠の、きゝと小聲に呼び更はすのが、思ひなしか何うやら物日の宵らしい氣持がする。私は居間の机に凭れて、茫然と壁を見詰めてゐる、油も減り切つたかして洋燈の明りが心持薄暗くなりかゝつた。筆立に衝さした木菟の玩具の異様な火影が、うつとりと壁に凭れて呆けたやうに何か考へ込んでゐる。――静かな夜だ。私はふと幼い頃の節分の夜を想ひ出した……

▲「鬼」（『新小説』明治42年4月）（国立国会図書館蔵）

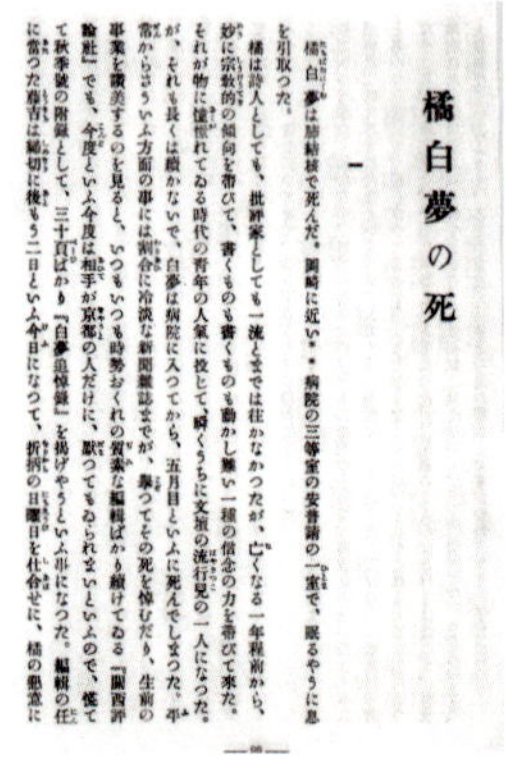
橘白夢の死

一

橘白夢は肺結核で死んだ。岡崎に近い＊＊病院の三等室の安普請の一室で、眠るやうに息を引取つた。

橘は詩人としても、批評家としても一流とまでは往かなかつたが、亡くなる一年程前から、妙に宗教的の傾向を帯びて、書くものも書くものも動かし難い一種の信念の力を帯びて来た。それが物に憧憬れてゐる時代の青年の人気に投じて、瞬くうちに文壇の流行児の一人になつた。が、それも長くは續かないで、白夢は病院に入つてから、五月目といふに死んでしまつた。平常からさういふ方面の事には割合に冷淡な新聞雑誌までが、挙つてその死を悼んだり、生前の事業を讃美するのを見ると、いつもいつも時勢おくれの質素な編輯ばかり續けてゐる『關西評論社』でも、今度といふ今度は相手が京都の人だけに、默つてもゐられまいといふので、慌てて秋季號の附録として、三十頁ばかり『白夢追悼録』を掲げやうといふ事になつた。編輯の任に當つた春吉は締切に後もう二日といふ今日になつて、折角の日曜日を仕合せに、橘の[illegible]に

▲「橘白夢の死」（『三田文学』明治43年10月）

　その後も「嫉妬」（五月『早稲田文学』）などを発表したが、「鬼」は「小説と言ふ程の物ではない」（中村星湖「四月の小説界」『早稲田文学』明治四二年五月）、「嫉妬」は「恐ろしく古臭い」（中村星湖「前月の小説」『秀才文壇』明治四二年六月）などといずれも世評は芳しくなく、「「橘白夢の死」（『三田文学』明治四三年一〇月）を最後に、以後は小説の筆を執ることはなかった。

　ただ注目すべきは、四三年一〇月の『三田文学』に発表された「橘白夢の死」で、これは明治三八年に没した友人平

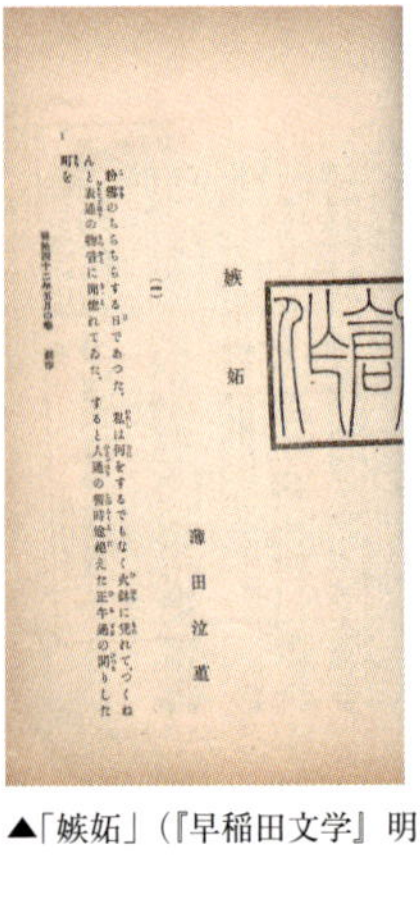
嫉妬

薄田泣菫

（一）

粉雪のちらちらする日であつた。私は何をするでもなく火鉢に凭れて、ぢくねんと表通の物音に聞惚れてゐた。すると人通の暫時途絶えた正午過の閑りした町を

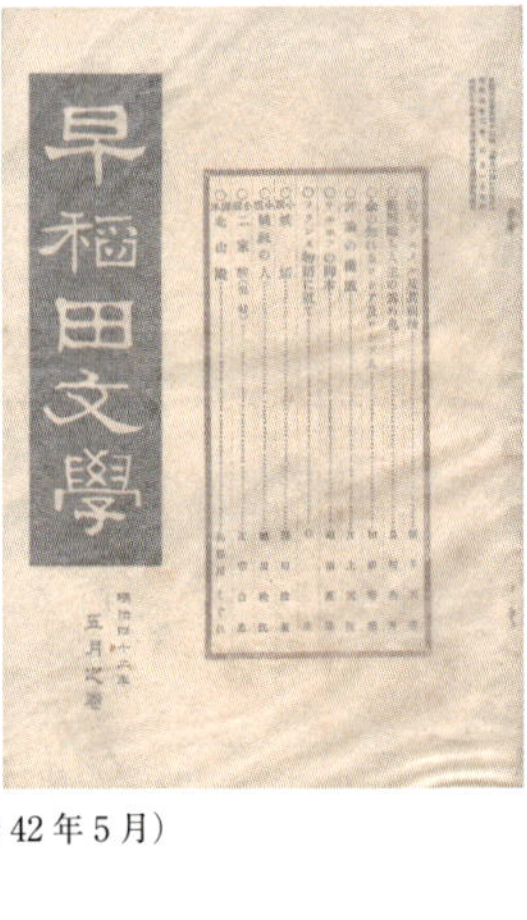

▲「嫉妬」（『早稲田文学』明治42年5月）

尾不孤をモデルにした小説で、泣菫と想定される「藤吉」という名の編集者が、没した橘白夢の追悼録を雑誌に掲載しようと、彼をよく知る先輩友人を訪問する。だが橘の存在は彼らの心にほとんど印象を残していないことが判明するといった具合で、白夢＝不孤の死は非常に冷淡に描かれているのだが、一方で「早春の六日」（『新小説』明治三九年四月）では不孤の死を静かに悼み、また後に「恋妻であり敵であつた」（『太陽は草の香がする』アルス、大正一五年九月）では再び不孤の死が扱われ、同情的にその死が描かれている。不孤の存在は泣菫の中で、後々まで大きな意味を持ち続けた。

明治四二（一九〇九）年五月、随筆集『泣菫小品』を隆文館書店より刊行した。この年の秋には生活に窮して故郷に戻る。

▲『泣菫小品』（明治 42 年 5 月）

▲中井隼太宅にて（明治 45 年 7 月 28 日）後列左から三人目泣菫

5 帝国新聞社入社

明治四四（一九一一）年三月、旧知の結城礼一郎から、新しく大阪で創刊された『帝国新聞』への誘いを受け、旧友中井隼太の家に寄寓し、単身上阪した。その後まもなく家族を迎え、川尻に転居した。

『帝国新聞』は社長が大阪の実業家梅原亀七、主幹が結城礼一郎という陣容で明治四四年四月に創刊されたもので、泣菫も広津柳浪に連載小説を依頼するなど文芸部長として手腕を振るったが、間もなく社内紛争が起き、九月には結城礼一郎などとともに泣菫も帝国新聞社を退社したのであった。

一〇月、長男桂が誕生した。

（掛野剛史）

▲結城礼一郎（明治 41 年 5 月）

▲中之島の中央公会堂前での帝国新聞出発記念写真（2 列目向かって右から 4 人目泣菫、その左結城礼一郎、3 列目左端名越国三郎、3 列目向かって右から 4 人目森田恒友、最後列左端深江彦一）

▲帝国新聞社編集室にて（明治 44 年 5 月）

第4章 大毎編集者としての活躍期

1912～1925

1　大阪毎日新聞社への入社

明治四四年に帝国新聞社を退職した薄田泣菫は、翌明治四五年八月、大阪毎日新聞社の学芸部に「学芸部見習」として職に就いた。これは、金尾文淵堂以来の畏友菊池幽芳の招きによると云われている。明治天皇の大喪を控え、新聞各社がその取材に力を入れた事に呼応しての泣菫への働きかけであったのだろう。現在、入社時に提出された「履歴書」が残されており、これにより大阪毎日新聞入社までの正確な履歴

▲菊池幽芳。泣菫を大阪毎日新聞社に呼び寄せたといわれている

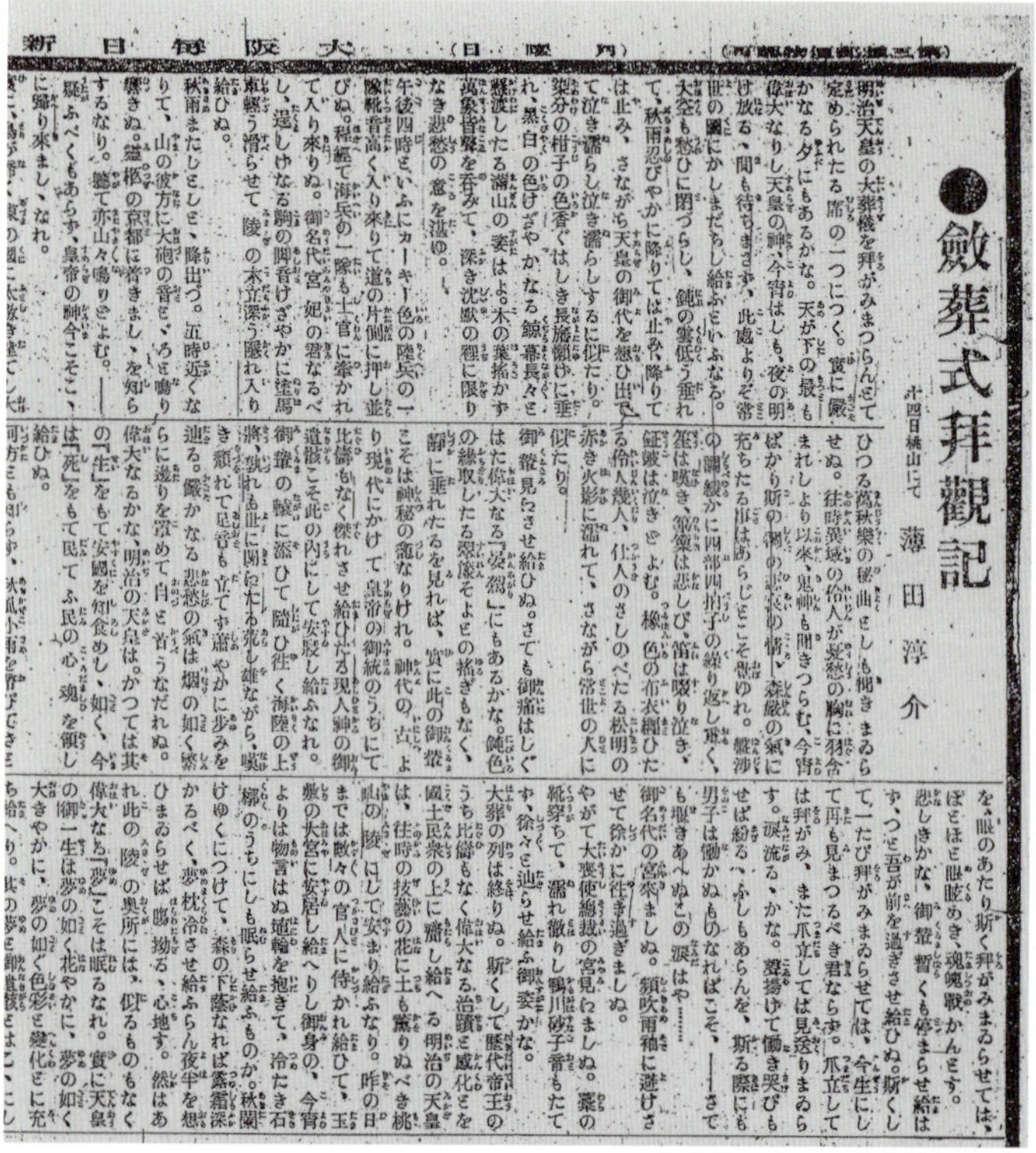

●斂葬式拝観記

十四日桃山にて　薄田淳介

明治天皇の大葬儀を拝がみまつらんとて定められたる席の一つにつく。實に嚴かなる夕にもあるかな。天が下の最も偉大なりし天皇の神、今宵はしも、夜の明け放る、間も待ちまさず、此處よりぞ常世の國にかしまだちし給ふといふなる。大空も愁ひに閉づらし、鈍の雲低う垂れて、秋雨忍びやかに降りては止み、降りては止み、さながら天皇の御代を戀ひ出でて泣き濡らし泣き濡らしするに似たり。幾分の柑子の色香ぐはしき長旛懶げに垂れ、黒白の色けざやかなる鯨幕長々と懸渡したる滿山の姿はよ。木の葉搖かず萬象皆聲を呑みて、深き沈默の淵に限りなき悲愁の意を湛ゆ。

午後四時といふにカーキー色の陸兵の一隊靴音高く入り來りて道の片側に押し並びぬ。程經て海兵の一隊も士官に牽かれて入り來りぬ。御名代宮 妃の宮なるべし、逞しげなる駒の脚音けざやかに塗馬車輕う滑らせて陵の木立深う隱れ入り給ひぬ。

秋雨またしとしと、降出づ。五時近くなりて、山の彼方に大砲の音ど、ろとど鳴り響きぬ。靈柩の京都に着きまし、を知らするなり。聽て亦山々鳴りどよむ。——疑ふべくもあらず、皇帝の神今こそこ、に歸り來まし、なれ。

ひつる萬秋樂の秘曲ぞしも惻きまゐらせぬ。往時異域の伶人が旅愁の胸に羽含まれしより以來、鬼神も聞きつらむ、今宵ばかり斯の調の悲哀の情と森嚴の氣に充ちたる曲はあらじとこそ覺ゆれ。盤渉の調緩かに四部四拍子の繰り返し聽く、笙は咽き、篳篥は悲しび、笛は啜り泣き、鉦鼓は泣きとよむ。橡色の布衣纏ひたる伶人幾人、仕人のさしのべたる松明の赤き火影に濡れて、さながら常世の人に似たり。

御輦見らさせ給ひぬ。さても御痛はしぐはた偉大なる「安息」にもあるかな。鈍色の縁取したる翠簾そよとの搖ぎもなく、靜に垂れたるを見れば、實に此の御棺こそは神秘の龕なりけれ。神代の古より現代にかけて皇帝の御統のうちにて比儔もなく傑れさせ給ひたる現人神の御遺骸こそ此の内にして安殿し給ふなれ。

御輦の轅に添ひて隨ひ往く海陸の上將、孰れも世に聞えたる强き雄ながら、嘆き頽れて足音も立てず靜やかに歩みを運ぶ。嚴かなる悲愁の氣は烟の如く際らに遶りを罩めて自と咨うなだれぬ。偉大なるかな、明治の天皇は。かつては其の「生」をもて安國を知食めし、如く、今は「死」をもて民てふ民の心魂を領し給ひぬ。

を、眼のあたり斯く拜がみまゐらせては、ほとほと眼眩めき、魂魄戰かんとす。悲しきかな、御聲暫くも停まらせ給はず、つと吾が前を過ぎさせ給ひぬ。斯くして、一たび拜がみまゐらせては、今生にして再も見まつるべき君ならず。爪立しては拜がみ、また爪立しては見送りまゐらす。涙流る、かな。聲揚げて慟き哭びもせば紛る、ふしもあらんを、斯る際にも男子は慟かぬものなればこそ、——さても堰きあへぬこの涙はや……

御名代の宮來ましぬ。頬吹雨袖に避けさせて徐かに往き過ぎましぬ。

やがて大喪使總裁の宮見えましぬ。藁の沓穿ちて、濡れ徹りし鴨川砂子踏もたてず、徐々と辿らせ給ふ御姿かな。

大葬の列は終りぬ。斯くして歷代帝王のうち比儔もなく偉大なる治蹟と感化とを國土民衆の上に遺し給へる明治の天皇は、往時の抜萃の花に土も薰りぬべき桃山の陵にして安まり給ふなり。昨の日までは數々の官人に侍かれ給ひて、玉敷の大宮に安居し給へりし御身の、今宵よりは物言はぬ埴輪を抱きて、冷たき石槨のうちにしも眠らせ給ふものか。秋闌けゆくにつけて、森の下蔭なれば露霜深かるべく、夢枕冷させ給ふらん夜半を想ひまゐらせば臆拗る、心地す。然はあれ此の陵の奥所には、似るものもなく偉大なる「夢」こそは眠るなれ。實に天皇の御一生は夢の如く花やかに、夢の如く大きやかに、夢の如く色彩と變化とに充ち給へり。其の夢と歡喜とはこ、こし

▲明治天皇の葬儀の様子を伝える『大阪毎日新聞』（大正元年9月13日）。「薄田淳介」の署名記事（国立国会図書館蔵）

▲西宮川尻の自宅にて（明治 45 年 2 月下旬頃）

が確認される。

実際に泣菫が執筆した明治天皇の葬儀に関連する取材記事としては、大正元年九月一六日の紙面に「斂葬式拝観記」があり、「薄田淳介」の筆名で掲載されている。

その後、記者としてのその力量が認められ、一二月一日付で記者として正式に登用された。大正時代の幕開けと共に、ここに、泣菫の新しい時代が始まったのである。

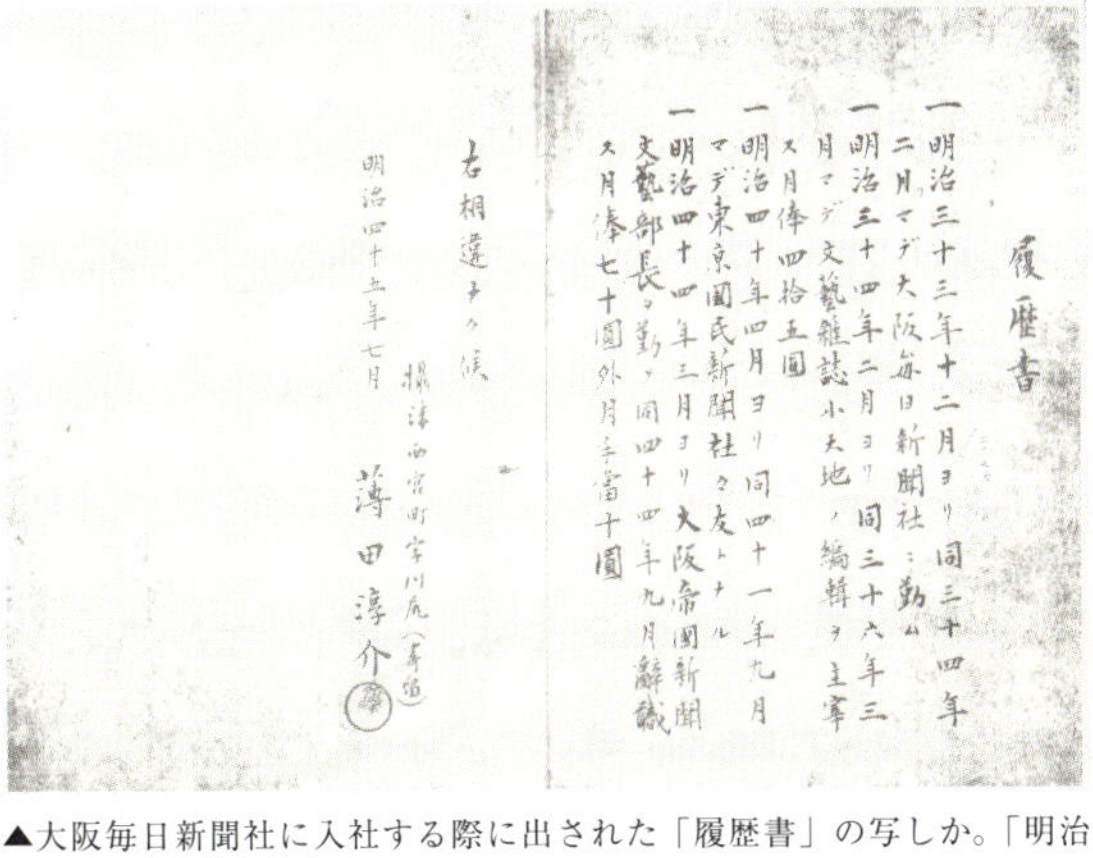

履歴書

一 明治三十三年十二月ヨリ同三十四年二月マデ大阪毎日新聞社ニ勤ム

一 明治三十四年二月ヨリ同三十六年三月マデ文藝雑誌小天地ノ編輯ヲ主宰ス月俸四拾五圓

一 明治四十年四月ヨリ同四十一年九月マデ東京國民新聞社々友トナル

一 明治四十四年三月ヨリ大阪帝國新聞文藝部長ヲ勤ム同四十四年九月辭職ス月俸七十圓外月手當十圓

右相違ナク候

明治四十五年七月

摂津西宮町字川尻（寄留）

薄田淳介 印

▲大阪毎日新聞社に入社する際に出された「履歴書」の写しか。「明治四十五年七月」とある

2　編集部員としての活躍

学芸部員としての泣菫は、かつて金尾文淵堂から発行されていた雑誌『小天地』の編集者時代以来の知友らとの交わりなどを礎として、精力的に東西の文壇人へと原稿を依頼したようだ。田山花袋、鈴木三重吉、徳田秋声、永井荷風ら、当代に活躍した文人たちの名が多く見受けられる。薄田家に残された諸家の泣菫宛の返信からは、その様子が如実に伝わってくる。元より参考にするのは「薄田泣菫文庫」に残された泣菫に宛てられた書簡の文面なのだが、花袋は一〇月七日付、秋声は同月一三日付、高浜虚子は同月一四日付、荷風は同月一七日付、長田幹彦は同月二九日付、茅野蕭々は翌月の一一月四日付、三重吉は少したってからの一二月二一日付のそれぞれの

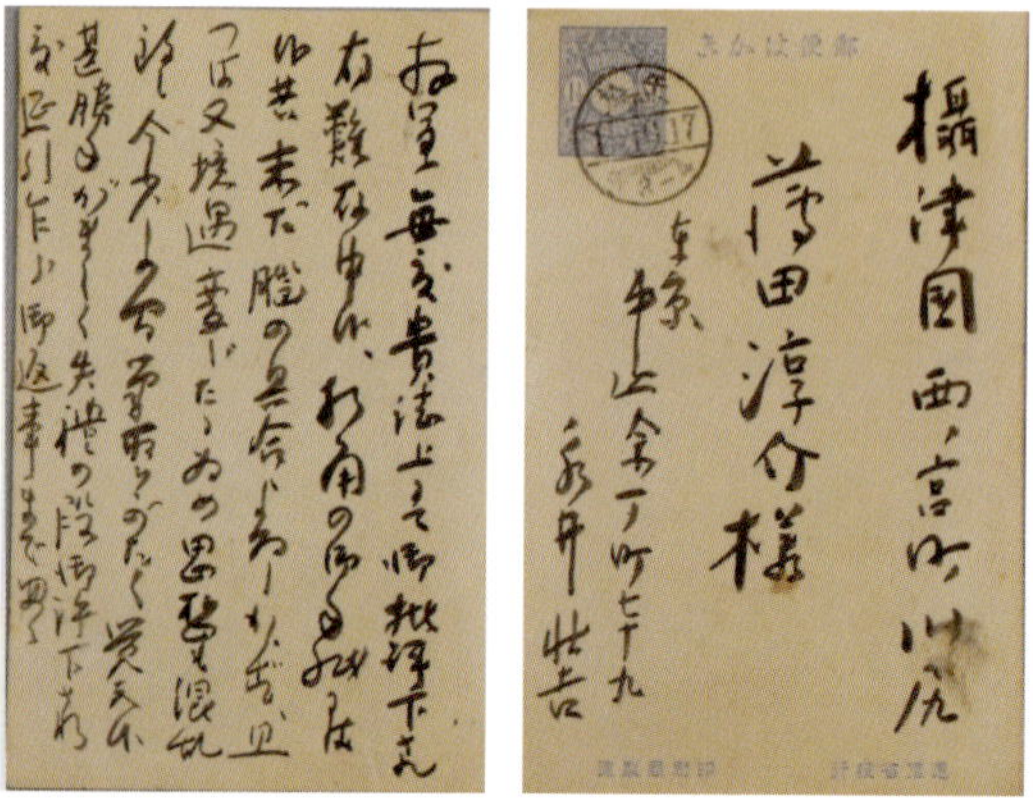
摂津国西ノ宮町川尻
薄田淳介様
東京牛込余丁町七十九
永井壮吉

▲永井荷風書簡（大正元年10月17日付）。新聞紙上での自作に対する批評への礼に加え、寄稿の依頼に応えられないことを詫びている

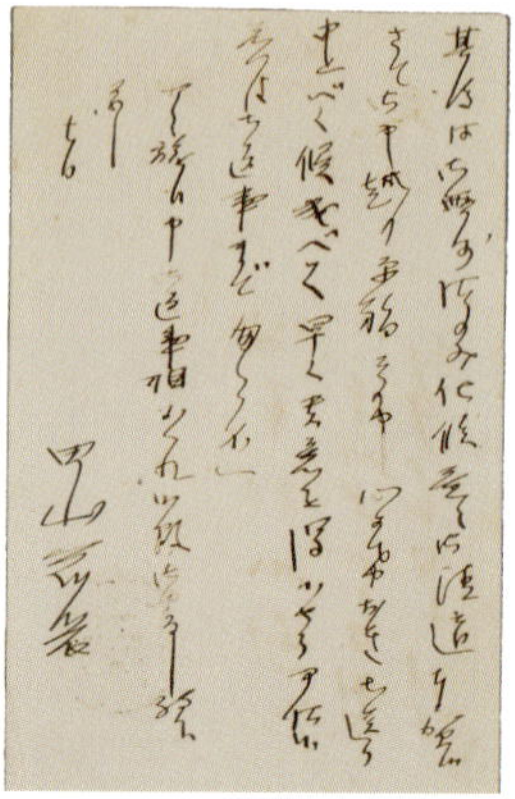

▲田山花袋書簡（大正元年10月7日付）。寄稿の依頼に「成べく早く」に応えたいとのことだったが、花袋「絵はがき」が掲載されたのは翌2年2月のこと

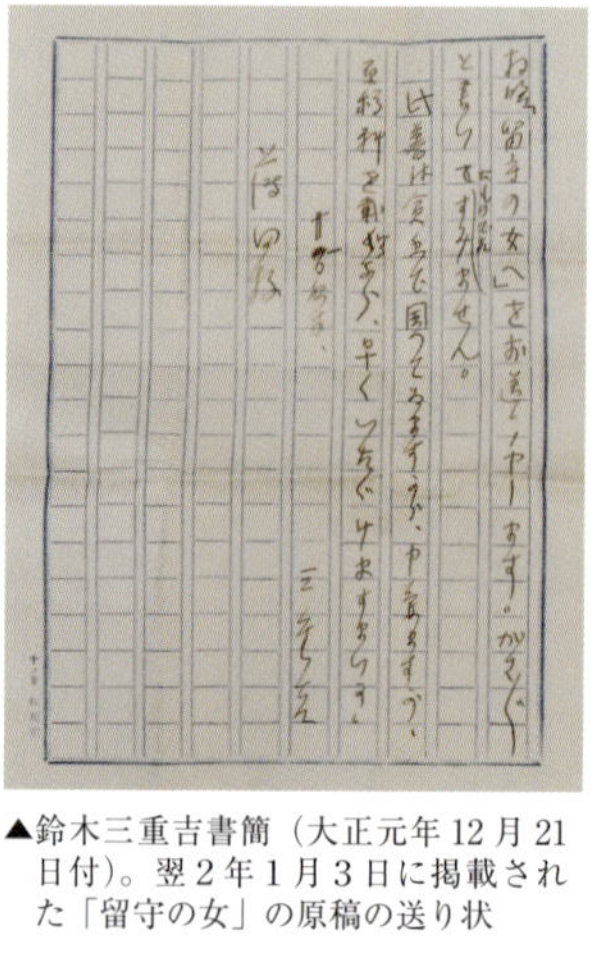

▲鈴木三重吉書簡（大正元年12月21日付）。翌2年1月3日に掲載された「留守の女」の原稿の送り状

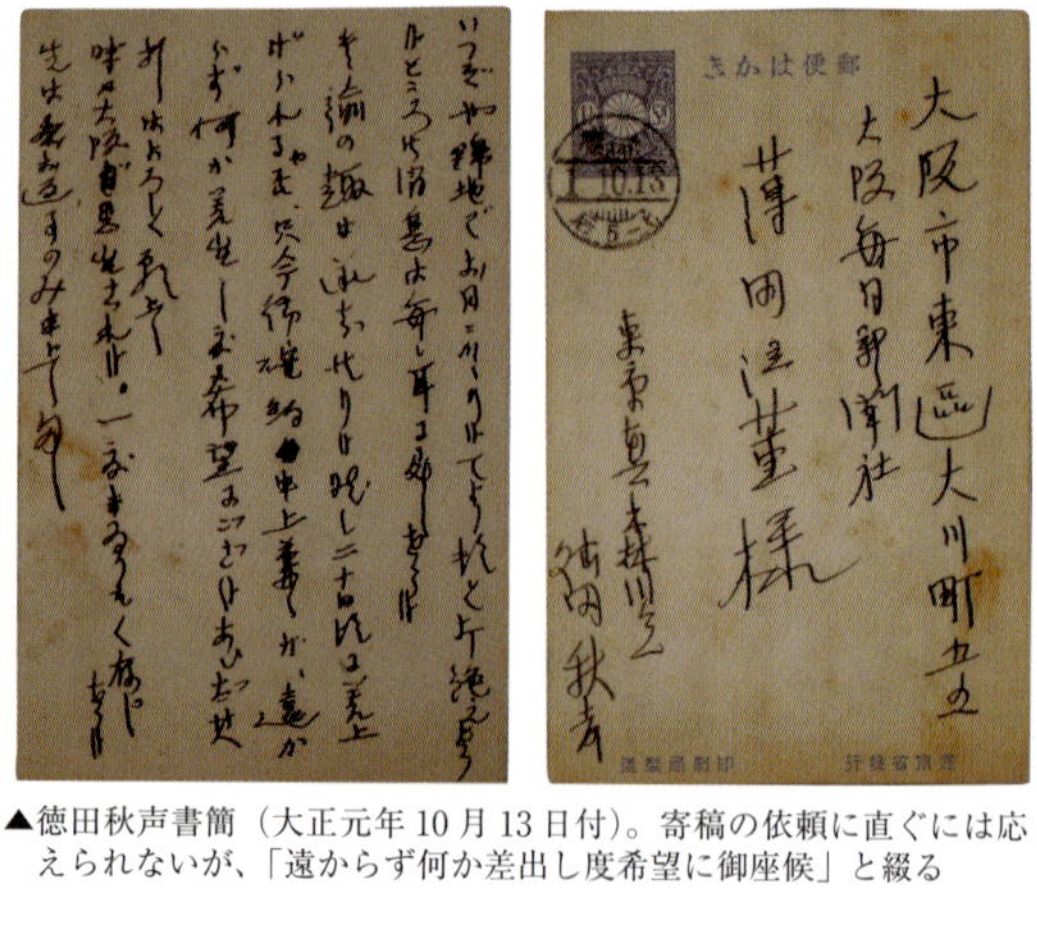
大阪市東区大川町五五
大阪毎日新聞社
薄田泣菫様
徳田秋声

▲徳田秋声書簡（大正元年10月13日付）。寄稿の依頼に直ぐには応えられないが、「遠からず何か差出し度希望に御座候」と綴る

書簡に、原稿の依頼のあったことがうかがえる記述が認められる。入社間もない泣菫が、積極的に大阪毎日新聞の紙面作りに関わろうとしている姿が思い浮かべられる。

ところで、泣菫は、新聞編集者として熱心に勤める傍らで、文筆家としても筆を振るっていた。泣菫宛書簡には、泣菫から寄稿を受けた作家からの謝辞なども綴られている。『早稲田文学』大正二年一月号に発表した「老爺」（ストリンドベルグ作品の翻訳）に対する礼状を綴った相馬御風の大正元年一二月二六日付の書簡がそれにあたる。投稿の礼を述べた後、「なほ御下命被下候拙稿そのうち是非〳〵差出し申すべき度」とある。泣菫の旺盛な文学力とでも云うべきエネルギーを感じずにはいられない。

▲大阪・堂島にあった大阪毎日新聞社本社の３階の貴賓室にて

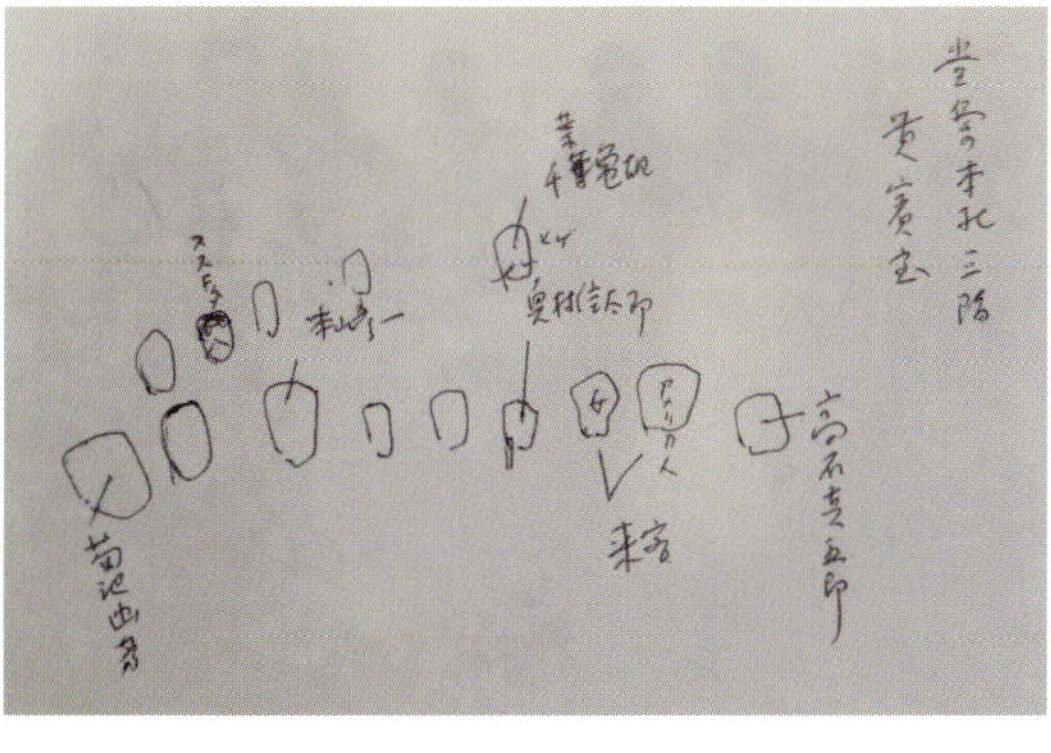

◀薄田桂氏による写真の説明か。前列左端が菊池幽芳、３番目本山彦一、２人置いて奥村信太郎。後列左から２番目が泣菫、中央の「ヒゲ」の男が千葉亀雄とのこと

大阪毎日新聞社のライバル新聞社の一つである朝日新聞社が、夏目漱石を社員として迎え入れたことに対抗して、大阪毎日新聞社は日本文壇のもう一方の巨人森鷗外を招く。しかしながら、「渋江抽斎」や「北条霞亭」などの史伝小説は、時に読者を置き去りにするような処があり、読者からの評判も悪く、新聞社としても頭を抱えてしまうものであった。

　また、明治四〇年代から文壇を強く牽引した雑誌『白樺』の同人らの作品も積極的に掲載するなどしたことは、大正四年に夕刊の発行を始めた同紙にとって新たな読者の獲得を目指すことに繋がり、販売戦略上でもその一翼を担った。

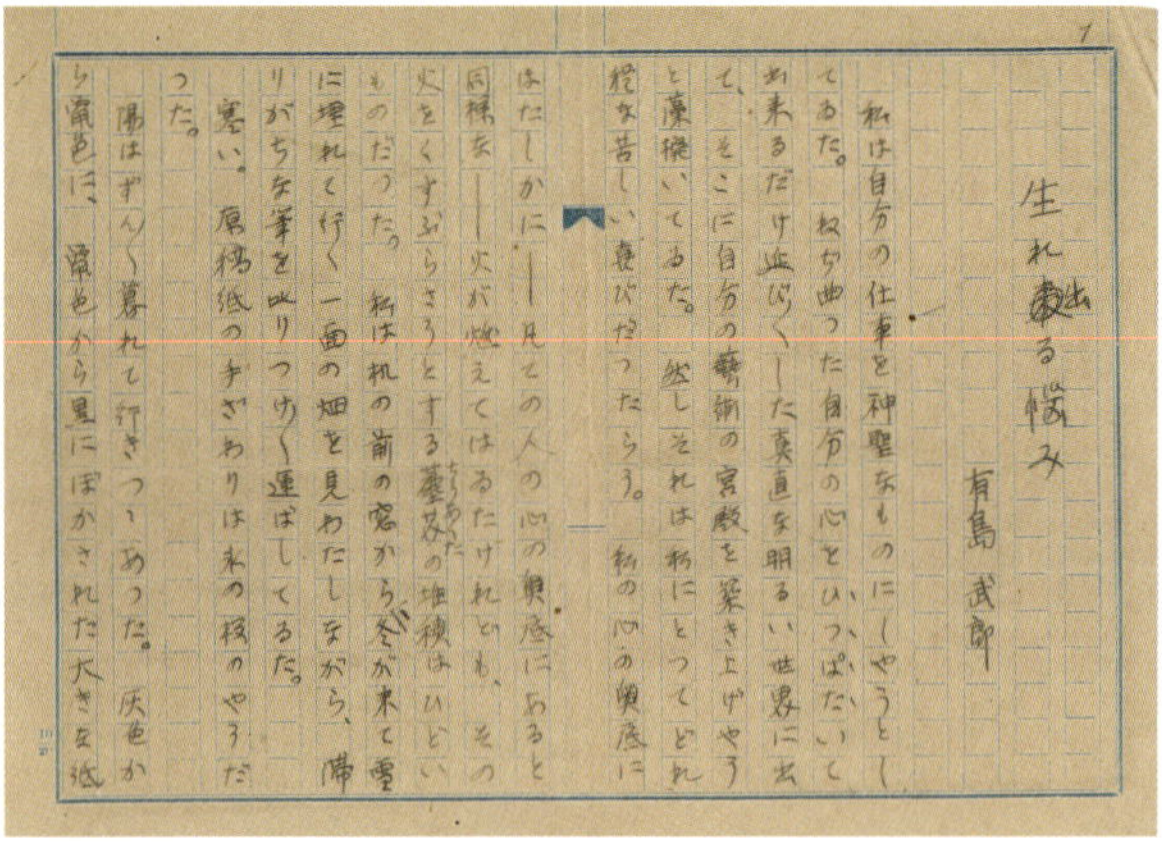
生れ出る悩み　有島武郎

私は自分の仕事を神聖なものにしやうとしてゐた。ねぢ曲つた自分の心をひつぱたいて出来るだけ伸び〳〵した真直な明るい世界に出て、そこに自分の芸術の宮殿を築き上げやうと藻掻いてゐた。然しそれは私にとつてどれ程な苦しい喜びだつたらう。私の心の奥底には確かに——凡ての人の心の奥底にあると同様な——火が燃えてはゐたけれども、その火をくすぶらさうとする塵芥の堆積はひどいものだつた。私は机の前の窓から冬が来て雪に埋れて行く一面の畑を見わたしながら、滞りがちな筆を叱りつけ〳〵運ばしてゐた。寒い。原稿紙の手ざわりは氷の板のやうだつた。

陽はずん〳〵暮れて行きつゝあつた。灰色から藍色に、藍色から黒にぼかされた大きな紙

▲有島武郎「生れ出る悩み」冒頭。初めは「生れ来る悩み」だったことがわかる

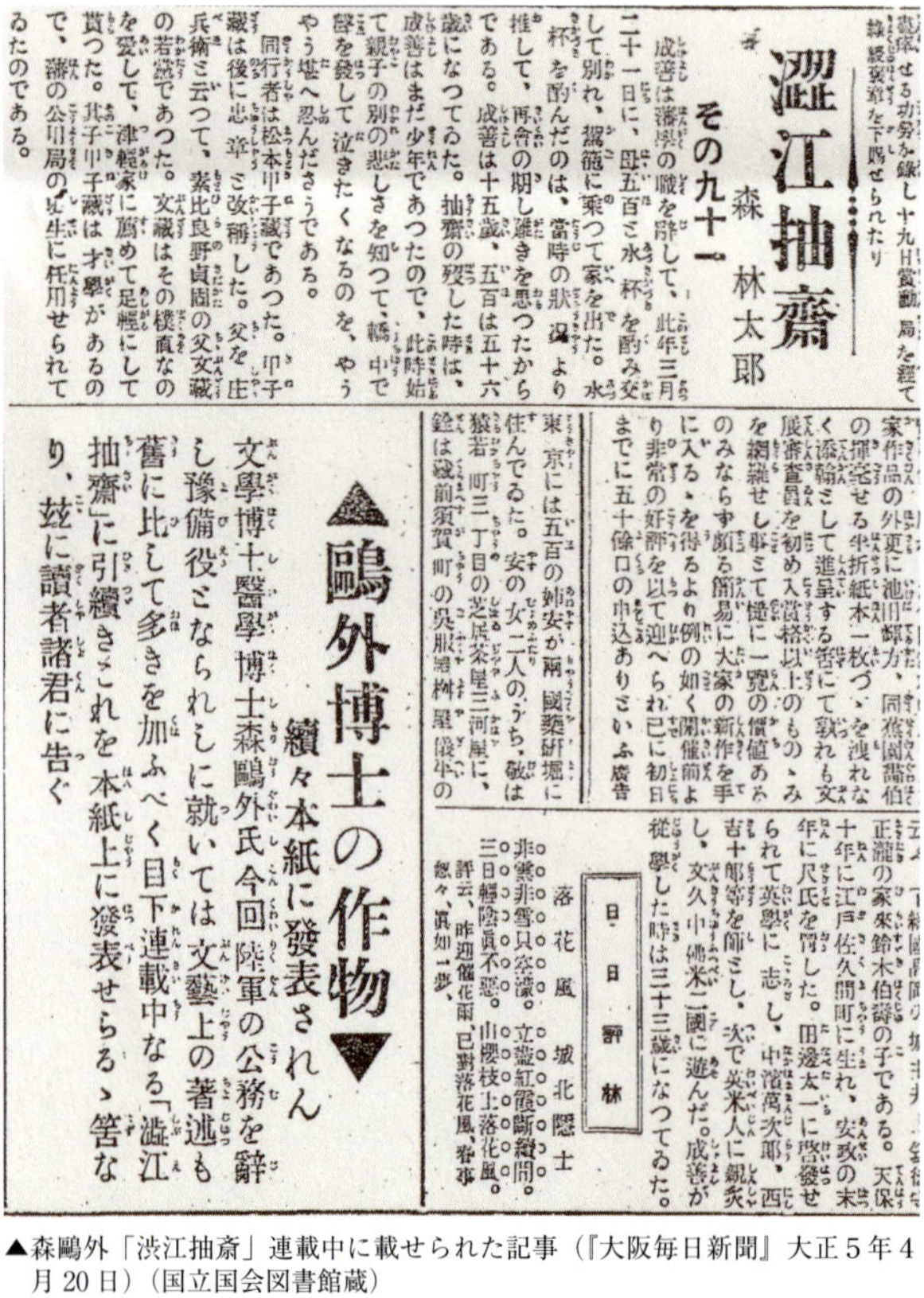
[illegible]せる功勞を錄し十九日賞勳局を經て綠綬褒章を下賜せられたり

澀江抽齋

森林太郎

その九十一

成善は藩學の職を辭して、此年三月二十一日に、母五百と水杯を酌み交して別れ、駕籠に乗つて家を出た。水杯を酌んだのは、當時の狀況より推して、再會の期し難きを思つたからである。成善は十五歳、五百は五十六歳になつてゐた。抽齋の歿した時は、成善はまだ少年であつたので、此時始て親子の別の悲しさを知つて、轎中で聲を發して泣きたくなるのを、やうやう堪へ忍んださうである。

同行者は松本甲子藏であつた。甲子藏は後に忠幸と改稱した。父を庄兵衛と云つて、素比良野貞固の父文藏の若黨であつた。文藏はその樸直なのを愛して、津軽家に薦めて足輕にして貰つた。其子甲子藏は才學があるので、藩の公用局の史生に任用せられてゐたのである。

東京には五百の姉安が兩國藥研堀に住んでゐた。安の女二人のうち、敬は猿若町三丁目の芝居茶屋三河屋に、銓は蔵前須賀町の呉服店桝屋儀平の

[illegible]正瀧の家來鈴木伯爵の子である。天保十年に江戸佐久間町に生れ、安政の末年に尺氏を冒した。田邊太一に啓發せられて英學に志し、中濱萬次郎、西吉十郎等を師とし、次で英米人に親炙し、文久中佛米二國に遊んだ。成善が從學した時は三十三歳になつてゐた。

家作品の外更に池田蕉園、同蕉園諸伯の揮毫せる半折紙本一枚づゝを洩れなく添輸して進呈する筈にて孰れも文展審査員を初め入選格以上のもの、みを網羅せし事とて價に一覽の價値あるのみならず頗る簡易に大家の新作を手に入るゝを得るより例の如く開催前より非常の好評を以て迎へられ已に初日までに五十餘口の申込ありといふ廣告

日日評林

落花風　城北隱士

非寒非雪只空濛。立盡紅霞斷續間。三日輕陰眞不惡。山櫻枝上落花風。

評云、昨迎催花雨、已對落花風、春事怱々、眞如一夢、

▲鷗外博士の作物▼

續々本紙に發表されん

文學博士醫學博士森鷗外氏今回陸軍の公務を辭し豫備役となられしに就いては文藝上の著述も舊に比して多きを加ふべく目下連載中なる「澁江抽齋」に引續きこれを本紙上に發表せらるゝ筈なり、茲に讀者諸君に告ぐ

▲森鷗外「渋江抽斎」連載中に載せられた記事（『大阪毎日新聞』大正５年４月20日）（国立国会図書館蔵）

3　泣菫と芥川龍之介

大正時代を代表する作家である芥川龍之介と専属契約を結んだのも薄田泣菫である。大正五年に彗星の如くデビューを果たし、文壇に新たな風を吹き込んだ芥川龍之介は、社友としての契約を経た後、大正八年三月に社員となった。いずれの時も細やかにその契約上守るべきことがらについて相談を重ねた上での入社であった。このことにより、芥川は、横須賀の海軍機関学校を辞し、専業作家としての第一歩を踏み出したのである。

また、文壇に対して積極的に向き合ってきた芥川は、知己の作家たちへの作品の執筆依頼にも直接に関わることを告げる。泣菫の思いに応えて行動を展開していたことが、芥川が泣菫に宛てた書簡の多くから知られる。

▲芥川龍之介（大正10年頃）（日本近代文学館蔵）

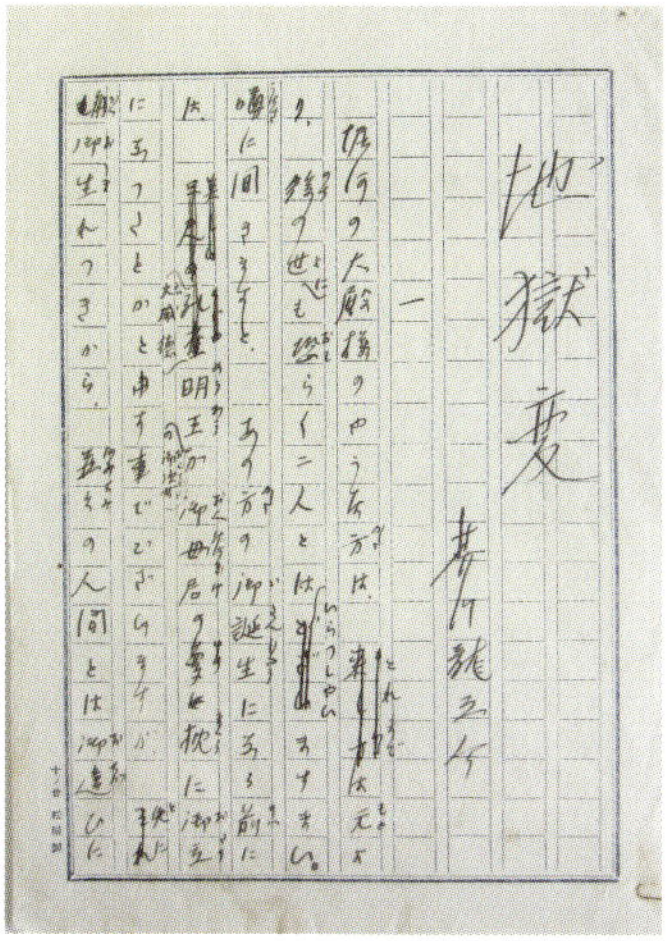

▲芥川龍之介「地獄変」原稿

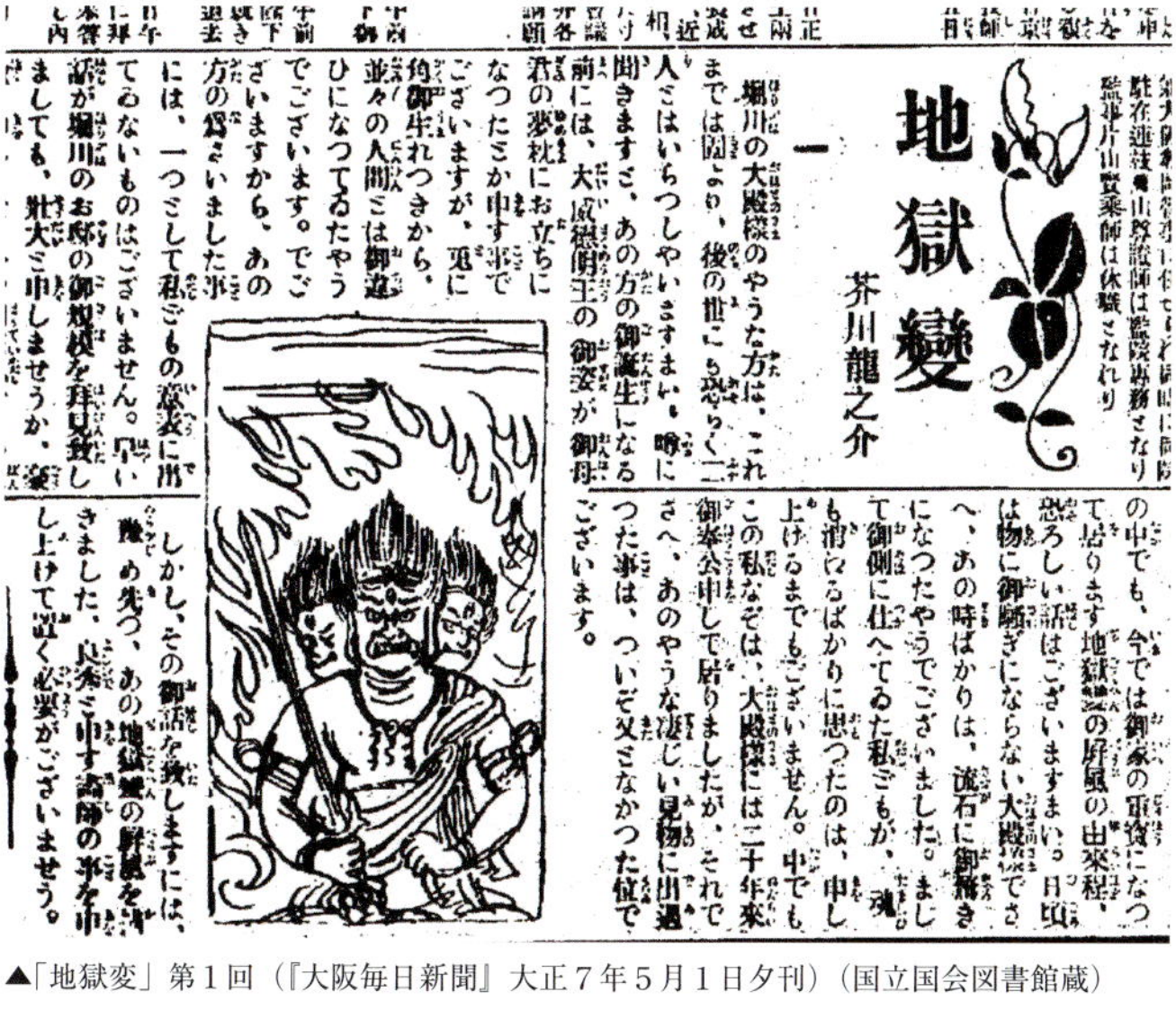

地獄變

芥川龍之介

一

堀川の大殿様のやうな方は、これまでは固より、後の世には恐らく二人とはいらつしやいますまい。噂に聞きますと、あの方の御誕生になる前には、大威徳明王の御姿が御母君の夢枕にお立ちになつたとか申す事でございますが、兎に角御生れつきから、並々の人間とは御違ひになつてゐたやうでございます。でございますから、あの方の為さいました事には、一つとして私どもの意表に出てゐないものはございません。早い話が堀川のお邸の御規模を拝見致しましても、壮大と申しませうか、豪

の中でも、今では御家の重宝になつて居ります地獄變の屏風の出来程、恐ろしい話はございますまい。日頃は物に御騒ぎにならない大殿様でさへ、あの時ばかりは、流石に御驚きになつたやうでございました。まして御側に仕へてゐた私どもが、魂も消えるばかりに思つたのは、申し上げるまでもございません。中でもこの私なぞは、大殿様には二十年来御奉公申して居りましたが、それでさへ、あのやうな凄じい見物に出遇つた事は、ついぞ又となかつた位でございます。

しかし、その御話を致しますには、予め先づ、あの地獄變の屏風を描きました、良秀と申す畫師の事を申し上げて置く必要がございませう。

▲「地獄変」第１回（『大阪毎日新聞』大正７年５月１日夕刊）（国立国会図書館蔵）

芥川龍之介は、大阪毎日新聞社への入社に際して「入社の辞」を用意した。このことは、師と仰いだ夏目漱石の朝日新聞社入社の際の行いを範としたといわれている。新聞社の契約社員、すなわち専業作家となったことを、彼が常に気にしていた「文壇」という存在のみならず、世間一般に広く伝えようとしたのである。ここには、作家芥川龍之介のしたたかな戦略が認められるだろう。作家デビューの当初から「文壇」を見据え、「文壇」に関わることを怠らなかった青年作家の強い思いが具体的な形となって立ち現れてくるのである。

ところで、入社間もない芥川が、朝日新聞をライバル視していることがわかる書簡が下に掲げた大正八年五月二二日付の「薄田泣菫宛書簡」だ。ここで「大阪朝日の披露会は菊池及僕を招待せず　おそらくは商売仇のせいでせう」と綴る。その勢いの良さが目に付く書簡である。

▲入社後、菊池寛と連れだって長崎旅行に出掛けた芥川は、その帰途に大阪の本社を訪ねた。（日本近代文学館蔵）

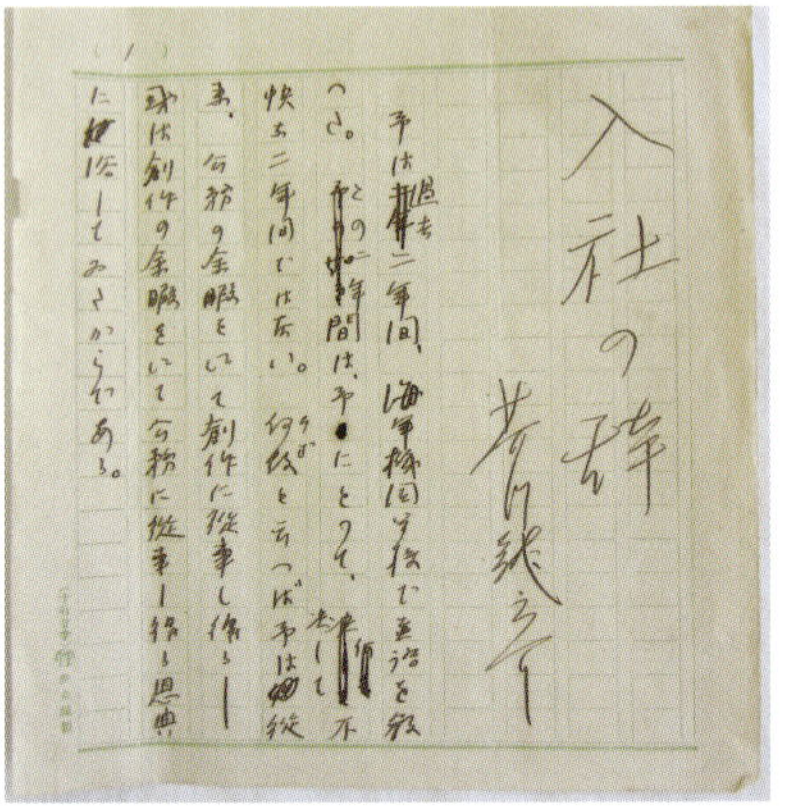
入社の辞　芥川龍之介

▲芥川龍之介「入社の辞」。朝日新聞社入社の際の夏目漱石に倣い綴ったと考えられている。新聞社側の都合から掲載されなかった

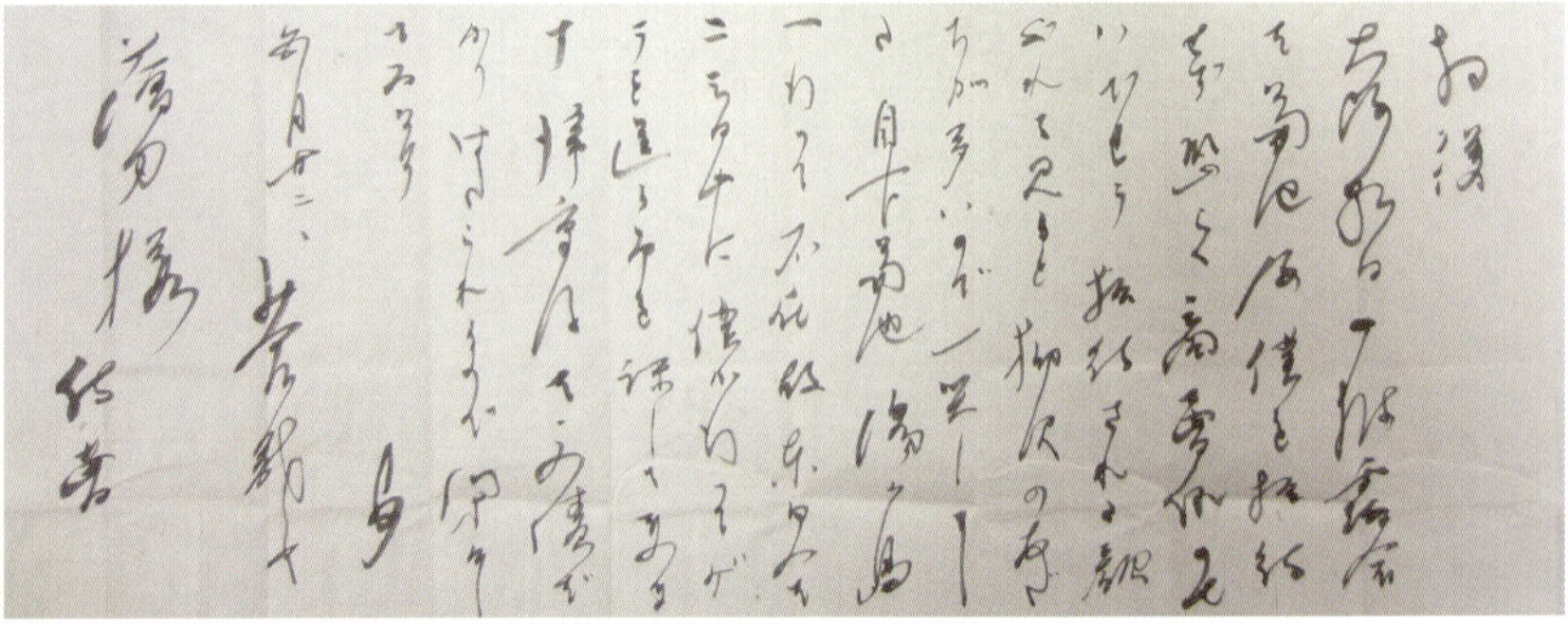

▲芥川龍之介書簡（大正８年５月22日付）。朝日新聞社に対して菊池と自分を「商売仇」と綴る。大阪毎日新聞社入社直後の芥川の高揚感が伝わってくる

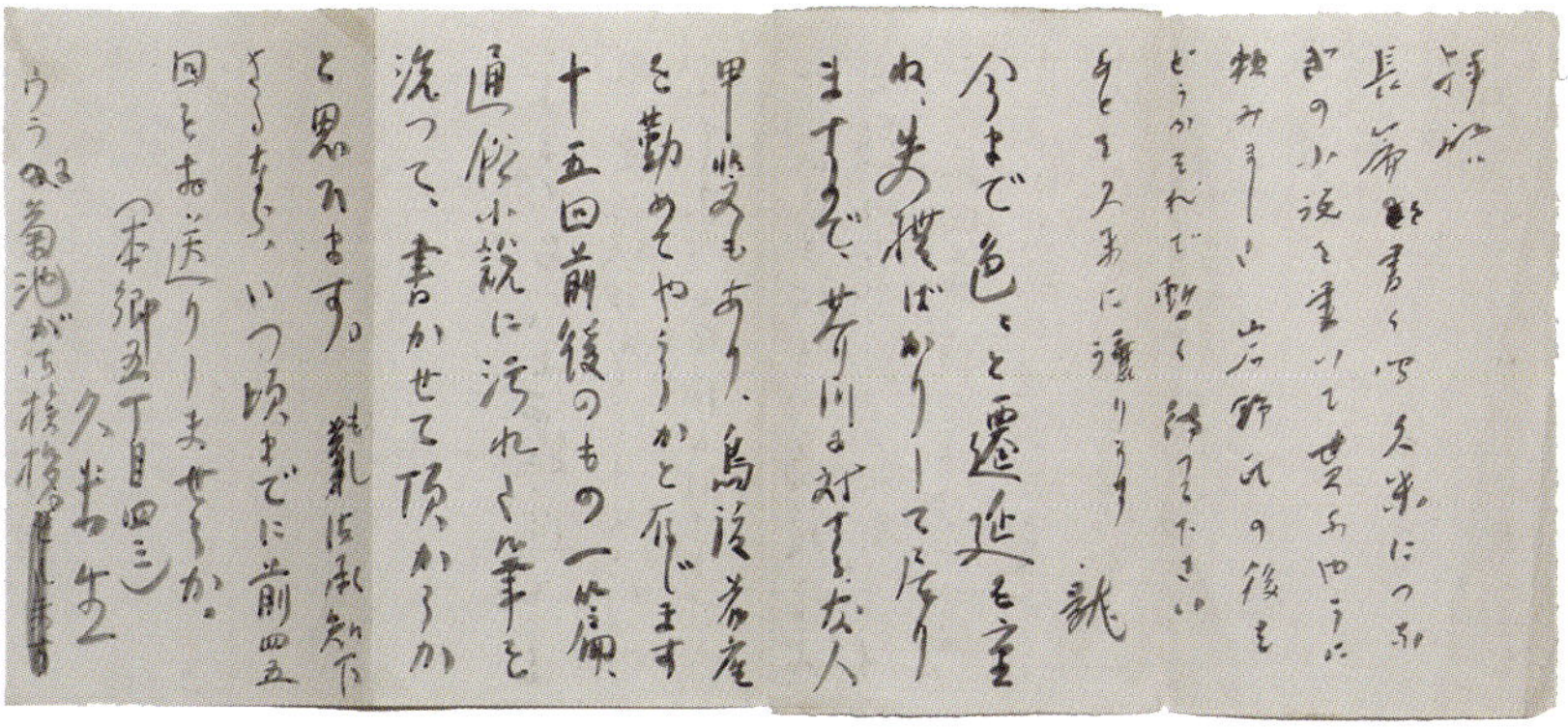

▲芥川、菊池、久米正雄、３人の連名の書簡（大正７年９月28日付）。久米は「芥川への友人甲斐もあり、鳥渡前座を勤めてやらうかと存じます」と寄稿を約束する

泣菫と蓄音機、西洋音楽

「茶話」に西洋の音楽家の逸話なども綴っていた泣菫が、蓄音機を使って西洋音楽に触れていたと云う事は、よく知られていることのようだ。家族の回想によると、、神戸港に外国船が入港したと聞くと港に向かい、レコードを抱えて帰ってくることが多かったという。泣菫のコレクションに外国で製造されたレコード盤が多い由来でもあろうか。また、来客があると、蓄音機をつかってSPレコードを聴くこともよくあったそうだ。そんなときは、決まって娘さんが蓄音機の発条を回す役目で、それがまた楽しく嬉しいことだったのだと想い出に綴っている。

倉敷市の「薄田泣菫文庫」には、泣菫の愛したSPレコードが所蔵されている。バッハやベートーヴェン、ショパン、シューマン、ワグナー、チャイコフスキーと云った今でもよくその名が知られる作曲家が多い。また、演奏家も、テナーのカルーゾ、ピアニストのパデレウスキーやバックハウス、ヴァイオリニストにはティボーやアドルフ・ブッシュなどの名演奏家、トスカニーニやストコフスキーと云った名指揮者のものが多い。当時の一級の演奏に触れていたことがわかる。

（庄司達也）

▲旧蔵レコード。クライスラーによるベートーヴェンの「ヴァイオリンソナタ」

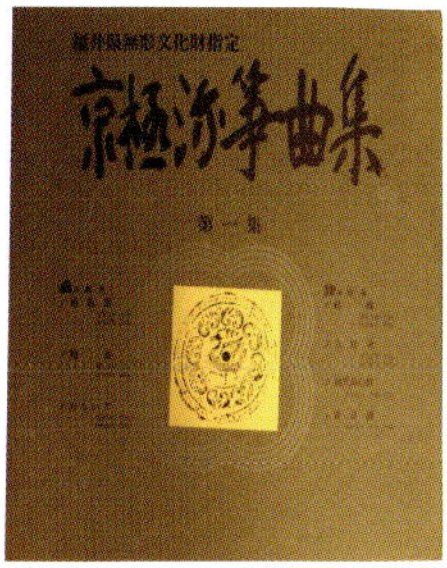

▲旧蔵レコード「京極流箏曲集」

芥川龍之介や菊池寛らの東京での活動の甲斐もあってか、『大阪毎日新聞』紙上には、多くの新進作家や中堅作家の寄稿が認められる。彼らの作品は主に夕刊の紙面に掲載されたが、それらの多くが一五回から二〇回程度を一つの区切りとしていたようだ。しかしながら、新聞という事の性格上、社の都合による休載なども多くあり、志賀直哉などのようにこのことについて不満を述べる作家も少なからず居たようだ。

　学芸部副部長、そして学芸部長心得、学芸部長となっていった薄田泣菫の仕事には、如何に的確に読者の要求に応えた執筆陣を紙面に迎えるか、という点のあったことはもちろんである。また、他の側面として、新聞社主催の、或いは協賛となった催事に関わることも学芸部の記者としては求められることであったろう。例えば、大正一〇年

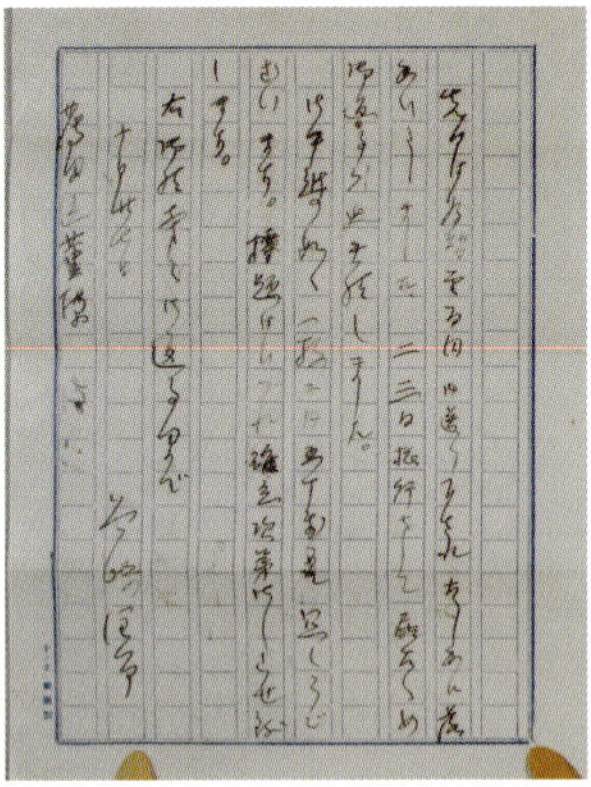
▲谷崎潤一郎書簡（大正８年10月27日付）。谷崎は、芥川の仲介により100円を前借りして寄稿を約束した

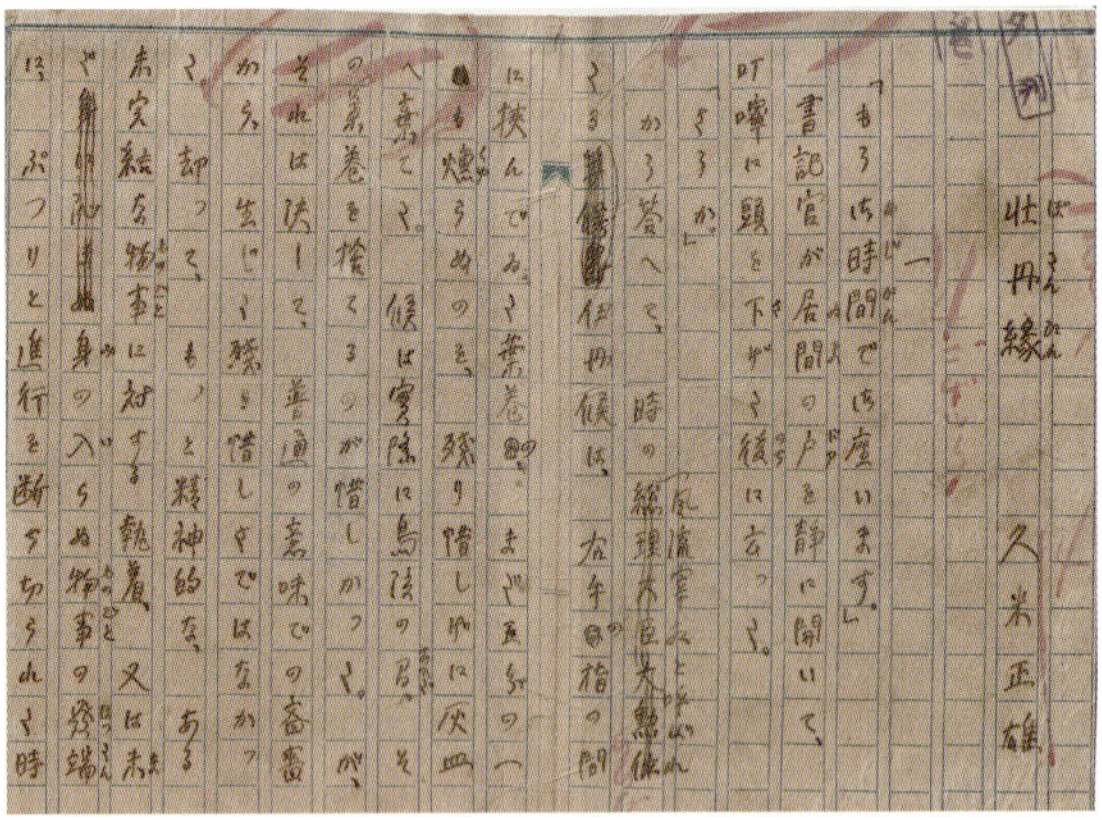
▲久米正雄「牡丹縁」冒頭

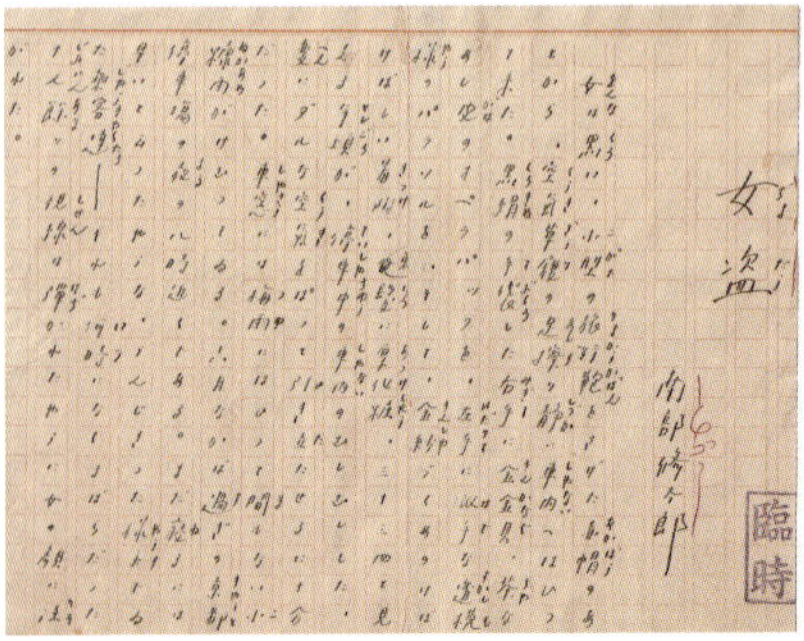
▲南部修太郎「女盗」冒頭

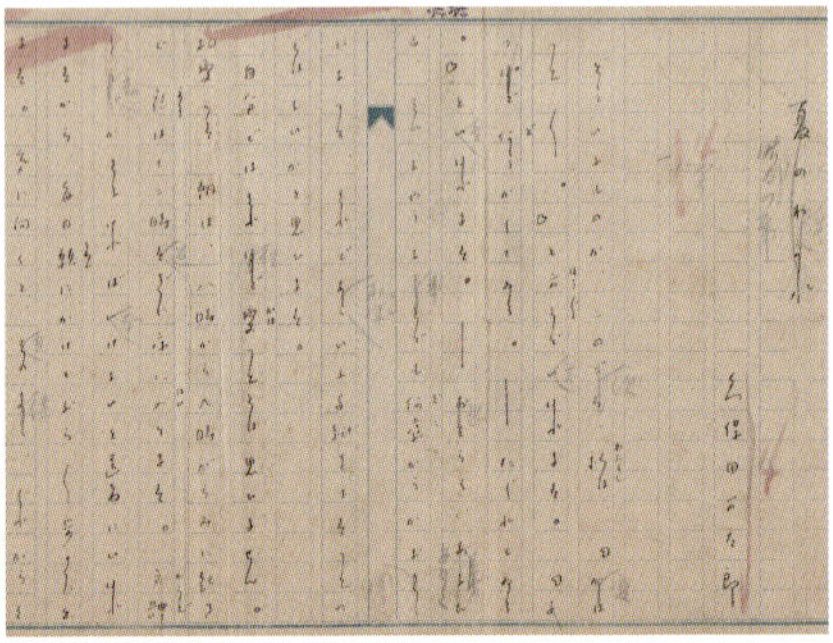
▲久保田万太郎「昨夏の事」冒頭。当初の題は「夏のわかれ」であった事がわかる

に初来日を果たしたヴァイオリニストのミッシャ・エルマンの関西での公演は、大阪毎日新聞社がその後援についている。大阪で三日間、神戸で三日間、京都で二日間の連続講演会を催したエルマンを、大阪の堺にある料亭でもてなしたのは泣菫である。舞台上ではうかがい知れないエルマンの素顔なども綴った文章は随筆集『太陽は草の香がする』などに収められ、多くの読者を喜ばせた。

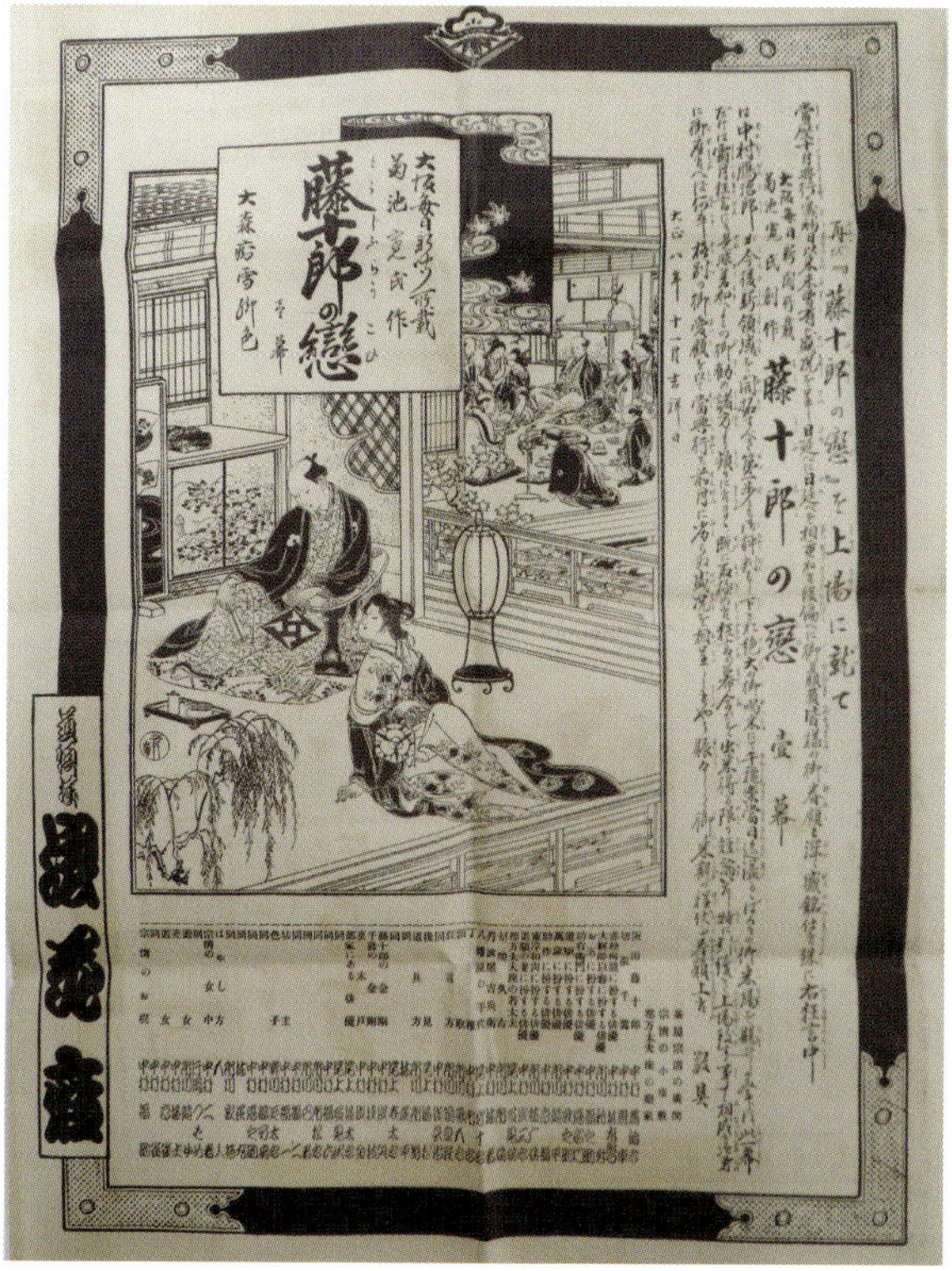

▲菊池寛「藤十郎の恋」は大正８年４月に『大阪毎日新聞』に連載され、同年 10 月に大森痴雪の脚色により大阪浪速座で初演された。写真は、泣菫旧蔵の浪速座での 11 月公演時のチラシ

▲ミッシャ・エルマンの紹介記事（『大阪毎日新聞』大正 10 年２月 26 日付）（国立国会図書館蔵）

4　随筆、児童文学、戯曲、翻訳などの仕事

詩人や随筆家としても知られる泣菫だが、詩作の衰えが感じられ始めた頃からか、新たな創作活動として児童ものに向き合うようになった。「お伽噺」「お伽唄」と呼ばれた作品群である。宝塚少女歌劇団には、お伽歌劇と題した「平和の女神」や「舌切雀」などの作品を提供した。書籍の出版も行い、『お伽噺とお伽唄』などが、当時一般には、よく読まれたようである。このことは文学者としての新たなジャンルとの格闘の始まりとも云えそうである。

その創作欲や創作力は衰えること無く、詩作こそ稀とはなったが、その力は随筆やお伽唄、お伽噺の方面に発揮された。この時期の仕事として特筆すべきことがらとしては大正五年四月から『大阪毎日新聞』で始まった随筆「茶話」の長い長い連載があり、それをまとめた『茶話』（洛陽堂、大正五年）、『新茶話』（玄文社、大正八年）の刊行であろう。大正六年頃からパーキンソン病を煩った泣菫だが、病状が重くなってゆく中で、随筆家としての筆は置かずにいたことになる。

大正一〇年八月には、論説課兼務の役を解任され、大正一一年一二月には、休職を命ぜられる。その後、復職することもあったが、実際上はこの大正一〇年の解任が社員としての仕事を終えたころであったかと考えられている。

（庄司達也）

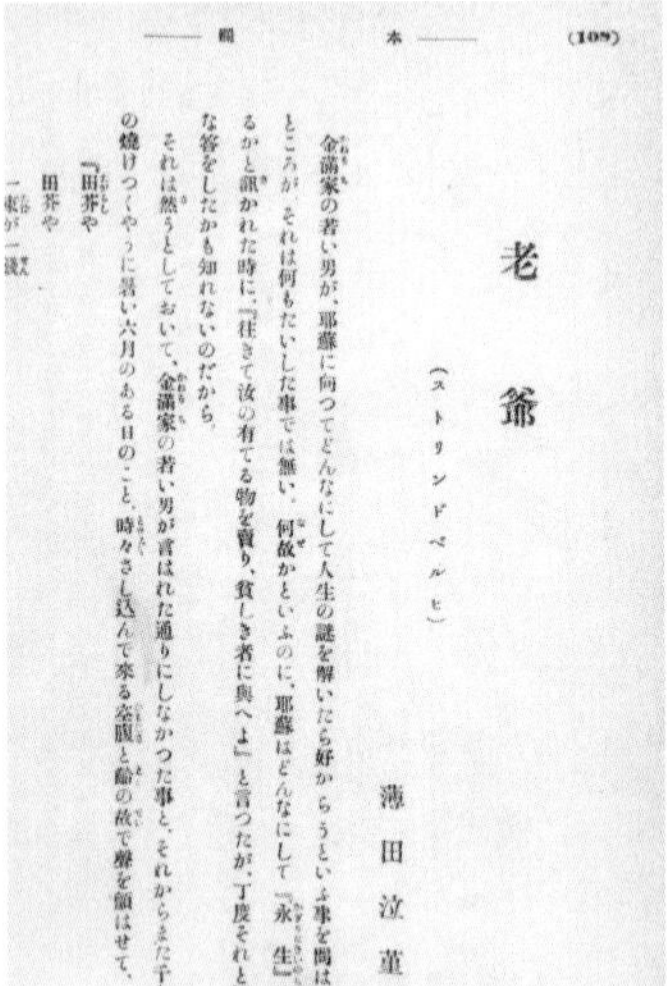
——翻　　本——　（109）

老爺

（ストリンドベルヒ）

薄田泣菫譯

金満家《かねもち》の若い男が、耶蘇に向つてどんなにして人生の謎を解いたら好からうといふ事を問はなかつたところが、それは何もたいした事では無い。何故《なぜ》かといふのに、耶蘇はどんなにして『永生』が得られるかと訊《き》かれた時に、『往きて汝の有てる物を賣り、貧しき者に與へよ』と言つたが、丁度それと同じやうな答をしたかも知れないのだから。

それは然《さ》うとしておいて、金満家《かねもち》の若い男が言はれた通りにしなかつた事と、それからまた千九百五年の焼けつくやうに暑い六月のある日のこと、時々《ときたま》さし込んで來る空腹と齢の故で癖を頷はせて、

『田芥《たがらし》や

田芥や

一束《たば》が一銭《せん》

▲ストリンドベルグ原作、泣菫翻訳「老爺」（『早稲田文学』大正２年１月）冒頭部分（国立国会図書館蔵）

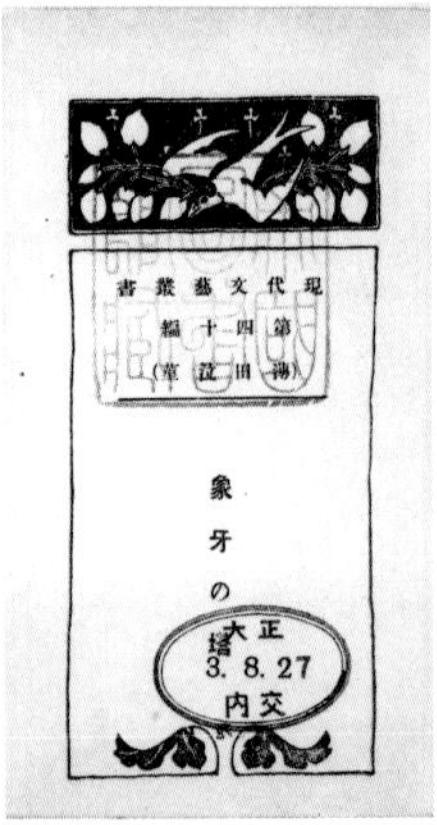

◀随筆集『象牙の塔』（大正３年８月、春陽堂）

▲名越国三郎画「平和の女神（宝塚少女歌劇団）」（『大阪毎日新聞』大正４年４月３日）（国立国会図書館蔵）

愛誦される泣菫詩

大正期から昭和期にかけて活躍した小説家の宇野浩二の回想によれば、ある会で辰野隆と久保田万太郎に会い、何かの話の中で泣菫の話題に及んだ時、辰野が「公孫樹下にたちて」を朗誦し始めたという（本書第三部「語られる泣菫」参照）。宇野は、辰野のその姿を見、その朗誦を聴いていて「涙をながさんばかりに、感激した」。さらに、傍らに居た久保田が辰野に続いて夢中で朗誦する。さらにまた辰野がそれに続き、さらに久保田が……。

宇野浩二がここで綴った想い出は、彼らだけの特別なものではないようだ。京都で友人と会っていた芥川龍之介は、何かの拍子で二人の会話に泣菫の詩の一節「一花心興がりて」が出て来た。「二人とも同じ詩をそらで覚える程よんでゐて　場所が下加茂だつたんで偶然話題に上つたのです」と泣菫に宛てた書簡（大正六年一〇月二七日付）に綴っている。

ここで紹介した彼らの体験は、恐らくは、一八九〇年前後に生まれた文学青年たちが共有する泣菫詩体験、泣菫への想いであったと云えるのだろう。

（庄司達也）

第5章 随筆家としての円熟期

1926～1945

1 分銅町に転居

大正一五（一九二六）年九月、薄田泣菫の随筆集『太陽は草の香がする』がアルスより刊行された。

ここに収録されている文章は、『サンデー毎日』に掲載されたものである。序に「談話室で親しい友達と語つてゐるやうな気持で書きたいと思つて、こんな文体を試みました」とあるように、平易な言葉を用いて丁寧語で綴られている。

▲『太陽は草の香がする』（関西大学図書館蔵）

大正期に人気を博した「茶話」は、古今東西の逸話をもとにした人物論であった。しかし、『太陽は草の香がする』は泣菫の観察が梅、蛙、燕、草ひばりや蟋蟀など、人間以外のものに向けられていることが注目される。郷里連島の宝島寺の住職で梵語研究で知られた寂厳律師（「寂厳律師の書」「再び寂厳を」）や西宮の海清寺の老僧南天棒（「南天棒和尚」）など、人物について書かれた随筆もあるが、「茶話」のような皮肉はない。

泣菫は同年一二月、西宮市分銅町二三に転居した。分銅町の家は瀟洒な洋館であった。広い庭には種々の草花が植えられ、泣菫はその庭を「雑草園」と呼んでいた。

昭和二（一九二七）年五月、随筆集『猫の微笑』を創元社より刊行した。

泣菫は「集の後に」で「この集の発行者、創元社主矢部良策氏は、出版

▲分銅町の家にて　右奥が泣菫、左から長女のまゆみ、妻の修子、次女の和子

業者の眼と良心と計画とをもつてゐる若い実業家で、今後の出版界に相当の貢献が出来る人だと信じてゐる。この集の読者に紹介したい」と述べている。

　矢部良策（一八九三〜一九七三）は大正一四（一九二五）年に創元社を創立した。大谷晃一『ある出版人の肖像　矢部良策と創元社』（昭和六三年、創元社）によると、良策は「大阪に文芸出版は育たないという定説をくつがえしたい」と意気込んで、大正一三（一九二四）年頃、パーキンソン病の療養のため大阪毎日新聞社を休職中であった泣菫を訪ね、出版社創立について相談した。泣菫は良策の熱意に打たれ、協力を約束したという。そのはじめが『猫の微笑』である。以後、泣菫は創元社から自身の本を多数刊行する。

　良策は明治三二（一八九九）年に泣菫の『暮笛集』を刊行した金尾文淵堂の主・種次郎を畏敬していた。「良書を良い装丁で」を創元社のモットーに美本を出版した。泣菫の本も装丁に趣向が凝らされている。

　昭和二年七月、芥川龍之介が自殺した。九月には徳富蘆花が死去し、悲しみが続く。

　昭和三（一九二八）年五月、泣菫は大阪毎日新聞社を休職満期で解雇となる。一一月、『茶話抄』を創元社より刊行。この年、長女・まゆみが満谷国四郎の甥・満谷三夫と結婚した。

▲『猫の微笑』本

▲『猫の微笑』函

▲雑草園にて　妻の修子

2 自然観照へ

昭和四（一九二九）年一月、随筆集『艸木蟲魚』が創元社より刊行された。『艸木蟲魚』は泣菫の随筆集でも特に評価が高く、多くの読者を獲得した一冊である。

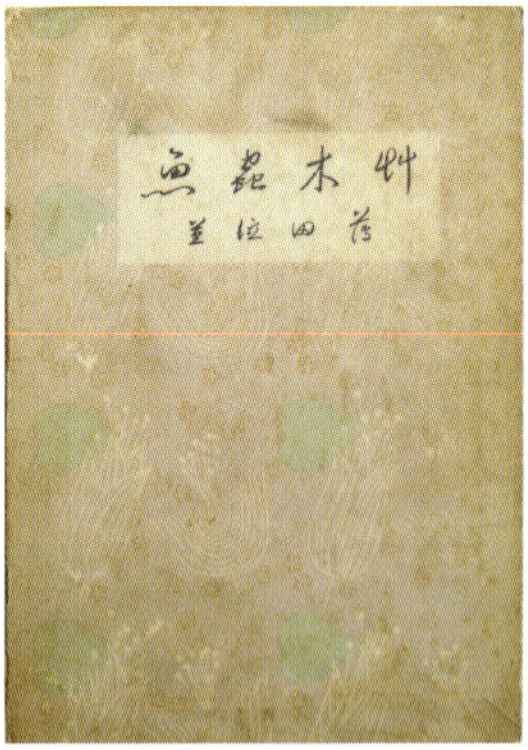

▲『艸木蟲魚』函（関西大学図書館蔵）

▲『艸木蟲魚』本（関西大学図書館蔵）

その序で泣菫は「私は宿《しゅく》痾《あ》を抱いて、最近二年程は殆《ほとん》ど閉居して日を過し」、「私の家から僅《わずか》五六丁の間を往復するに過ぎない。本集に取扱つた題目が限られてゐるのは、そのせゐに外ならない」と記している。

分銅町に移った時にはすでに足が不自由になっていた泣菫は、近くの阪急夙川駅や苦楽園の方面、広田神社の方へよく散歩に出かけた。昭和四、五年頃には病が進行し、運動は庭の中だけで行われるようになっていた（薄田桂「追想記」『親和国文』昭和五九年一二月）。

行動範囲が限られていたからか、かえって観察が細部に及び、多くの題材が発見されている。

生田春月は『艸木蟲魚』を「これはまことにすぐれた心境随筆である」（「薄田泣菫氏の散文」『読売新聞』昭和四年三月二三、二四日）と評した。

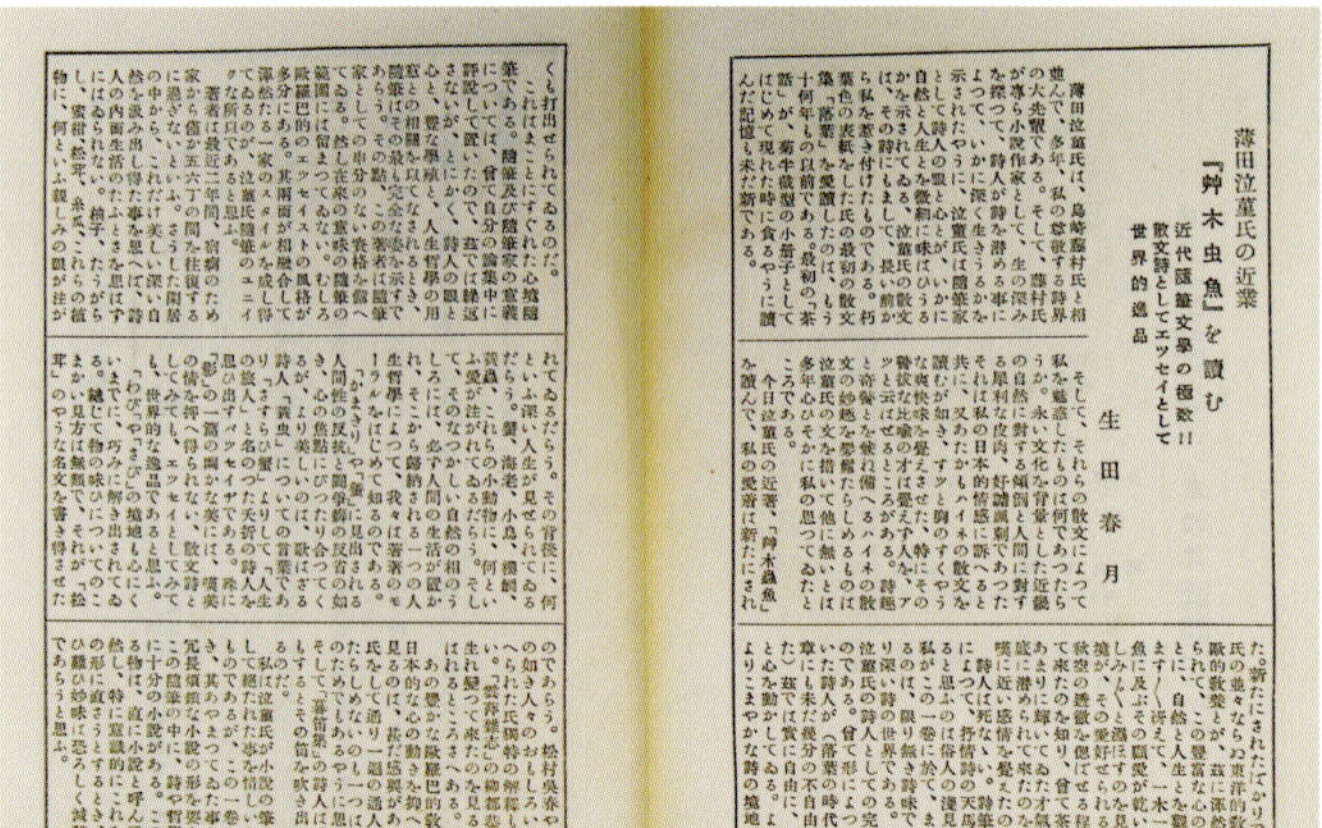
薄田泣菫氏の近業
『艸木虫魚』を讀む
近代隨筆文學の極致!!
散文詩としてエッセイとして世界的逸品
生田春月

薄田泣菫氏は、島崎藤村氏と相並んで、多年、私の敬愛する詩界の大先輩である。そして、藤村氏が專ら小說作家として、生の深みを探つて、詩人が詩を潜める事によつて、いかに深く生きうるかを示されたやうに、泣菫氏は隨筆家として詩人の眼と心とが、いかに自然と人生とを微細に味はひうるかを示されてゐる。泣菫氏の散文は、その詩にもまして、長い前から私を惹き付けたものである。朽葉色の表紙をした氏の最初の散文集『落葉』を愛讀したのは、もう十何年もの以前である。最初の『茶話』が、菊半截型の小冊子としてはじめて現れた時に貪るやうに讀んだ記憶も未だ新である。

そして、それらの散文によつて私を魅惑したものは何であつたらうか。永い文化を背景とした近代の自然に對する傾倒と人間に對する犀利な皮肉、好諧諷刺であつた。それは私の日本的情感に訴へると共に、又あたかもハイネの散文を讀むが如き、すツと胸のすくやうな爽快味を覺えさせた、時にその警抜な比喩の才は覺えず人をアッと云はせるところがある。詩趣と奇警とを兼ね備へるハイネの散文の妙趣を髣髴たらしめるものは泣菫氏の文を措いて他に無いとは多年心ひそかに私の思つてゐたところである。

今日泣菫氏の近著、『艸木蟲魚』を讀んで、私の愛著は新たにされた。新たにされたばかりではない、氏の並々ならぬ東洋的教養と、西歐的教養とが、茲に渾然と融合せられて、この豐富な心の背景のもとに、自然と人生とを觀る眼が、ます〳〵冴えて、一木一草一禽一魚に及ぶその鍾愛が乾いた心をもしみ〴〵と濕ほすのを見て氏の心境が、その愛好せられる青磁色の秋空の透徹を偲ばせる程に深まつて來たのを知り、曾て茶話に於てあまりに輝いてゐた才氣がむしろ底に潜められて來たのを見て、驚嘆に近い感情を覺えたのである。

詩人は死なない。詩筆を絶つ事によつて、抒情詩の天馬が夭死すると思ふのは俗人の淺見である。私がこの一卷に於て、まづ感受するのは、限り無き詩味である。より深い詩の世界である。茲に私は泣菫氏の詩人としての完成を見るのである。曾て形によつて詩を書いた詩人が、（落葉の時代には、文章にも未だ幾分の不自由さがあつた）茲では實に自由に、のび〳〵と心を動かしてゐる。より廣く、よりこまやかな詩の境地がいみじくも打出せられてゐるのだ。

これはまことにすぐれた心境隨筆である。隨筆及び隨筆家の意義については、曾て自分の論集中に評說して置いたので、茲では繰返さないが、とにかく、詩人の眼と心と、豐な學殖と、人生哲學の用意とがその相關を以てなされるとき、隨筆はその最も完全な姿を示すであらう。その點、この著者は隨筆家としての申分のない資格を備へてゐる。然し在來の意味の隨筆の範圍には留まつてゐない。むしろ歐羅巴的のエッセイストの風格が多分にある。其兩面が相融合して渾然たる一家のスタイルを成し得てゐるのが、泣菫氏隨筆のユニイクな所以であると思ふ。

著者は最近二年間、宿痾のため家から僅か五六丁の間を往復するに過ぎないといふ。さうした閉居の中から、これだけ美しい深い自然を汲み出し得た事を思へば、詩人の内面生活のたふとさを思はずにはゐられない。柿子、たうがらし、蜜柑、松茸、糸瓜、これらの植物に、何といふ親しみの眼が注がれてゐるだらう。その背後に、何といふ深い人生が見せられてゐるだらう。蟹、海老、小鳥、鰻鯛、蜻蛉、これらの小動物に、何といふ愛が注がれてゐるだらう。そして、そのなつかしい自然の相のうしろには、必ず人間の生活が匿かれ、そこから歸納される一つの人生哲學によつて、我々は著者のモーラルをはじめて知るのである。

『かまきり』や『蟹』に見出される人間性の反抗と闘爭、鱗の反省の如き、心の焦點にぴつたり合つてくるが、より美しいのは、歌はざる詩人『義虫』についての言葉であり『さすらひ蟹』よりして『人生の旅人』と名のつた夭折の詩人を思ひ出すペツセイザである。殊に『影』の一篇の閑かな美には、嘆美の情を抑へ得られない、散文詩としてみても、エッセイとしてみても、世界的な逸品であると思ふ。

『わび』や『さび』の境地も心にくいまでに、巧みに解き出されてゐる。總じて物の味ひについてのこまかい見方は無類で、それが『松茸』のやうな名文を書き得させたのであらう。松村呉春や日根對山の如き人々のおもしろい逸話が語へられた氏獨特の解釋もおもしろい。『雲萍雜志』の細部が現代に生れ變つて來たのを見るやうに思はれるところさへある。

あの豐かな歐羅巴的教養もこの日本的な心の動きを抑へ得ぬのを見るのは、甚だ感興がある。然し氏をして通り一遍の通人や枯淡人たらしめないのも一つはこの教養のためでもあるやうに思はれる。そして『暮笛集』の詩人は、今もともするとその笛を吹き出さうとするのだ。

私は泣菫氏が小說の筆を暫時にして絶たれた事を惜しいと思つたものであるが、この一卷を讀むとき、其あやまつてゐた事を思ふ。冗長煩瑣な小說の形を要しない。この隨筆の中に、詩や哲學のほかに十分の小說がある。この中の或る物は、直に小說と呼んでいゝが然し、特に意識的にこれを小說的の形に直さうとするとき、この云ひ難ひ妙味は恐ろしく減殺されるであらうと思ふ。

▲生田春月「薄田泣菫氏の近業『艸木蟲魚』を読む」（『大地讃頌』所収、原題「薄田泣菫氏の散文」）

▲分銅町の家にて　右前から泣菫、妻の修子、右後から次女の和子、長女のまゆみ、まゆみの夫の満谷三夫、長男の桂　昭和４年２月11日撮影

例えば「蓑虫」には「蓑虫が歌をうたわないのは、彼がほんたうの詩人だからだ。むかしの人もいつたやうに、詩を知ることの深いものは、詩を作らうとはしないものだ。声に出して歌ふと、自分の内部が痩せることを知つてゐるものは、唯沈黙を守るより外には仕方がない」とある。泣菫は詩を発表しなくなった自分自身を蓑虫に重ねているのであろう。詩から散文に転じた泣菫ではあったが、その随筆には泣菫らしい詩情があふれている。

また、『草木蟲魚』には、昭和二年（一九二七）に亡くなった友人たちの思い出を綴った「徳富健次郎氏」や「芥川龍之介氏の事」も収録された。

昭和四（一九二九）年六月、随筆集『大地讃頌』が創元社より刊行された。献辞には「この書をわが老母に献ず」とある。

泣菫は序で「最近『艸木蟲魚』を世に公にしますと、同書に現はれた自然の観照に親みと歓びとをもつた読者のなかから、同書以外にもああいつたやうな題目を取り扱つたものがあるならば知らせて欲しいとの問合が数々ありました」と述べている。

『大地讃頌』は読者の要望に応えて出版された。そこに収録されている文章は、当時すでに絶版になっていた『太陽は草の香がする』からの転載が多い。

▲『大地讃頌』本（関西大学図書館蔵）

▲『大地讃頌』函（関西大学図書館蔵）

昭和六（一九三一）年一〇月、随筆集『樹下石上』が創元社より刊行された。

泣菫は自身の近況を「とかく病気がちで、この二三年が程は、一歩も門を外へ踏み出したことのない」（「五月の日光と陰影の戯れ」）と記している。

▲『樹下石上』本（関西大学図書館蔵）

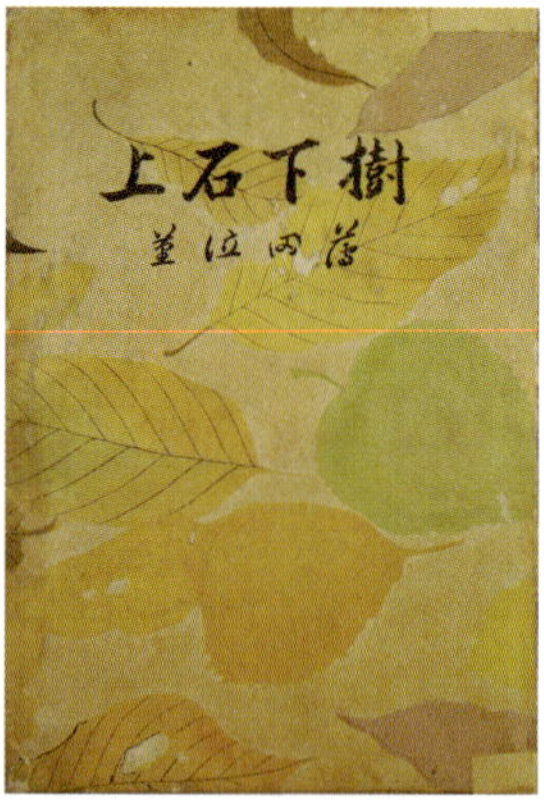

▲『樹下石上』函（関西大学図書館蔵）

泣菫の自然観照や人生哲学は、『樹下石上』で深化している。華道去風流七世の西川一草亭も、献本への礼状で「樹下石上を持ち歩いて省線の電車の中や稽古先きの客居で盗み見をして居ます」「自然を描いてあれ程透徹した文章は古今に類が無いと思ひます　後世に残る名文だと思ひます　柚の転身に興味を引かれて品川駅の乗換に自己の転身を忘れてすつてんの処で横浜迄つれて行かれる処でした」と絶賛した（昭和六年一〇月二七日）。

『樹下石上』には、久しく詩を発表していなかった泣菫の口語詩一篇が挿入されている（「棕櫚」）。

また、子どもの頃に父の目を盗んで初めてビールを飲んだこと（「芭蕉翁の溜息」）や玩具にした団栗を放置していたら土に還すよう父に諭されたこと（「秋のやくざもの」）、泣菫の冷え性を治すために父が牛肉を買ってきてくれ、母が臭いを嫌って使った皿を捨ててしまったこと（「薬食」）など、故郷や父母についても語られている。

泣菫は話し上手であった。よく駄洒落も言った。新聞社時代、泣菫のまわりには人が集まり、笑いが絶えなかった。新聞社を退いてからも村島歸之をはじめ、新聞関係者や友人が泣菫を訪ねた。（薄田桂「追想記」『親和国文』昭和五九年一二月）。

▲右から泣菫、大阪毎日新聞の記者だった村島歸之

3　沈思黙考の時

昭和九（一九三四）年四月、随筆集『独楽園』が創元社より刊行された。

泣菫は「この三四年、病気と闘ふ気分のめつきり衰へて来た私は、自分の病躯に和やかな、触りのよい春を見つけるか、また秋を迎へるかすることができると、その度ごとにほつとして、「まあ、よかった。一年振りにまたこんないい時候に出会すことが出来て……」と、心の底より感謝しないではゐられなかつた」（「春の賦」）と述べている。

『独楽園』は、病が一層進行し、身体の自由が奪われるなかで、泣菫の感覚が研ぎ澄まされていく様子が窺える。そして泣菫は「私達の魂の故郷は静寂の国である」（「静寂と雑音」）という境地にたどり着いたのである。

昭和一〇（一九三五）年三月、長男の桂が京都帝国大学文学部を卒業し、大阪毎日新聞社に入社する。同月、与謝野鉄幹が死去した。

▲『独楽園』本（関西大学図書館蔵）

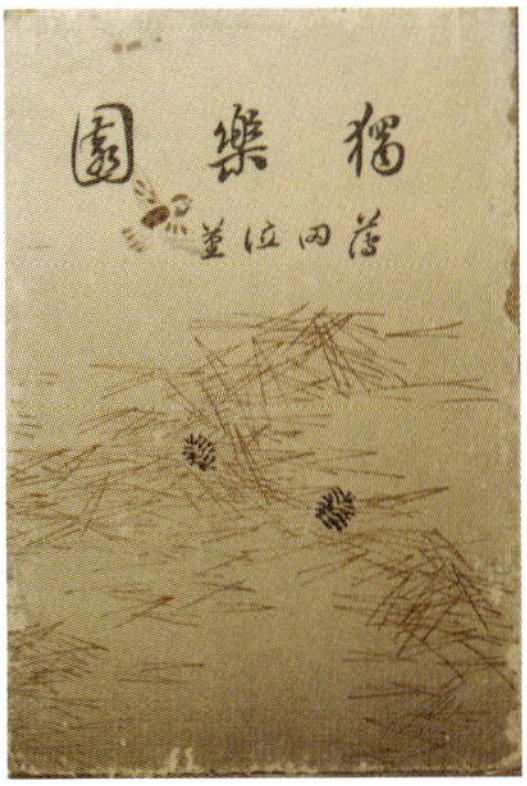

▲『独楽園』函（関西大学図書館蔵）

▲分銅町の家にて　口述筆記によって随筆を発表していた頃の泣菫

泣菫はスポーツが好きで、野球や相撲をよく観戦した。泣菫の長男・桂は「早慶戦や大相撲の梅ヶ谷、常陸山両横綱の熱戦をよく話してくれた。昔話もそうだが、両横綱の対決を身ぶり手ぶりを真ッ赤にして熱演、子どもの私も、今のテレビを観るように、身体を緊張させて父のしぐさを見入った」（「追想記」『親和国文』昭和五九年一二月）と回想している。

泣菫は毎春開催されていた選抜中等学校野球大会（のち選抜高等学校野球大会）の大会歌を作詞している。

泣菫作詞の大会歌は、第一一回大会（昭和九年）から第一四回大会（昭和一二年）まで、入場行進曲として使用された。

その後も大会歌として球場で流されていた。戦争で大会を中断していた時期をはさみ、平成四（一九九二）年まで五七年間歌い継がれた。

泣菫は西宮市の浜脇尋常小学校、安井尋常小学校、夙川尋常小学校の校歌も作詞している。

安井尋常小学校（現・西宮市立安井小学校）の校歌は昭和一〇（一九三五）年の講堂落成の機に作られることになり、近くに住んでいた泣菫に作詞の依頼があった。

安井小学校出身でSF作家の小松左

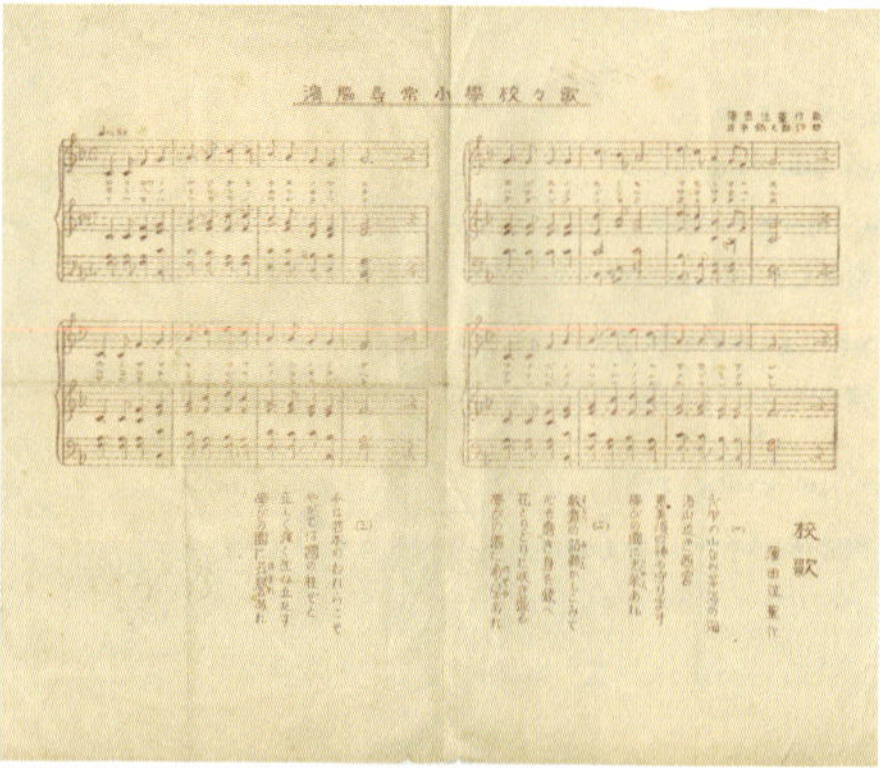

▲浜脇尋常小学校校歌　昭和22年に「西宮市立浜脇小学校」に改称。泣菫作詞の校歌は、昭和24年に新しい校歌が作られるまで歌われた。

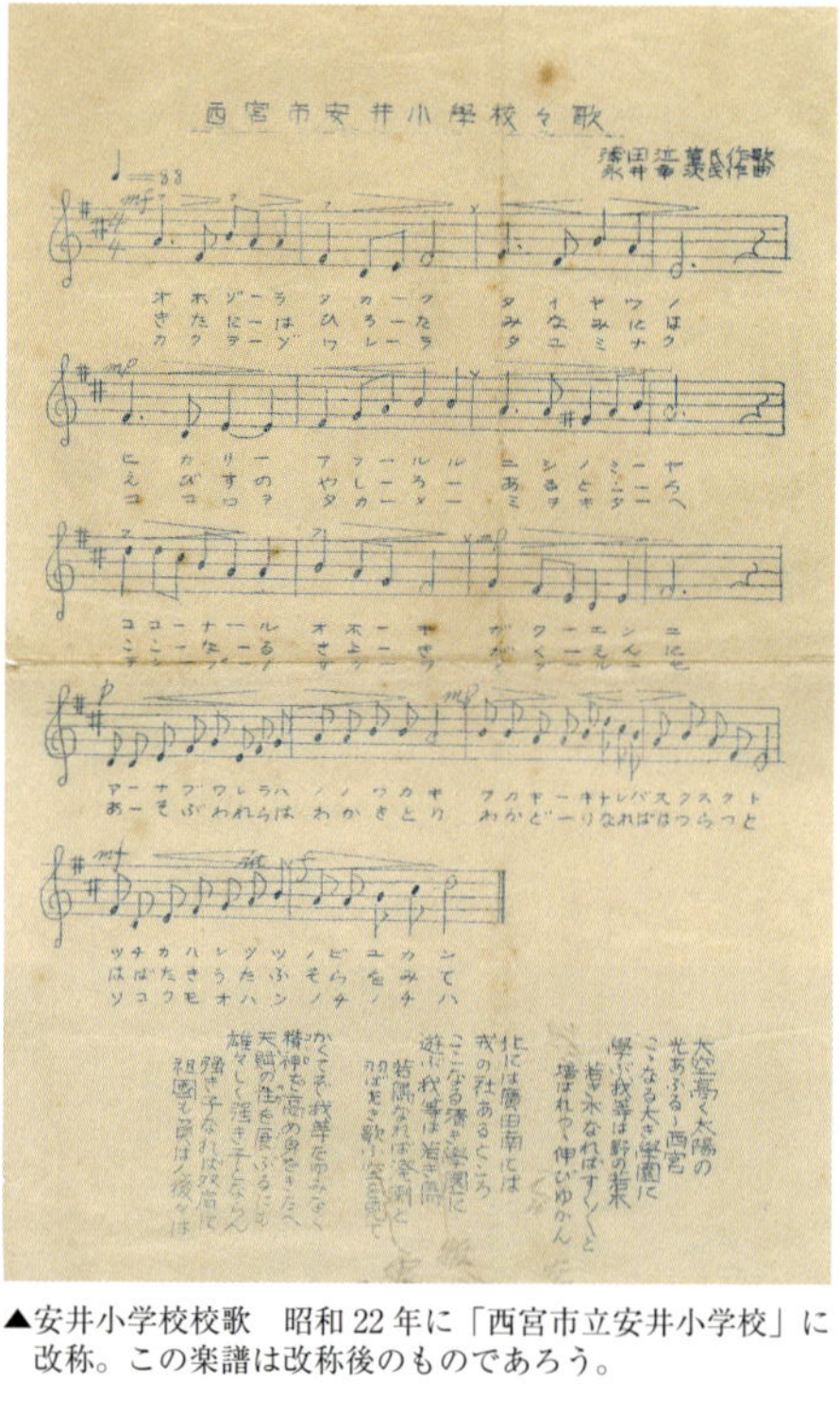

▲安井小学校校歌　昭和22年に「西宮市立安井小学校」に改称。この楽譜は改称後のものであろう。

京（一九三一～二〇一一）は、「安井小学校校歌は、メロディも優美だったが、なにしろ、歌詞があの薄田泣菫だったからね」泣菫の歌詞は「まあなかなかきれいだし、当時もえてた詩人らしい語感だ」（『威風堂々　うかれ昭和史』平成一三年、中央公論社）と述べている。

　泣菫の子どもや孫たちも安井小学校に通い、この校歌を歌ったという。

　昭和一三（一九三八）年一〇月、『薄田泣菫全集』の刊行が開始され、一四（一九三九）年七月に完結した。

　全集の内容見本には、谷崎潤一郎、菊池幽芳、川田順、与謝野晶子、日夏耿之介、小林秀雄、森田たま、林房雄、

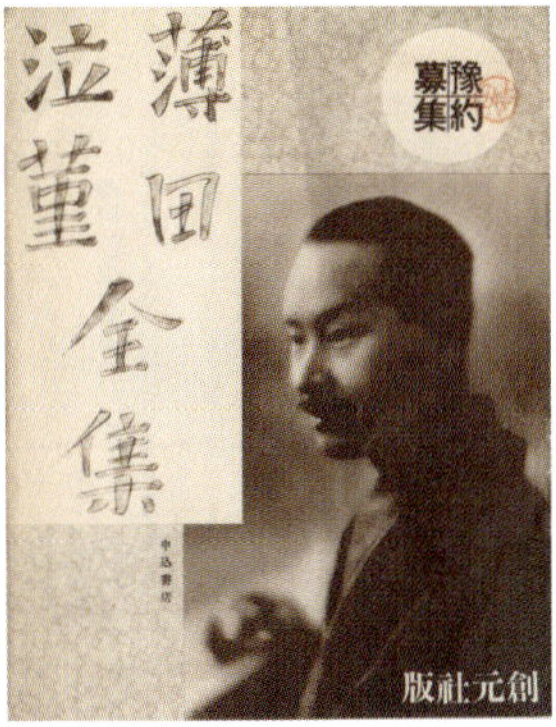

▲「薄田泣菫全集内容見本」

岡本かの子が「薄田泣菫全集の詩と随筆に就て」推薦文を寄せている。

　その中で、文芸評論家の小林秀雄は「泣菫氏は現代詩人達が理解してゐる詩といふものゝ元祖であり、西洋近代詩精神がわが国でどれほど育て難いものであるかを体験した最初の詩人であつた。この困難を自覚するに足る薄田氏の様な才能ある詩魂は、まことに稀有であつたといつた方がよい」（「わが近代詩精神の先駆」）と評した。

　全集の刊行について、泣菫は「貧しいが私の全財産です。」（『東京日日新聞』昭和一三年八月三〇日）と語っている。『薄田泣菫全集』は、既刊の単行本から詩・小説・随筆を再録している。その際、かなりの加筆・訂正・削除がなされた。また、第八巻には単行本未収録の作品も収録されたが、全集に泣菫が発表したすべての作品が収められたわけではない。

　昭和一二（一九三七）年の盧溝橋事件をきっかけに中国との間で戦争が始まり、日本は戦時体制に入った。


　菊池幽芳は昭和一三年一〇月二〇日付書簡で「物資不自由の折柄よくあれだけのものが出来たと存じます」と驚いている。

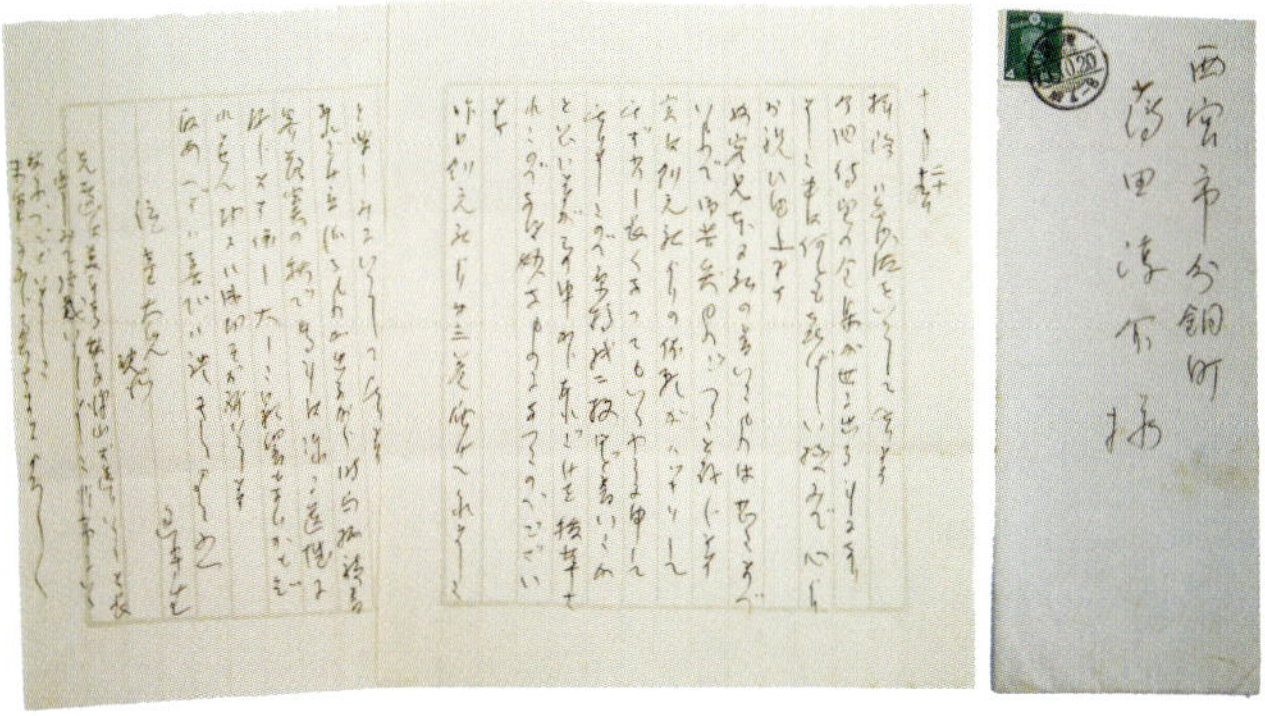
▲菊池幽芳書簡（昭和 13 年 10 月 20 日）

4 泣菫の晩年

昭和一七（一九四二）年九月、『詩と童話・蜘蛛と蝶』を新星社より刊行。昭和一八（一九四三）年三月、母の里津が死去した。四月、生前最後の随筆集『人と鳥蟲』を桜井書店より刊行した。

▲『人と鳥蟲』本（関西大学図書館蔵）

▲『人と鳥蟲』函（関西大学図書館蔵）

昭和期に多くの随筆を発表した泣菫だが、パーキンソン病で手が不自由になっていたので、原稿は家族が代筆していた。当初は泣菫が調子のよい時に代筆原稿の訂正、挿入、削除を行っていた。やがて代筆したノートを見ることも難しくなる。口述筆記した文章を家族が読み上げて、泣菫が修正を指示した。口がうまく動かないので、聞きづらい。家族は何度も聞き返しながら筆記していく。用字を口述するのには特に苦労した。晩年の随筆集はこうして本になったのだという（薄田桂「追想記」『親和国文』昭和五九年一二月）。

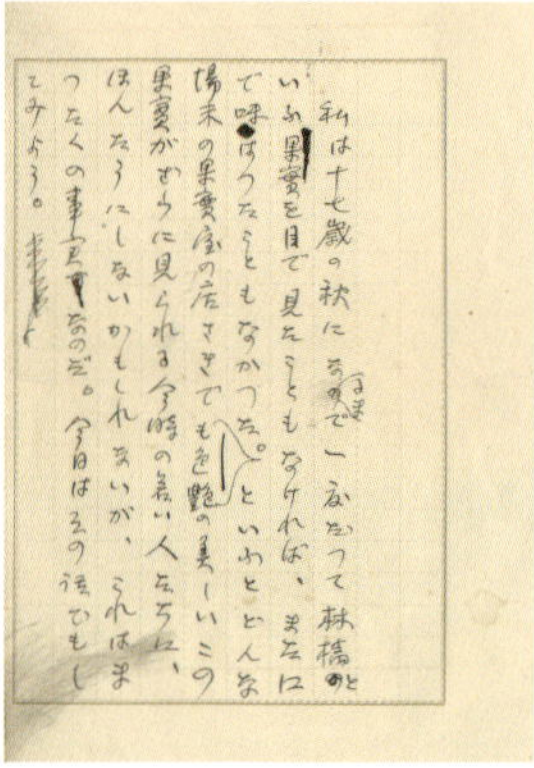

私は十七歳の秋になるまで一度だつて林檎といふ果実を目で見たこともなければ、またはで味はつたこともなかつた。といふとどんな場末の果実屋の店さきでも色艶の美しいこの果実がざらに見られる今時の若い人たちは、ほんたうにしないかもしれないが、これはまつたくの事実なのだ。今日はその話でもしてみよう。

▲泣菫の原稿

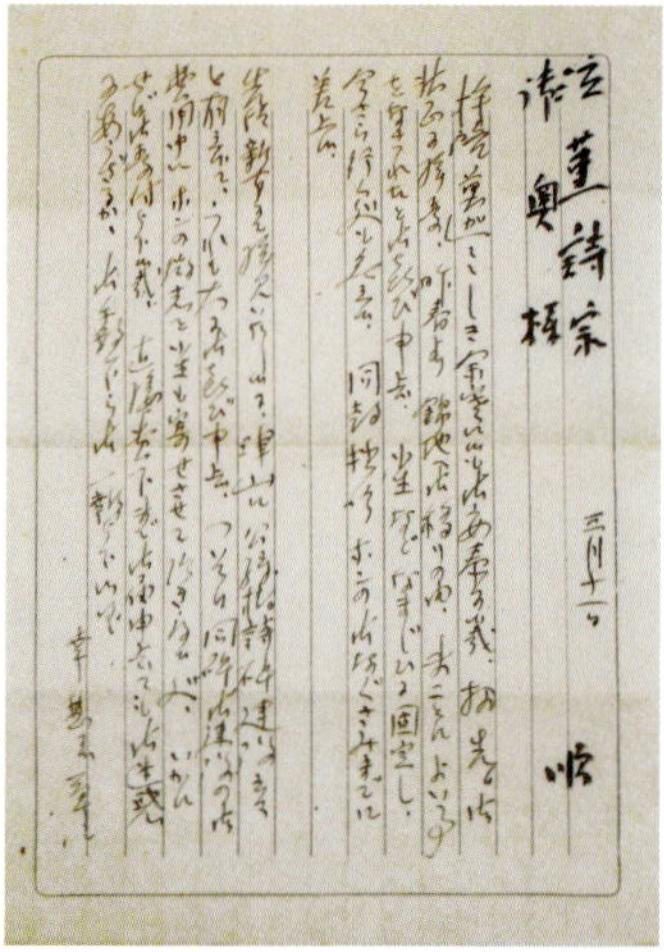

▲川田順書簡（昭和20年3月11日）

昭和一九（一九四四）年二月、四〇年来の付き合いである親友の高安月郊が死去した。

三月、戦禍を避けて、次女・和子の嫁ぎ先である岡山県倉敷市美和町の林六郎方に疎開した。西宮から倉敷まではタクシーで移動した。自動車の長旅が祟って、病気の進行が早くなり、遂に本も読めなくなった。泣菫は一日中黙然としている。妻の修子が家事の合

▲現在の倉敷

▲昭和初期の倉敷（倉敷市歴史資料整備室蔵）

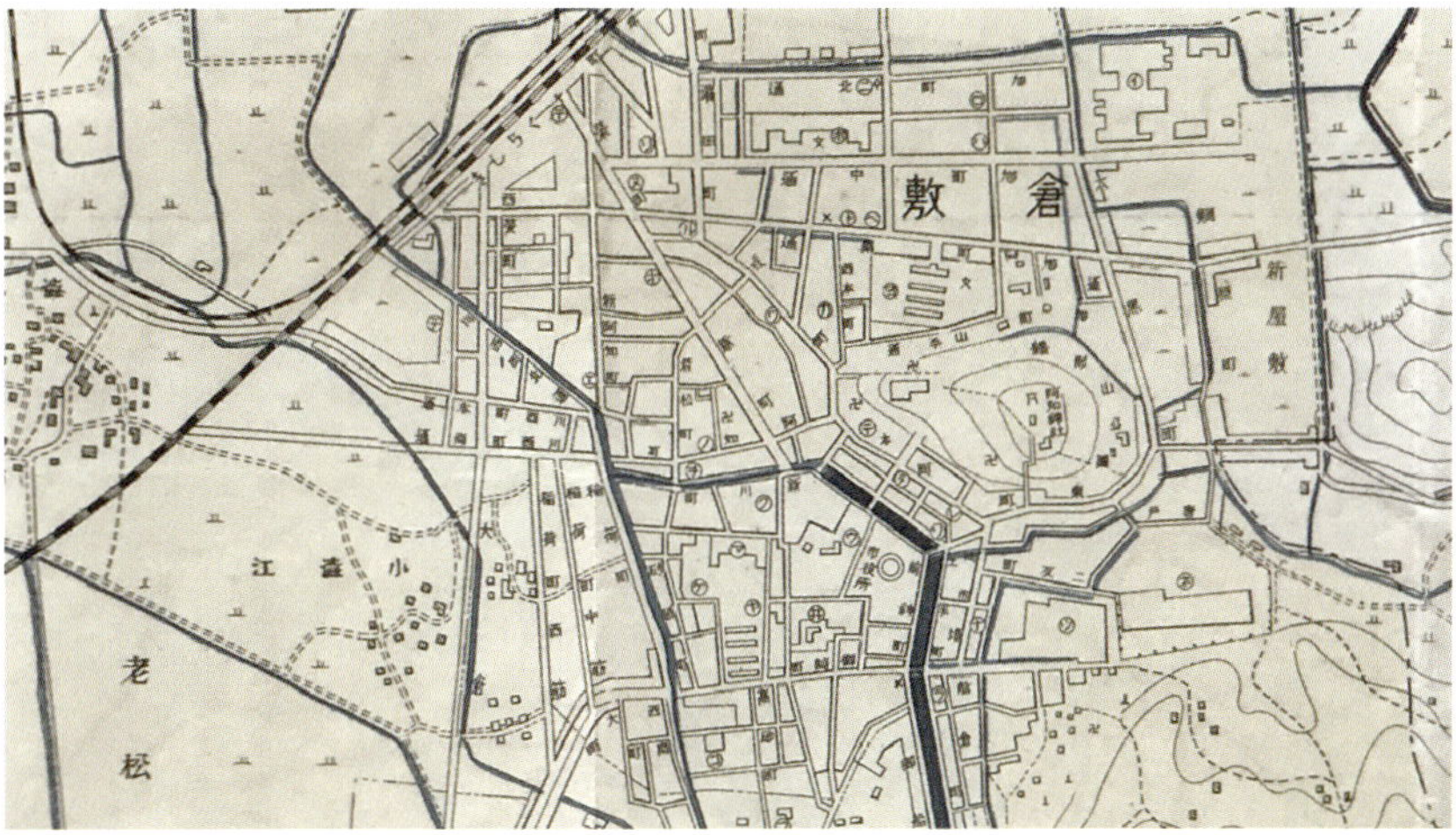

▲昭和９年の倉敷地図（『倉敷市案内　昭和９年版』より転載）

間に本や新聞を読んで聞かせていた。物資が不足するなか、修子は手を尽くして砂糖を買い、小豆で甘い物をこしらえて泣菫を慰めた（薄田桂「追想記」前掲）。

泣菫が倉敷に戻ったことを知って、同郷の川田順は泣菫宛書簡の中で「昨春より錦地へ御移りの由、まことによい事をなされたと御喜び申上候」「先頃新聞にて拝見いたし候に、津山に公孫樹詩碑建設云々と有之候て、これも大に御喜び申上候、ついては同碑御建設の御費用中にホンの微志を小生も寄せさせて頂き度候処」と記している（昭和二〇三月一一日）。

岡山県津山市の長法寺に「公孫樹下に立ちて」の詩碑が建設されるのは昭和四〇（一九六五）年であるが、泣菫の生前からすでに詩碑建設の計画があったのである。

▲生家の裏山から見た連島

昭和二〇（一九四五）年三月、弟の鶴二が死去。鶴二の長男・博が報告に行くと、泣菫は悲しみに暮れて涙を流したという（薄田博「肉親の見た薄田泣菫」『高梁川』平成九年一二月）。

六月二九日、岡山市が空襲を受け、倉敷も安全とは言えなくなった。そのため、七月二七日、小田郡井原町郊外（現・井原市）に再疎開した。

終戦後の一〇月四日、ようやく故郷連島の生家に還る。しかし、この時、泣菫はほとんど意識不明の状態であった。生家の門をくぐるとき、妻の修子が耳元で「お家へかへりましたよ」と言うと、かすかにうなづいた様子だった（薄田桂「父泣菫の死」『新世間』昭和二二年四月）。

その五日後の九日午後七時、家族に看取られ、泣菫は六九年の生涯を閉じた。

「泣菫之霊でよい」という生前の言葉によって、戒名は「泣菫居士」とつけられた。

泣菫の墓は生家の裏山にある。墓石の正面に「泣菫薄田君之墓　幽芳生」と刻まれ、向かって右側には「明治十年五月十九日生　昭和二十年十月九日歿　行年六十九歳」、左側には「友みなに離れて露けき吉備の野に　君はさびしくひとり去りしか　菊池幽芳」とある。

▲泣菫墓石（正面）

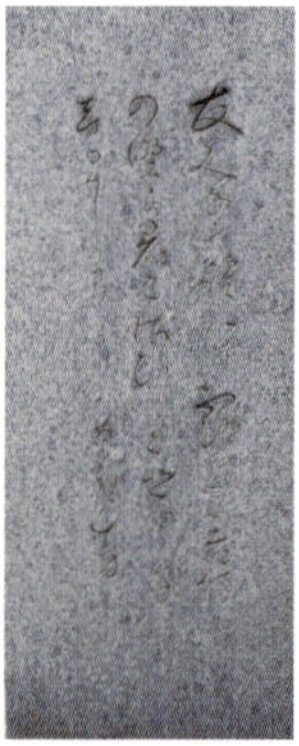

▲泣菫墓石（左側）

「墓碑《はかいし》には生日《うまれび》と逝《みまか》りたる日とあらば足りぬべし。「ゆく水に名を記したる人ここに眠る」とやうの文字ならば、苔《こけ》を払ひても読みてあらん。事々しく生前の履歴など書きつけたる、厭《いと》はしきものの一つなり」（「田園日記」『新小説』明治三八年四～五月）という泣菫の意に沿っている。

5 泣菫没後

泣菫を敬慕し、泣菫生前から泣菫の詩業を顕彰するために奔走していた日夏耿之介は、泣菫の妻の修子から泣菫詩碑建立の相談を受けたようで、昭和二〇（一九四五）年一一月一六日付の修子宛書簡で、碑に刻む詩は代表作である「あゝ大和にしあらましかば」の第一節か、「望郷の歌」の第三節がふさわしいと答えている。

昭和二七（一九五二）年、地元の有志が中心となって、薄田泣菫詩碑建設会を発足。

▲薄田泣菫詩碑除幕式（厄神社）（三宅皓太郎家文書　倉敷市歴史資料整備室蔵）

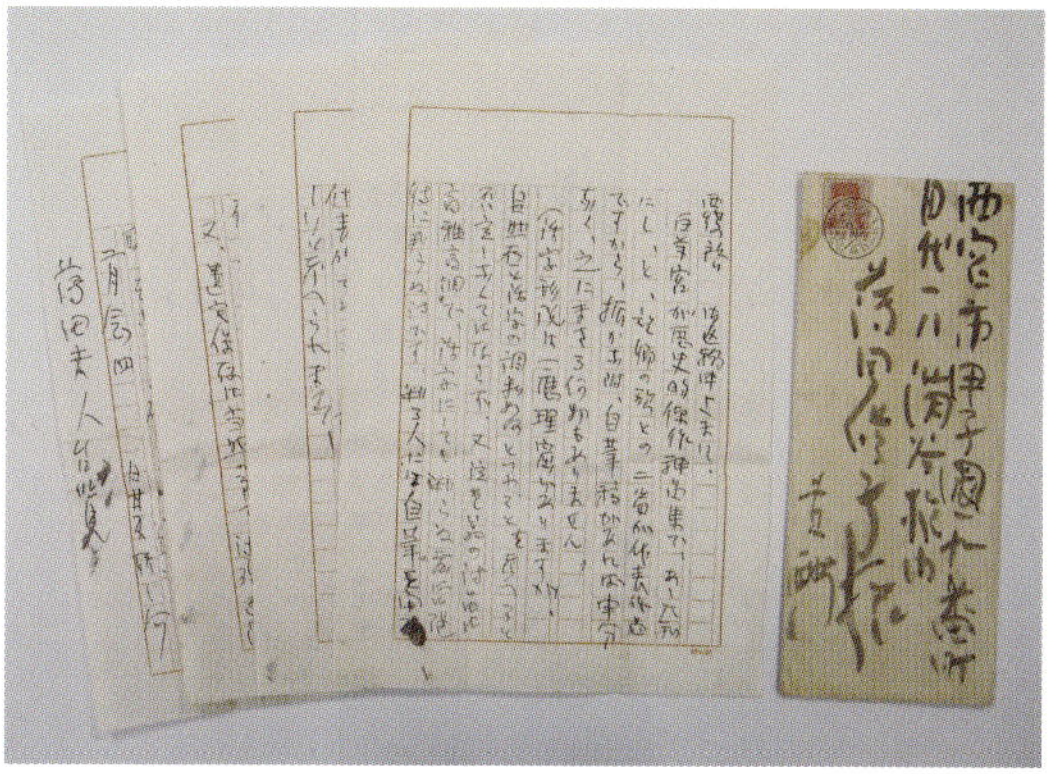

▲日夏耿之介書簡修子宛（昭和 20 年 11 月 16 日）

昭和二九（一九五四）年一一月、倉敷市連島西之浦の厄神社境内に薄田泣菫の詩碑が建立された。陶板には泣菫の筆跡で「あゝ大和にあらましかば」の詩が一六行ルビ付きで刻まれている。碑陰には日夏耿之介による顕彰文もある。

また、日夏耿之介は先の書簡で「遺宅保存は当然の事で、詩碑、建設と同時に具体化して頂きたく存じます」「遺宅保全にその地方の人に全力をつくして貰ひたいと存じます」と書いていた。

その言葉の通り、泣菫の家は地元の方々によって大切に保存され、母屋が改装されたのち、平成一五（二〇〇三）年より泣菫生家として一般公開されている。

（荒井真理亜）

遺愛の品々

薄田泣菫の愛した品たちが、倉敷市連島の薄田泣菫生家に多く遺されている。硯、指物細工、香合、筆置きなど、さまざまに愛された逸品たちが静かに眠っている。また、落款印が幾つもあり、泣菫の文人趣味を強く感じさせている。

　音楽が好きだったという泣菫は、SPレコードも多く収集した人であった。今でも名演奏家として語られる当代を代表するピアニストのパデレウスキーや

龍顖

薄田文庫

泣菫

背山臨流

左琴右書

翠外

泣菫の残した

バックハウス、チェロのカザルスら音楽家たちの代表的な録音盤が幾枚も遺されている。それらSPレコードを収める家具も、簡素ながらしつらえの良いものが残されており、泣菫の愛聴家ぶりがこういう点からも伺える。

倉敷市では、生家の開放と共に、こう言った品々を展示して、泣菫とその文学の愛好家たちの目を楽しませている。

（庄司達也）

筆置きと香合

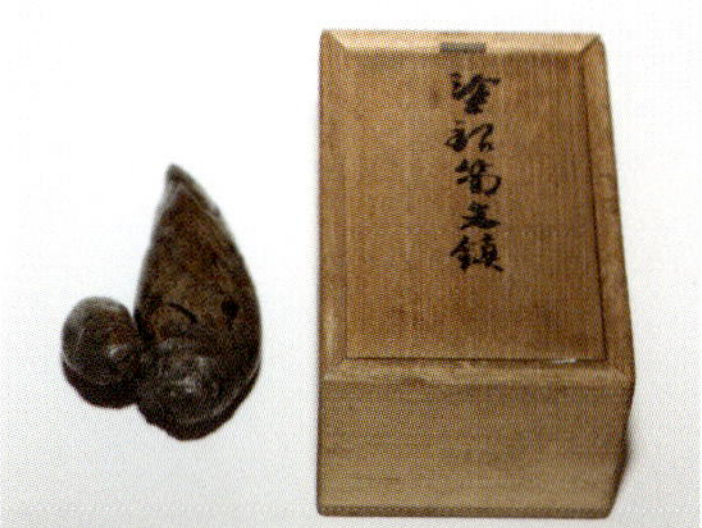

塗銀筍文鎮（箱書に盃孝載天戊申四月吉　七十五翁　平安蔵六造」とある）

硯

硯

岡山県尋常中学校と泣菫

岡山県尋常中学校への入学は困難をきわめたという。特に高度な英語力を習得しなければ入れなかったことが、当時の入学試験からもわかる。泣菫が受験した頃は、高等小学校を卒業してもそのままで合格できる者が極端に少なく、「全合格者の僅か六・三パーセント」であり、「高等小学校を了わってから、なお「私立学校で修業」、即ち私立の予備校（岡山普通学校・薇陽学院など）に通った上で受験した。英語というネックがあってのことであ」るという（後神俊文『旧制岡山中学校校史余禄』（自費出版）平成二八年一一月）。ただし、泣菫は高等小学校卒業年に尋常中学に入学している。

一方、同校では明治二〇年代まで中途退学者が圧倒的に多く、泣菫の旧友松尾哲太郎も「思出のままを」（『烏城』大正三年一一月）の中で「九十九名の同窓が卒業する時には、僅々二十五名になつた」と語る。これは本編でも触れたように（二〇ページ）同校の英語を中心とした教育が苛烈を極めたため、またその一方で当時は尋常中学卒業が高等中学進学に必要な条件ではなかったため、鋭気にはやる学生の中には、田舎の尋常中学卒業よりも中途退学して上京し、より早く上級学校を目指すべきという風潮があったからだという。こうした同校の風潮が、泣菫の中途退学・上京の背景にあったのだ。

とはいえ、これまで旧友平尾不孤の文章（二八ページ）から、泣菫の上京後の独学ばかりが強調されてきたが、この尋常中学校への入学やそこでの苛烈な教育の中で、英語力を中心とした当時においては相当高い学識を、泣菫が身に付けたことを忘れてはいけない。こうした入試も含めた学校教育による基礎にあったからこそ、後に詩では西洋のソネットを日本に移植しようとしたり、コラム・エッセイでは東西を問わない該博な知見を展開したりすることが、泣菫にできたのだといえよう。

（西山康一）

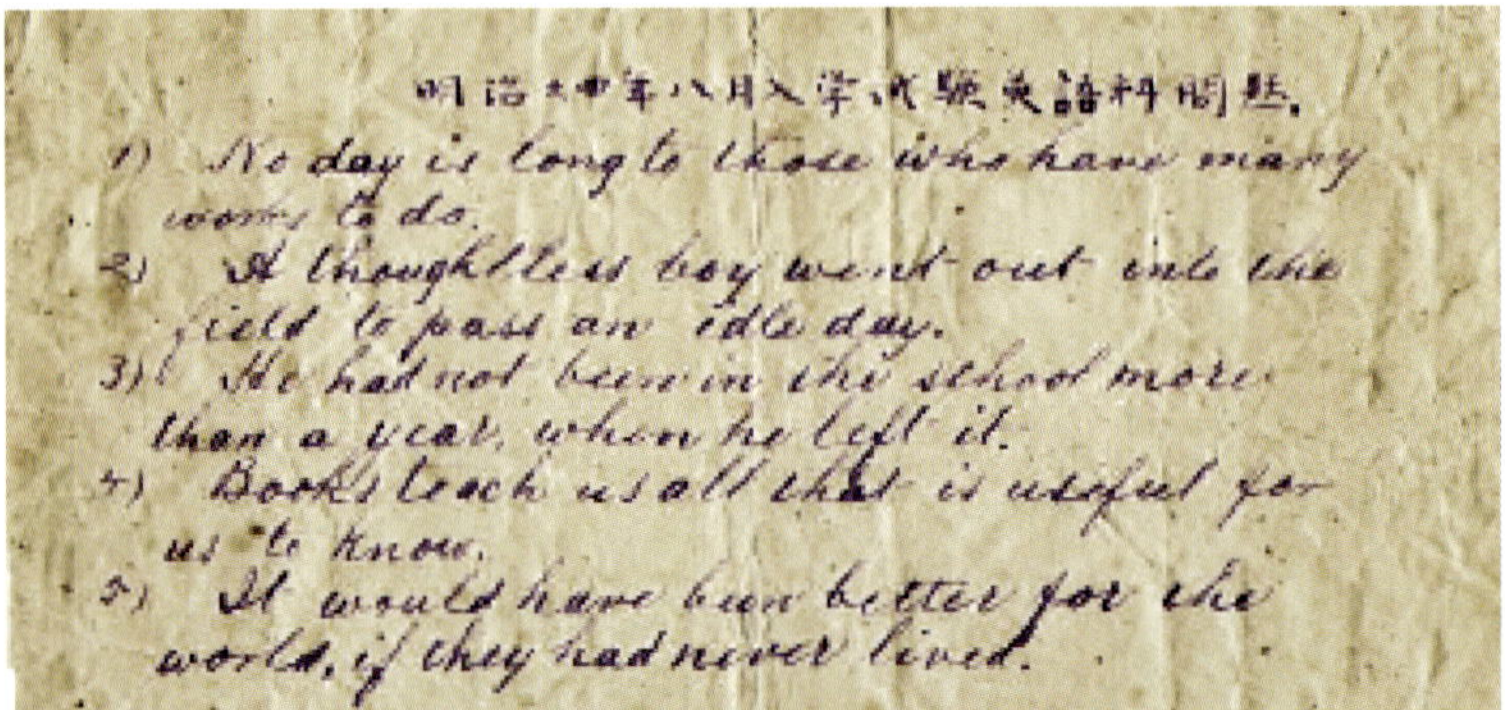
明治廿四年八月入学試験英語科問題
1) No day is long to those who have many works to do.
2) A thoughtless boy went out into the field to pass an idle day.
3) He had not been in the school more than a year when he left it.
4) Books teach us all that is useful for us to know.
5) It would have been better for the world, if they had never lived.

▲明治 24 年 8 月実施の岡山県尋常中学校英語入試問題。実際、泣菫が受けた試験と思われる（岡山県立岡山朝日高等学校資料室蔵）

第2部

泣菫の作品鑑賞

ああ大和にしあらましかば

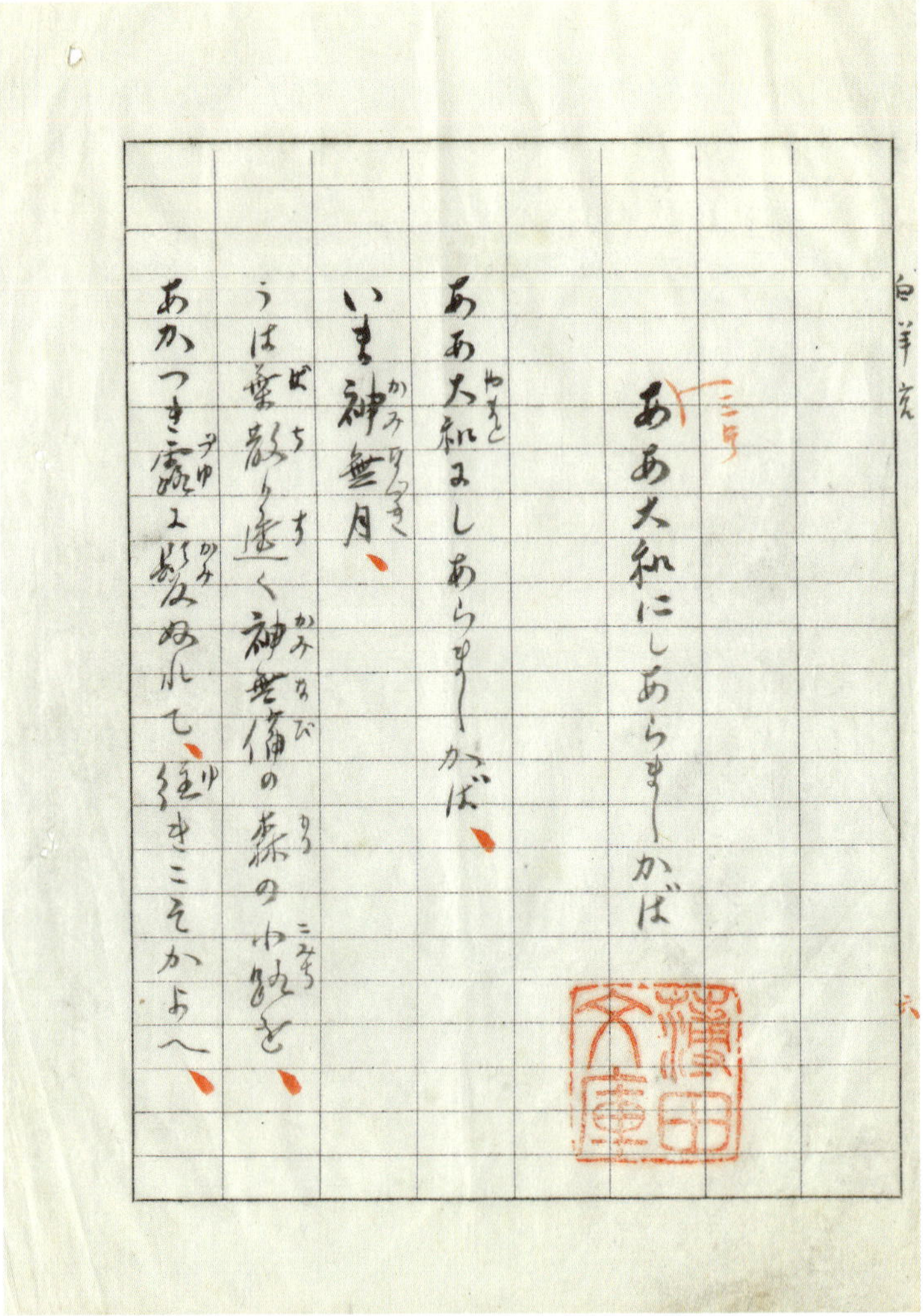
ああ大和にしあらましかば

ああ大和《やまと》にしあらましかば、
いま神無月《かみなづき》、
うは葉《ば》散《ち》り透《す》く神無備《かみなび》の森の小路《こみち》を、
あかつき露《つゆ》に髪《かみ》ぬれて、往《ゆ》きこそかよへ、

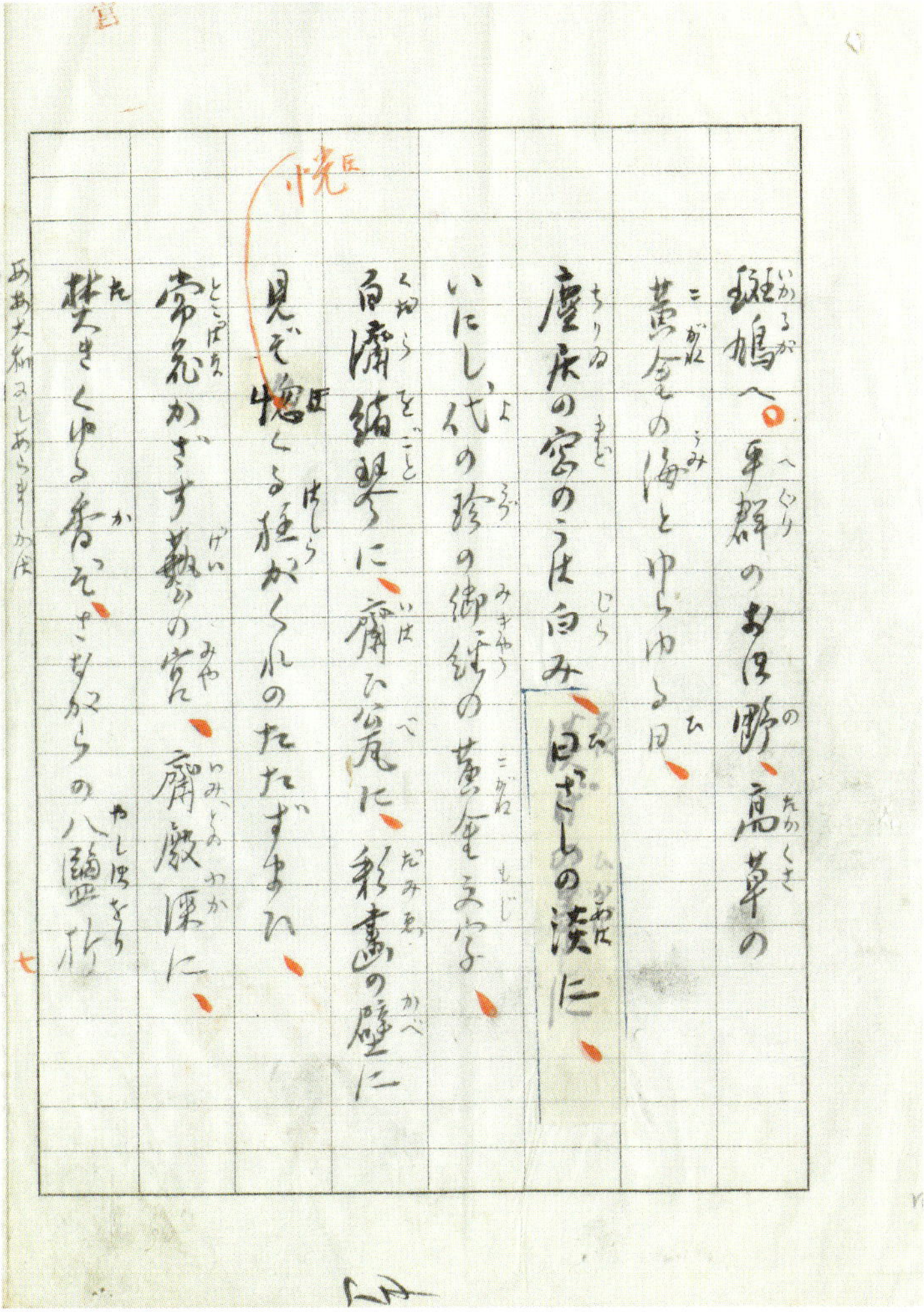

斑鳩《いかるが》へ。平群《へぐり》のおほ野《の》、高草《たかくさ》の
黄金《こがね》の海《うみ》とゆらゆる日《ひ》、
塵居《ちりゐ》の窓《まど》のうは白《じろ》み、日《ひ》ざしの淡《あはひ》に、
いにし代《よ》の珍《うづ》の御経《みきやう》の黄金《こがね》文字《もじ》、
百済《くだら》緒琴《をごと》に、斎《いは》ひ瓮《べ》に、彩画《だみゑ》の壁《かべ》に
見ぞ恍くる柱《はしら》がくれのたたずまひ、
常花《とこばな》かざす芸《げい》の宮《みや》、斎殿《いみどの》深《ふか》に、
焚《た》きくゆる香《か》ぞ、さながらの八塩折《やしほをり》

ああ大和にしあらましかば

七

美酒《うまき》の甕《みか》のまよはしに、
さこそは酔《ゑ》はめ。

新墾路《にひばりみち》の切畑《きりばた》に、
赤《あか》ら橘《たちばな》葉がくれに、ほのめく日《ひ》なか、
そことも知《し》らぬ静歌《しづうた》の美《うま》し音色《ねいろ》に、
目移《めうつ》しの、ふとこそ見《み》まし、黄鶲《きびたき》の
あり樹《き》の枝《えだ》に、矮人《ちひさご》の楽人《あそびを》めきし

戯《ざ》ればみを。尾羽《をば》身《み》かろさのともすれば、
葉《は》の漂《ただよ》ひとひるがへり、
籬《ませ》に、木《こ》の間《ま》に、――これやまた、野《の》の法子兒《ほうしご》の
化《け》のものか、夕寺深《ゆふでらふか》に聲《こわ》ぶりの、
讀經《どきやう》や、――今《いま》か、靜《しづ》こころ、
そぞろありきの在《あ》り人《びと》の
魂《たましひ》にしも沁《し》み入《い》らめ。

あゝ大和にしあらましかば

九

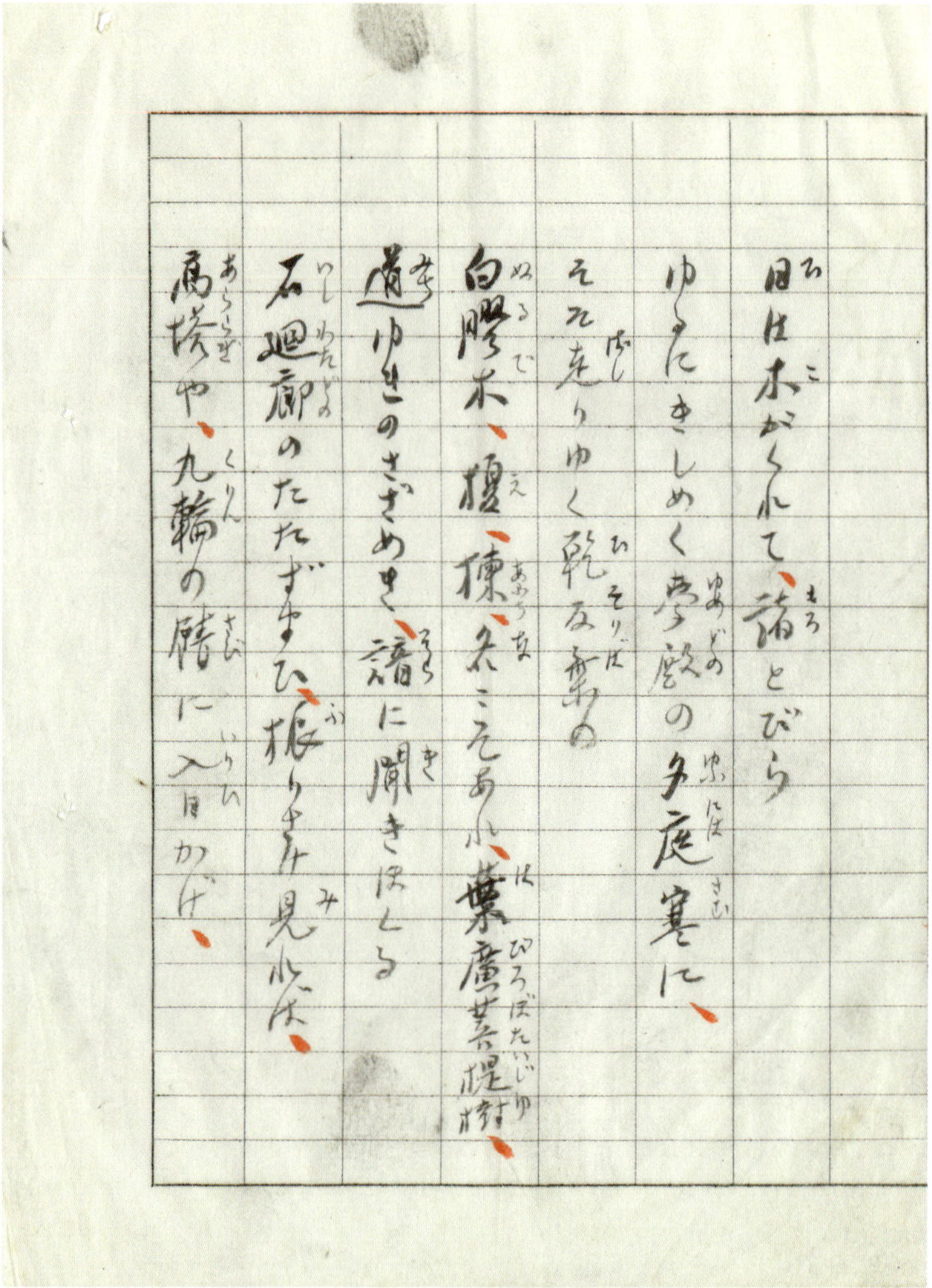

日《ひ》は木《こ》がくれて、諸《もろ》とびら
ゆるにきしめく夢殿《ゆめどの》の夕庭《ゆふには》寒《さむ》に、
そそ走《ばし》りゆく乾反葉《ひそりば》の
白膠木《ぬるで》、榎《え》、楝《あふち》、名《な》こそあれ、葉《は》廣菩提樹《びろぼだいじゆ》、
道《みち》ゆきのさざめき、諳《そら》に聞《き》きほくる
石廻廊《いしわたどの》のたたずまひ、振《ふ》りさけ見《み》れば、
高塔《あららぎ》や、九輪《くりん》の錆《さび》に入日《いりひ》かげ、

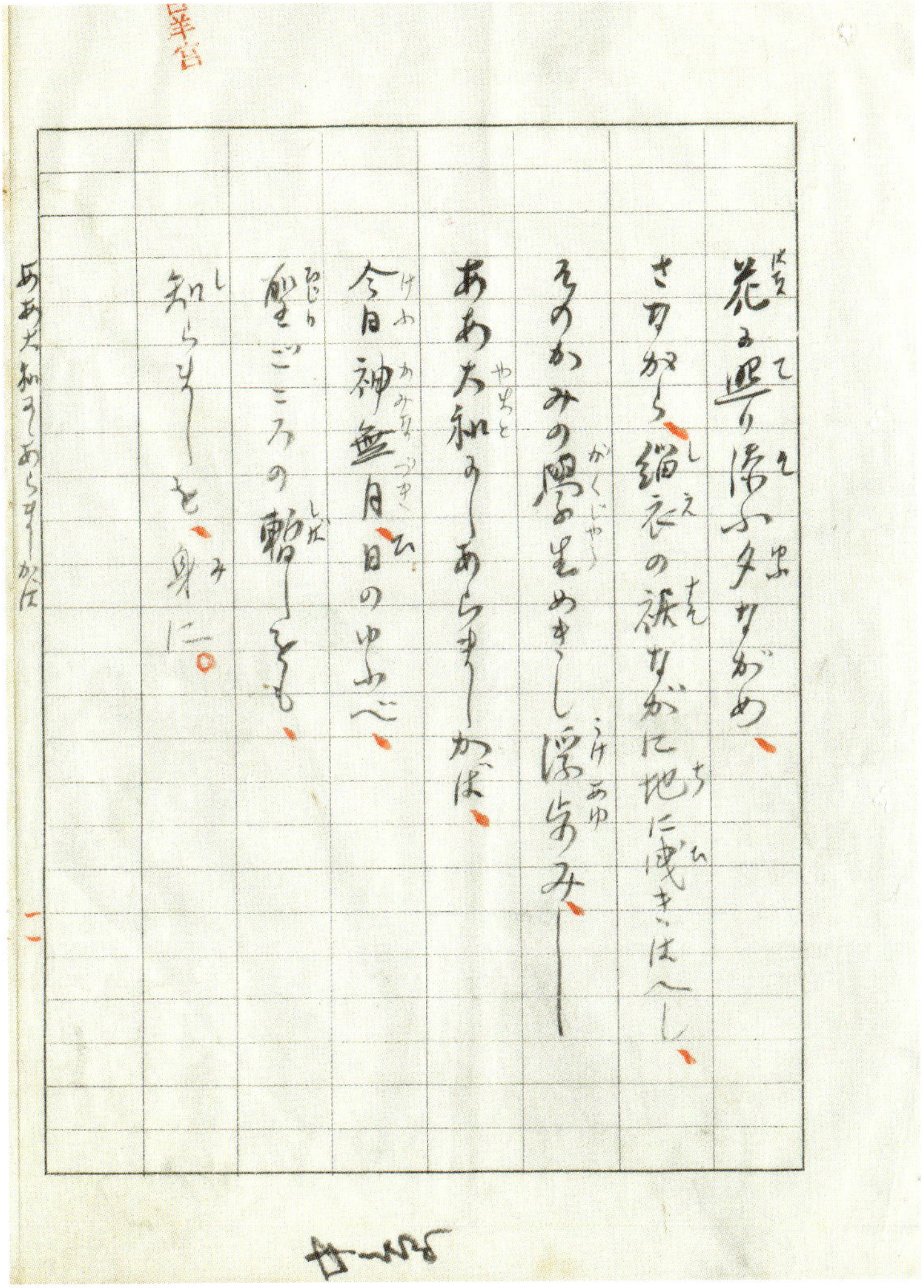
白羊宮
花《はな》に照《て》り添《そ》ふ夕《ゆふ》ながめ、
さながら、緇《し》衣《え》の裾《すそ》ながに地《ち》に曳《ひ》きはへし、
そのかみの学《がく》生《じやう》めきし浮《うけ》歩《あゆ》み、—
ああ大和《やまと》にしあらましかば、
今日《けふ》神無月《かみなづき》、日《ひ》のゆふべ、
聖《ひじり》ごころの暫《しば》しをも、
知《し》らましを、身《み》に。
ああ大和にしあらましかば

▼『白羊宮』（明治三九年五月）

◆現代語訳

ああ、もし私が大和にいるのならば、
今は神無月、
木々の上葉が散り透ける神無備の森の小道を、
夜明けの露に髪を濡らし、ゆくのであろう、
斑鳩へと。平群の野に高く繁る草が
黄金の海のようにゆらめく日に、
塵つもる窓は白く見え、日差しは淡く、
古の貴い御経の金色の文字や、
百済緒琴、斎い瓮、彩色の壁画に
うっとりと見とれる——柱のかげにじっとたたずんで、
永遠の美を示す芸術の殿堂、その斎殿の奥深くに
立ち燻る香気よ、——あたかも繰り返し醸成して作った
美酒の甕の魅力のように、
さぞ酔いしれることであろう。

新たに拓かれた路の区切られた畑に、
明るく赤らむ橘の実が葉のあいだよりほのみえる昼間、
どこからともなく聞こえる静かな歌の美しい音色に、
目を移せば、ふと目にとまるであろう——黄鶲が
そこの木の枝で、小さい楽人のように
戯れているのを。尾羽の身軽さがどうかすると、
木の葉のただよいのようにひるがえって、
竹垣に、木の間に、——これはあるいは、自然の寵児の
化身であろうか——夕寺の奥深くより聞こえる
読経の声のように——まさに今、心静かに、
あたりをそぞろあるく人の
魂にも沁み入ることであろう。

日は木の陰に隠れて、両方の扉が
ゆるやかにきしめく夢殿の夕べの庭は寒く、
さらさらと風に吹かれ走り過ぎる反り返った枯れ葉
——白膠木、榎、楝、釈迦が悟りを開いたことで名高い、幅広い
葉を持つ菩提樹——、
それらが道を流れる音にうっとりと聞き惚れ
石の廻廊にたたずんで、遥かにふり仰いで見れば、
五重の塔の、九輪の錆びに夕日の光は照り、
その花のように照り輝く夕暮れの眺めは、
あたかも、墨染の僧衣の裾を地面に長く引いた
古の学僧の夢みるような足取りのよう、——
ああもし私が大和にいるのならば、
今日は神無月、夕暮れ時、
聖のこころを、ほんのしばしにせよ、
この身に、知ることだろうのに。

◆語釈

●神無備の森…古代信仰で神がくだる森。
●うわ葉…木の上の方の葉のこと。
●斑鳩…法隆寺付近の地名。
●平群…現在の奈良県生駒郡。

●珍の御経の黄金文字…紺紙金泥の経典。
●百済緒琴…百済経由で渡来した竪琴。
●齋ひ瓮…祭祀に用いる神聖なかめ。
●斎殿深に…「斎殿」は本来神に仕えるために身を清めてこもる建物。ここでは「芸の宮」の内部に深くこもるとの意味。
●八塩折…繰り返し醸した良い酒。
●赤ら橘…上代語の「あかし」は明るいと赤いの両方の意味。
●夢殿…法隆寺東院の建物。もと聖徳太子の学問所。
●乾反葉…枯れて反りかえった落ち葉。造語。
●高塔…「あららぎ」は伊勢斎宮の忌み詞。
●九輪…五重塔などの頂上の九層の輪。

◆**鑑賞**

「ああ大和にしあらましかば」は明治三八年一一月『中学世界』に発表された。『白羊宮』を代表するのみならず薄田泣菫の代表詩と位置づけられている。『白羊宮』は、蒲原有明『春鳥集』と並び、日本の象徴詩の達成として位置づけられている。一方、古語・造語の多用から難解な詩集と言われ、口語自由詩へ向かう時代の中、非難されることにもなった。ただ、古語の利用により、緊縮された表現で重厚な意味を持たせることに成功した面は評価されるべきである。「うは葉散り透く」といった短いフレーズで、木の葉がまばらになり木漏れ日が地面に差す秋の森の光景が鮮やかによみがえる。「乾反葉」などの造語が「枯れて反り返った葉」との意味を短く言い表し、現代語では説明的で冗長になるところを凝縮した詩的表現とすることができている。

「ああ大和にあらましかば」はイギリスの詩人ロバート・ブラウニングの "Home-thought from abroad" に着想を得ている。ブラウニングの詩は "Oh, to be in England" (「イギリスにいたとすれば」) と眼前にはないイギリスの春を思い描く詩である。一方、「ああ大和にあらましかば」は、眼前にはない現在の大和と想像上の古代の大和が渾然一体となって彷彿とされる。

詩は三連で構成され、それぞれ朝、昼、晩の風景を描く。

第一連では朝の光景が描かれ、「神無備」「斑鳩」「平群」といった土地の名前により、古代が呼び出されながら大和の風景が描かれる。「あかつき露」は『万葉集』巻二の「わがせこを大和へやるとさ夜更けて暁露にわが立ちぬれし」を想起させる。「平群のおほ野、高草の／黄金の海とゆらゆる日」は丈の高い草が風を受けて波打つ様子を「黄金の海」と喩え、視覚的効果をあげている。

第二連は昼の光景だが、「黄鶲」の様子を「楽人」のたわむれや「木の葉の漂ひ」と躍動感溢れる様子に描いた上で「野の法子児」と言い換え、一気に抽象化している。「法子児」は小坊主のことを指すが、ワーズワースの詩句 "Twice welcome, darling of the Spring!" を踏まえ、「黄鶲」を「聖なる自然の寵児」と言い換えたと指摘されている。

第三連は夕暮れの光景だが、夕暮れの塔の様子を、「緇衣の裾ながに地に曳きはえし」学生と喩えることにより、塔から延びる長い影と、学生の墨染の衣の姿が重ね合わせられる。

音律の面で言えば、「七五七」と「五七五」の行が交代しつつ、意味が次の行へ緩やかにつながる「跨ぎ」の手法を多用し、定型詩とは思えないほどリズミカルな表現が実現されている。(竹本寛秋)

公孫樹下にたちて

一

あゝ日《ひ》は彼方《かなた》、伊太利《いたりあ》の
七《なゝ》つの丘《をか》の古跡《ふるあと》や、
円《まろ》き柱《はしら》に照《て》りはえて、
石床《いしゆか》しろき回廊《わたどの》の
きざはし狭《せば》に居《ゐ》ぐらせる、
青地《あをぢ》襤褸《つゞれ》の乞食《かたゐ》らが、
月《つき》を経《へ》て来《こ》む降誕祭《くりすます》、
市《いち》の施物《せもつ》を夢《ゆめ》みつゝ、
ほくそ笑《ゑみ》する顔《かほ》や射《い》む。
あゝ日《ひ》は彼方《かなた》、北海《きたうみ》の
波《なみ》の穂《ほ》がしら爪《つま》じろに、
ぬすみに猟《あさ》る蜑《あま》が子《こ》の、
氷雨《ひさめ》もよひの日《ひ》こそ来《く》れ、
幸《さち》は足《た》りぬ、と直《ひた》むきに、
南《みなみ》へかへる舟《ふな》よそひ、
破《や》れの帆脚《ほあし》や照《て》らすらむ。
こゝには久米《くめ》の皿山《さらやま》の
嶺《いたゞき》ごしにさす影《かげ》を、
肩《かた》にまとへる銀杏《いてふ》の樹《き》、
向脛《むかはぎ》ふとく高《たか》らかに、
青《あを》きみ空《そら》にそゝりたる、
見《み》れば鎧《よろ》へる神《かみ》の子《こ》の
陣《ぢん》に立《た》てるに似《に》たりけり。

二

こゝ美作《みまさか》の高原《たかはら》や、
国《くに》のさかひの那義山《なぎせん》の
谿《たに》にこもれる初嵐《はつあらし》、
ひと日高《ひたか》みの朝戸出《あさとで》に、
遠《とほ》く銀杏《いてふ》のかげを見《み》て、
あな誇《ほこ》りかの物《もの》めきや、
わが手力《たぢから》は知《し》らじかと、
軍《いくさ》もよひの角笛《くだぶえ》を、
木木《きぎ》に空門《からと》に吹《ふ》きどよめ、
家《いへ》の子《こ》あまた集《つど》へ来《き》て、
黒尾峠《くろをたうげ》の懸路《かけぢ》より、
風下小野《かざしたをの》のならび田《た》に、
穂波《ほなみ》なびきてさやぐまで、
勢《いきほひ》あらく攻《せ》めよれば、
あなや大樹《おほき》のやなぐひの
黄金《こがね》の矢束鳴《やづかなり》だかに、
諸肩《もろがた》つよく揺《ゆら》ぎつゝ、
賤《いや》しきものゝ逆《さか》らひに、
滅《ほろ》びはつべき吾《わ》が世《よ》かと、
あざけり笑《わら》ふどよもしや、
矢種皆《やだねみな》がらかたむけて、
射継早《いつぎばや》なるおろし矢《や》に
射《い》ずくめられし北風《きたかぜ》は、
またも新手《あらて》をさきがけに、
雄詰《をたけび》たかく手突矢《てつきや》の
鏃《やじり》ひかめく囲《かこ》みうち。
頃《ころ》は小春《こはる》の真昼《まひる》すぎ、
因幡《いなば》ざかひを立《た》ちいでゝ、
晴《は》れ渡《わた》りたる大空《おほぞら》を、
南《みなみ》の吉備《きび》へはしる雲《くも》、
白《しろ》き額《ひたひ》をうつぶしに、
下《した》なる邦《くに》のあらそひの
なじかはさのみ忙《せは》しなと、
心《こゝろ》うれひに堪《た》へずして、
顧《かへり》みがちに急《いそ》ぐらむ。

黄泉《よみ》の洞《ほら》なる恋人《こひびと》に、
生命《いのち》の水《みづ》を掬《むす》ばむと、
七《なゝ》つの関《せき》の路守《みちもり》に、
冠《かむり》と衣《きぬ》を奪《うば》はれて、
『あらと』の邦《くに》におりゆきし、
生身素肌《なまみすはだ》の神《かみ》の如《ごと》、
あゝ争《あらそ》ひの七八日《なゝやうか》、
銀杏《いてふ》は征矢《そや》を射《い》つくして、

雄々《をゝ》しや、空手《むなで》真裸《まはだか》に、
ほまれの創《きず》の諸肩《もろかた》を、
さむき入日《いりひ》にいろどりて、
み冬《ふゆ》の領《りやう》にまたがりぬ。

三

あゝ名《な》と恋《こひ》と歓楽《たのしみ》と、
夢《ゆめ》のもろきにまがふ世《よ》に、
いかに雄々《をゝ》しき実在《じつざい》の
眩《はゆ》きばかりの証明《あかし》ぞや。
夏《なつ》とことはに絶《た》ゆるなく、
青《あを》きを枝《えだ》にかへすとも、
冬《ふゆ》とことはに尽《つ》くるなく、
つねにその葉《は》を震《ふる》ひ去《さ》り、
さては八千歳《やちとせ》、霊木《りやうぼく》の
背《そびら》の創《きず》は癒《い》えずして、
戦《たゝか》ひとはに新《あた》らしく、
はた勇《いさ》ましく繰《く》りかへる。
銀杏《いてふ》よ、汝常磐樹《なんじときはぎ》の
神《かみ》のめぐみの緑葉《みどりば》を、
霜《しも》に誇《ほこ》るにくらべては、
いかに自然《しぜん》の健児《けんじ》ぞや。
われら願《ねが》はく狗児《いぬころ》の
乳《ち》のしたゝりに媚《こ》ぶる如《ごと》、
心《こゝろ》よわくも平和《やはらぎ》の
小《ちひ》さき名をば呼《よ》ばざらむ。
絶《た》ゆる隙《ひま》なきたゝかひに、
馴《な》れし心《こゝろ》の驕《おご》りこそ、
ながき吾世《わがよ》のながらへの
栄《はえ》ぞ、価値《あたひ》ぞ、幸福《さいはひ》ぞ。
公孫樹《いてふ》よ、汝《なれ》のかげに来《き》て、
何《なに》かも知《し》らぬ睦魂《むつだま》の
よろこび胸《むね》に溢《あふ》るゝに、
許《ゆる》せよ、幹《みき》をかき抱《いだ》き、
長《なが》き千代《ちよ》にも更《か》へがたの
刹那《せちな》の酔《ゑひ》にあくがれむ。

（三十四年十月、作州津山の近ほとりにて）

▼『二十五絃』（明治三八年五月）

◆現代語訳

一

ああ太陽はかなた、イタリアの
七つの丘の遺跡や、
円い柱に照りはえて、
石床の白い回廊の
階段も狭しと居ついている、
青いぼろ着を纏った乞食達が、
幾月か後に来る降誕祭《クリスマス》の、
市でのほどこしを夢みつつ
ほくそ笑む顔を照らす。
ああ太陽はかなた、北洋の
波のいただきは白く、
密漁をする漁夫たちが、
「氷雨の降りそうな空合いになった、
獲物はじゅうぶんだ」、と一心に
南へ帰る船準備をしている、
その破れた帆の裾を照らすのであろう。
さて、こちらでは久米の皿山の
山頂越しにさす光を、
肩にまとっている銀杏の樹、
その向こうずねは太く高らかに、
青い空にそそりたっている、
その姿はあたかも、鎧をつけた神の子が
陣に立っている様のようであった。

二

ここ美作の高原や
国ざかいの那岐山の
谷にこもっている初嵐が、
ある日の朝、高い所から発するとき、
遠く銀杏の姿を目にして、
「ああ誇らしげでものものしい様よ、
我が腕力を知らないのか」と、
軍勢を集める角笛を、
木々に空門に鳴り響かせ、
多くの家臣が集い来て、
黒尾峠の崖道から、
風下の野に並ぶ田んぼへと、
稲穂が波打ちざわめくほど、
勢い荒く吹き攻め寄せていったとき、
ああ銀杏の大樹の持つやなぐいの
黄金の矢の束は高く鳴って、
銀杏は両肩を強く揺らがせながら、
「賤しき嵐の反逆によって、
滅び果てるような運命であろうか」と、
あざ笑う声は高らかに響き、
ありったけの矢を使って、
射継ぎ早に射下ろす矢に
射すくめられた北風は、
さらに新手の風を先頭に、
雄叫びたかく、手突矢《てつきや》の
鏃《やじり》をひらめかせて包囲攻撃する。
時は小春の真昼過ぎ、
因幡との境を立ち出でて、
晴れ渡っている大空を、
南の吉備へとはしる雲が、
その白い額を伏せて、
「下界の争いは、
なぜそのようにあわただしいのか」と、
やりきれなさを抑えきれず、
何度も振り返りながら急ぐのであろう。
死の世界の洞窟にいる恋人に、
生命の水を掬って飲ませようとして、
冥界の七つの関の番人に、
冠と衣を奪われながら、
死者の国に降りていった、
裸形の神のように、
ああ争いの七八日、
銀杏は矢を射つくして、
なんと雄々しいことか徒手に真裸で、
名誉の傷の残る両肩を
寒々とした夕日の光に彩らせて、

冬の領土に足を広げて立ちはだかってい
るのである。

三

ああ名誉と恋と歓楽と、
消えやすい夢に似ているこの世に、
いかに雄々しい「実在」の
まばゆいばかりの証明であることか。
夏は永遠に絶えることなく
緑の青さは枝に戻るとしても、
冬も永遠に尽きることなく、
つねにその葉を震え落とすのであり、
そうであれば八千年も生きる霊木の、
背に刻まれた傷は癒えないまま、
戦いは永遠に新しく、
やはり勇ましく繰り返される。

銀杏よ、お前は常緑樹が
神に恵まれた緑の葉を、
霜に向かって誇るのに比べて、
どれほど自然の逞しい子であることか、
私たちが願うことは、犬の子が
親犬のしたたる乳に甘えるように、
心弱く「平和」の
小さい名を呼ぶことではないだろう。
絶え間のない戦いに、
馴れた心の驕りこそが、
長いこの世を生きながらえることへの
栄光であり、価値であり、幸福である。
公孫樹よ、お前の陰に来ると、
何ともいえない親愛の情の
よろこびが胸に溢れてくるから、
許してほしい、その幹をかき抱いて、
千年の長き年月にも代え難い
瞬間の酔いに陶酔することを。

◆語釈

- 七つの丘…古代ローマの基礎となったと言われる七つの丘。
- 久米の皿山…岡山県津山市南部にある山。歌枕。
- 那義山…鳥取県と岡山県の県境にある山。那岐山。
- 朝戸出…朝、戸を開けて出て行くこと。嵐との擬人的表現。
- 黒尾峠…鳥取県と岡山県の県境にある峠。
- やなぐい…矢を入れて背に負う武具。
- 手突矢…手で投げ突く矢。

◆鑑賞

「公孫樹下にたちて」は明治三五年一月、『小天地』第二巻四号、『中学世界』第五巻一号に発表された。初出では「ことし秋美作津山に遊び姉なる人にしたがひて近郊を逍遙し途に公孫樹を過ぎてよめる」と詞書きが付されている。実際には姉ではなく、中学卒業後下宿した竹内家の夫人文子をモデルとしている。泣菫は明治三四年一〇月に竹内文子を訪ねて津山を旅行し、銀杏の木が風に吹かれて突っ立っているのを見て詩の着想を得た。その銀杏の所在については諸説ある。

日本の風景をまるで異国の神話世界の風景であるかのように描き、時間的にも空間的にも壮大な拡がりを感じさせるこの詩は明治の青年に広く愛誦された。

第一連の冒頭は、遠く古代ローマ、北洋の光景を描き出した後、日本の銀杏の樹へ視線を移す。この書き出しによって、壮大な叙事詩のような世界観が詩に導入される。擬人化された銀杏は鎧を身につけ屹立する神の子として描写され、たくましく自然にあらがう姿が印象的に描かれる。

第二連では嵐の様子が、攻め寄せる軍勢として捉えられる。銀杏の葉は黄金の矢に見立てられ、散る葉の様子は、吹き寄せる風に向かって激しく矢を放つ様と描かれる。一方で、その戦いを上空から見下ろす雲が描かれ、地上の視点と上空の視点が交錯することで、歴史劇の一場面を見ている感覚が呼び起こされる。

銀杏が葉を落とす様子は、バビロニア神話の女神イスタルの冥界への旅を踏まえて描写される。この神話は、明治二五年六月『國民之友』に湯浅半月が「アシリアの古歌、愛の女神、イスタルの冥路の旅の一段 かへらぬ國の門」で紹介したもので、女神イスタルは、死者の世界「あらと」にいる恋人をよみがえらせるため、七つの関門で次々に装身具を奪われながら冥界に下っていく。女神が、大切な人を取り返すため、様々なものを失いながらも引き返さないありさまに、信仰と教育に身を捧げて世界と戦っている竹内文子の姿が重ねられているのである。

第三連では、永遠に戦いの中に身をさらし続ける者の態度を称揚する。冬になっても葉を落とさない常緑樹と比べ、銀杏を「自然の健児」と讃える。この表現は島崎藤村の「常磐木」の「あら雄々しきかな傷ましきかな／かの常磐木の落ちず枯れざる／常磐木の枯れざるは／百千の草の落つるより／傷ましきかな」と対比されている。小さな「平和」よりも、永遠に続く戦い中の生が評価されるのである。銀杏の幹に刻まれる傷跡にわき起こる共感の瞬間は、永遠にも似た瞬間の陶酔であり、「刹那」に酔いしれると詩は結ばれる。「刹那」は、当時頻りに取り上げられたキーワードであるが、瞬間に陶酔し瞬間に永遠を見ると、情景は昇華され詩はしめくくられる。

（竹本寛秋）

望郷の歌

わが故郷《ふるさと》は、日《ひ》の光蝉《ひかりせみ》の小河《をがは》にうはぬるみ、
在木《ありき》の枝《えだ》に色鳥《いろどり》の咏《なが》め声《ごゑ》する日《ひ》ながさを、
物詣《ものまうで》する都女《みやこめ》の歩《あゆ》みものうき彼岸会《ひがんゑ》や、
桂《かつら》をとめは河《かは》しもに梁誇《やなぼこ》りする鮎汲《あゆく》みて、
小網《さで》の雫《しづく》に清酒《きよみき》の香《か》をか嗅《か》ぐらむ春日《はるひ》なか、
櫂《かい》の音《と》ゆるに漕《こ》ぎかへる山桜会《やまざくらゑ》の若人《わかうど》が、
瑞木《みづき》のかげの恋語《こひがた》り、壬生狂言《みぶきやうげん》の歌舞伎子《かぶきこ》が
技《わざ》の手振《てぶり》の戯《ざれ》ばみに、笑《ゑ》み広《ひろ》ごりて興《きやう》じ合《あ》ふ
かなたへ、君《きみ》といざかへらまし。

わが故郷《ふるさと》は、楠樹《くすのき》の若葉《わかば》仄《ほの》かに香《か》ににほひ、
葉《は》びろ柏《がしは》は手《て》だゆげに、風《かぜ》に揺《ゆら》ゆる初夏《はつなつ》を、
葉洩《はも》りの日《ひ》かげ散斑《ばらふ》なる糺《ただす》の杜《もり》の下路《したみち》に、
葵《あふひ》かづらの冠《かむり》して、近衛使《このゑづかひ》の神《かみ》まつり、
塗《ぬり》の轅《ながえ》の牛車《うしぐるま》、ゆるかにすべる御生《みあれ》の日《ひ》、
また水無月《みなづき》の祇園会《ぎおんゑ》や、日《ひ》ぞ照《て》り白《しら》む山鉾《やまぼこ》の
車《くるま》きしめく広小路《ひろこうぢ》、祭物見《まつりものみ》の人《ひと》ごみに、
比枝《ひえ》の法師《ほうし》も、花売《はなうり》も、打《う》ち交《まじ》りつゝ、頽《なだ》れゆく
かなたへ、君《きみ》といざかへらまし。

わが故郷《ふるさと》は、赤楊《はんのき》の黄葉《きば》ひるがへる田中路《たなかみち》、
稲搗《いなき》をとめが静歌《しづうた》に黄《あめ》なる牛《うし》はかへりゆき、
日《ひ》は今終《いまつひ》の目移《めうつ》しを九輪《くりん》の塔《たふ》に見《み》はるけて、
静《しづ》かに瞑《ねむ》る夕《ゆふ》まぐれ、稍散《ややち》り透《す》きし落葉樹《おちばぎ》は、
さながら老《お》いし葬式女《はうりめ》の、懶《たゆ》げに被衣引延《かづきひきは》へて、
物嘆《ものなげ》かしきたたずまひ、樹間《こま》に仄《ほの》めく夕月《ゆふづき》の
夢見《ゆめみ》ごこちの流眄《ながしめ》や、鐘《かね》の響《ひゞき》の青《あを》びれに、
札所《ふだしよ》めぐりの旅人《たびびと》は、すゞろ家族《うから》や忍《しの》ぶらむ
かなたへ、君《きみ》といざかへらまし。

わが故郷《ふるさと》は、朝凍《あさじみ》の真葛《まくづ》が原《はら》に楓《かへで》の葉《は》、
そそ走《ばし》りゆく霜月《しもつき》や、専修念仏《せんじゆねぶち》の行者《ぎやうじや》らが
都《みやこ》入《い》りする御講凪《おこうな》ぎ、日《ひ》は午《ひる》さがり、夕越《ゆふごえ》の
路《みち》にまよひし旅心地《たびごゝち》、物《もの》わびしらの涙眼《いやめ》して、
下京《しもぎやう》あたり時雨《しぐれ》する、うら寂《さび》しげの日短《ひみじ》かを、
道《みち》の者《もの》なる若人《わかうど》は、ものの香朽《かく》ちし経蔵《きやうざう》に、
塵居《ちりゐ》の御影《みかげ》、古渡《こわた》りの御経《みきやう》の文字《もじ》や愛《めで》しれて、
夕《ゆふ》くれなゐの明《あか》らみに、黄金《こがね》の岸《きし》も慕《した》ふらむ
かなたへ、君《きみ》といざかへらまし。

▼『白羊宮』(明治三九年五月)

◆現代語訳

私の故郷は、日の光が賀茂川にぬるみ、
あたりの枝に小鳥たちが歌声を延ばす春の日永、
参拝する京おんなの歩みも物憂い彼岸会、
桂女は川下で梁に跳ね上がる鮎を掬い、
その小網の雫にも清酒の香りがするかのような春の日中、
櫂の音はゆるやかに漕ぎかえる——桜狩する若者は、
若木の陰で恋を語る——壬生狂言の役者の、
手振りの技のたわむれに、笑いは広がり興じ合う
かなたへ、君とさあ帰りたい。

私の故郷は、楠の若葉がほのかに香り、
幅広の葉を持つ柏はだるそうに風に揺れる初夏、
木漏れ日の光もまだらな糺の杜の下路に、
葵かずらの冠をかぶる近衛使は神をまつり、
塗の轅の牛車はゆるやかに滑り行く賀茂の祭り日、
そしてまた六月の祇園祭では、日の光に白く照らし出される山鉾の
車がきしめく広い路、祭り見物の人ごみは、
比叡山の法師も、花売りも、一緒になってくずれていく
かなたへ、君とさあ帰りたい。

私の故郷は、榛木の黄色い葉がひるがえる田の路を、
稲つく少女の静かな歌、飴色の牛はかえりゆき、
太陽は沈みゆく最後の視線を移し塔の九輪をはるかに照らし、
静かに目をつむる、夕暮れ。葉が落ちまばらになった落葉樹は、
まるで年老いた葬列の女が、物憂げに被衣を長く延ばす
悲しげなたたずまいのよう。樹の間からほのかに見える夕月が
夢見心地に流し目をする。鐘の響きは青々として、
巡礼する旅人は、なぜとはなく残した家族を思うのだろう。
かなたへ、君とさあ帰りたい。

私の故郷は、朝の地面も凍る真葛が原に楓の葉が、
さわさわと走り去る十一月、専修念仏の行者たちが
都に入る御講日和の午さがり、まるで夕方の山越のとき
路に迷った旅人の心のように、空は寂しく涙ぐんだ目をして、
下京あたりに時雨を降らす、うら寂しい日の短さ、
仏の道を求める若者は、朽ちた香り漂う経蔵のなか、
塵つもる仏画、古に伝来した御経の文字に没入し、
夕焼け空の明らみに、浄土を思慕するのであろう
かなたへ、君とさあ帰りたい。

◆語釈

●色鳥…種々の小鳥。俳句では秋の季語。
●彼岸会…ここでは春の彼岸のこと。
●梁誇りする…梁にかかって勢いよく跳ねること。「梁」は木を
並べて水を堰き止め、一部をあけて魚を捕る装置。
●山桜会…山の花見のこと。
●壬生狂言…京都市中京区の壬生寺で演じられる狂言。
●歌舞伎子…壬生狂言の演技者。本来は歌舞伎の若衆、色子。
●糺の杜…京都市左京区の下鴨神社の森。

●葵かづら…賀茂神社の祭りに使う飾り。
●近衛使…勅使。
●御生の日…賀茂の祭りのこと。本来は葵祭の三日前の神事。
●祇園会…祇園祭。京都市東山区の八坂神社の祭礼。
●山鉾…山車の一種。山形の台に鉾・なぎなたなどを立てる。
●被衣…昔、婦人が外出のおりに頭から背にかけて被り、頭を隠すために用いた衣。
●青びれ…青々とした感じ。音と色が交錯する表現。
●札所めぐり…西国三十三箇所の観音霊場の巡礼。
●真葛が原…東山のふもと。現在の円山公園の一部。
●専修念仏…浄土真宗の門徒たち。
●御講凪ぎ…報恩講の頃の天候のおだやかなこと。冬の季語。
●夕越…夕方の山越えのこと。太陽の有様についての擬人法。

◆鑑賞

明治三九年一月の『太陽』に掲載された。連の最後に繰り返される「かなたへ、君といざかへらまし」のリフレインは、『於母影』に訳されたゲーテの「ミニヨンの歌」のリフレイン「君と共にゆかまし」を彷彿させることは発表当時から指摘されている。

泣菫の実際の故郷は倉敷であるが、京都を故郷に擬し、京都への憧れを歌っている。

詩は四連で構成され、それぞれ春夏秋冬の景色が、洛外、洛中、郊外、下京と、各所を移動しながら描き出される。古語を使用し、現代を描写しながらも情景は古典の文脈と多重化される。

第一連は賀茂川、桂川などを舞台に春の風景を描き出す。「都女」「桂をとめ」「若人」によって活発な風景が描き出されると共に、「梁誇りする鮎」など古語の使用により、現代語では冗長になる描写を緊縮した言葉で描くことに成功している。さらに「小網の雫に清酒の香をか嗅ぐらむ」で連想は想像上の嗅覚へと飛躍する。

第二連は賀茂祭、祇園祭を取り上げ夏の京都を描く。夏の緑の光景が「葉洩りの日かげ散斑なる」などと効果的に描写されるとともに、法師も花売りも「打ち交りつ、頽れゆく」と、人混みの躍動感を不定形の塊のように描くことで効果的に表現している。

第三連は秋の風景を描くが、響く鐘の音を「青びれ」と、色によって描写する手法は、ランボー、ボードレールなどの万物照応を想起させる手法である。また、没する太陽光線を「終の目移し」と表現したり、葉の散った落葉樹の様子を「老いし葬式女《はうりめ》」が被衣を引きずって嘆かわしく佇んでいる様子に重ねたり、夕月の光を「夢見ごこちの流眄《ながしめ》」と表現したり、これらは単なる比喩・擬人法というより、喩えとして提示されているイメージと、喩えられている事物のイメージを同時に読者に喚起させ、多重化の状態を読者の心に作り出すことが目指されていると言える。

第四連は冬の風景を描くが、報恩講に参拝する行者を描きながら、時に時雨の降る下京の風景が描かれている。「路にまよひし旅心地、物わびしらの涙眼《いやめ》して、」の一行は、旅人の心持ちと、時雨を降らす天候の擬人的表現が多重化されている。

一行は「七五七五」で作られ、各連は「かなたへ、君といざかへらまし。」のリフレインで締められている。「跨ぎ」の手法を使って意味が次の行へ続くことで、定型とは思えない豊かなリズムが作られている。「かなたへ、君といざかへらまし。」は、「七七」の語句であるものの、句読点や意味のつながりによって複雑化され、リズミカルな調子を出すことに成功している。（竹本寛秋）

詩のなやみ

遅日《ちじつ》巷《ちまた》の
　塵《ちり》に行《ゆ》き、
力《ちから》ある句《く》に
　くるしみぬ。
詩《し》は大海《わたづみ》の
　真珠狩《しんじゆがり》、
深《ふか》く沈《しづ》めと
　人《ひと》に聞《き》く。
石《いし》を包《つつ》みて
　玉《たま》といふ、
情《なさけ》ある子《こ》の
　え堪《た》へんや。
あゝ田《た》に飛《と》んで
　餌《え》にあける、
二羽《には》の雀《すずめ》は
　一銭《いつせん》か。
さば値《ね》なふみぞ、
　詩《し》に痩《や》せて、
髪《かみ》ほつれたる
　人《ひと》の子《こ》を。
薄情人《あはつけびと》に
　物問《ものと》ふは、
柱《ぢ》なき細《ほそ》緒《を》を
　掻《か》くが如《ごと》。
よし答《こた》ふるも、
　力《ちから》なく、
消《き》ゆるに似《に》たる
　響《ひゞき》のみ。
こゝに風流《ふりう》の
　秀才《すさい》あれ、
われ膝《ひざ》折《を》りて
　学《まな》ばんに。
こゝに有情《うじやう》の
　少女《せうじよ》あれ、
われ手《て》をとりて
　詢《はか》らんに。
世《よ》に秀才《すさい》なく、
　少女《せうじよ》なく、
われ唯《たゞ》ひとり
　物狂《ものぐるひ》。
雨垂《あまたれ》柏《びよう》〔ママ〕子《し》、
　句《く》を切《き》りて、
無才《むざえ》を知《し》るよ、
　今《いま》こゝに。

▼『暮笛集』（明治三二年一一月）

◆**語釈**

●遅日…（暮れるのが遅いところから）春の日。
●塵…俗世間、都会のけがれ。
●薄情人…軽々しく深みのない人。情緒を解しない人。
●柱…琴柱
●細緒…箏の一三絃のうち、一番細い三本。
●秀才…「す」は「しう」の直音表記。令制で大学寮の文章生の試験に及第したもの。すぐれた才能。また、その持ち主。学識・才芸などのすぐれた人。
●詢る…問いたずねる。
●雨垂拍子…能楽・箏・三味線などの邦楽において、各拍の長さや強さを変えず、雨だれの音のように平板に弾くこと。機械的で稚拙な弾き方として、軽蔑的な意味をこめていう場合もある。

◆**鑑賞**

「詩のなやみ」は、第一詩集『暮笛集』の巻頭詩である。「真珠」に喩えられる詩を「石」ではないかと懐疑し、不如意な現状を「柱なき細緒」「響」といった一連の琴にまつわる比喩で表現し、自身の詩も「雨垂拍子」であると自嘲する。「物狂」「無才」の自覚を以て、詩人としての自己を提示してみせている。この詩は、第一詩集の劈頭を飾るのみならず、「泣菫の生涯の序詩ともいうべき」と評されている（野田宇太郎「薄田泣菫集解説」『日本近代文学大系18土井晩翠・薄田泣菫・蒲原有明集』角川書店、昭和四七年）二九頁）。

たしかに、この「唯ひとり」「今こゝ」に収斂してゆく詩想は、「公孫樹下にたちて」が「刹那の酔にあくがれむ」と「刹那」へと集約され、「ああ大和にしあらましかば」が「知らましを、身に」と結ばれていることと通底する。

『暮笛集』は、藤村『若菜集』同様、自序として詩が置かれている。

吾は牧童、／夕暮吹き／すさぶ笛／の音の、聞／く人もな／きを、恥少／なければ／と、自から／喜ぶのみ

この序詩は、「夕暮吹きすさぶ笛」と、「暮笛」の由来を語り、「自から喜ぶ」詩人の姿を示している。「詩のなやみ」における「唯ひとり」ある「物狂」の詩人の印象と共通する。

土井晩翠が同時期に刊行した『天地有情』（明治三二年四月）の「序」において、「国詩の発達に関して繊芥の貢資たるを得ば幸のみ」と「国詩の発達」の一翼を担うことを自負したことと比較すると、泣菫の文学的出発における「われ唯ひとり」あることへの自覚は一層鮮明である。与謝野鉄幹は、「暮笛集（薄田泣菫君を想慕して）」（『國文學』明治三三年一月）においてこの詩に呼応し、泣菫は、「鉄幹君に酬ゆ」（『ゆく春』所収、後掲）でそれに応じた。

（加藤美奈子）

鉄幹君に酬ゆ

与謝野鉄幹君、拙著暮笛集
をよまれて
　さはいへ同じ寂しさを
　こゝにも詫ぶる若き身の
　君が詩集をふところに
　涙せきあへず打なげく哉
と結びたまへる一篇の詩を寄せらる
そのかへしにとて斯くは

夕暮《ゆふぐれ》吹《ふ》ける牧笛《ぼくてき》の
耻《は》づれば音《おと》も細《ほそ》かるに、
君聞《きみき》けりとや、優《やさ》しくも
涙《なみだ》にまみを湿《しめ》らせて。

由来才《ゆらいざえ》なき人《ひと》の子《こ》が
憂慰《うさなぐさ》めの遊《あそ》びぐさ、
嫉妬《ねたみ》ある世《よ》にこは幸《さち》か、
人延《ひとひ》くほどの音《ね》も吹《ふ》かず。

然《さ》りな、野川《のがは》の鶺鴒《せきれい》の
無心《むしん》のふしに似《に》る可《べ》きを、
憂《う》しや、吾世《わがよ》の暁《あけ》はやく、
怨《うら》みの調《てふ》を覚《おぼ》え得《え》て。

物《もの》に感《かん》じて伏《ふ》し沈《しづ》み
薄《うす》き縁《えにし》をかなしめど、
手相《てさう》あやしきこの子《こ》には
禿筆《ちびふで》ならで得《え》られんや。

遂《つひ》には欠《か》げ《ママ》し瓶子《へいじ》より
したゝる酒《さけ》をうち嘗《な》めて、
これ趣味《しゆみ》ありと盃《さかづき》の
円《まろ》きを厭《いと》ふ物狂《ものぐるひ》。

君《きみ》は有心者《うしんじや》、市《いち》に行《ゆ》き
袖《そで》ほころびて帰《かへ》るとも、
説《と》くな吾《わ》がため、塵《ちり》の世《よ》の
忌《ゐ(ママ)》 むには過ぐる為体《ていたらく》。

煩《わづら》ひ多《おほ》き世《よ》を避《さ》けて
いま詩《し》の領《りやう》に甦《よみがへ》る、
娶《めと》らず、嫁《ゆ》かず天童《てんどう》の
潔《きよ》きぞ法《はふ》と思《おも》ふもの。

髪《かみ》のほつれを 厭《いと》はんや、
唯興来《たゞきようらい》の幸《さち》なくて、
石《いし》を拾《ひろ》ひて玉《たま》と見《み》る
智慧《ちゑ》の惑《まど》ひを歎《なげ》くのみ。

あゝ、詠草《えいさう》を火《ひ》に附《ふ》して
地《ち》に一《ひと》くだり残《のこ》さずも、
有情《うじやう》の心《こゝろ》、詩《し》の神《かみ》の
若《わか》き僕《しもべ》と呼《よ》ばればや。

悲《かなし》みながき身《み》に倦《う》みて
寧《むし》ろ牧場《まきば》の牛《うし》の群《むれ》、
智覚《ちかく》なきをば願《ねが》ひては
深野《ふけの》に泣《な》くも斯《か》かればぞ。

鶸《ひわ》、三十日《みそか》経《へ》て野《の》の水《みづ》の
清《きよ》き調《しら》べに似《に》るものを、
歌《うた》へば吃《ども》る人《ひと》の子《こ》の
生命《いのち》の値《あたひ》君知《きみし》るや。

あゝ、詩《し》の神《かみ》の寵《ちやう》ありて
警策一首《きやうざくいつしゆ》成《な》らん日《ひ》は、
黒《くろ》く染《そ》めたる吾生《わがせい》の
幕落《まくお》つる期《ご》にあらでやは。

せめては許《ゆる》せ、甕《かめ》一《ひと》つ、
泡《あは》咲《さ》くものも嗾《すゝ》らでは
余《あま》りに胸《むね》の冷《ひ》えゆきて、
笛《ふえ》吹《ふ》く息《いき》も堪《た》へざるに。

聞《きけ》《ママ》けば秀《す》才《さい》ら君《きみ》を推《お》し
都《みやこ》に詩《し》歌《か》の集会《しゆゑ》組《く》むと、
誉《ほまれ》ある名《な》を身《み》にうけて
桂《かつら》の冠《かむり》ながく得《え》よ。

君《きみ》が守《も》る園《その》ともすれば
花《はな》の蕊《ずゐ》はむ虫《むし》見《み》るも、
蛇《へび》に路《みち》のく人《ひと》の子《こ》の
心《こゝろ》弱《よわ》きに似《に》るなかれ。

君《きみ》は先生《せんじよう》、情《じよう》あらば
吹く術《すべ》解《げ》せぬ人のため、
色《いろ》くれなゐの唇《くちびる》に
先《ま》づ歌口《うたくち》を含《ふく》まずや。

さば夕《ゆふ》ぐれの一節《ひとふし》を
森《もり》の小路《こみち》に吹きまねて、
牧場《まきば》がへりの野《の》の人《ひと》も
脚《あし》の疲《つか》れを慰《なぐさ》めぬべく。

▼『ゆく春』（明治三四年一〇月）

◆語釈

●瓶子…酒を入れて注ぐのに用いる器。形は細長で、上部がふくれ下部は狭く、口が小さい。徳利。

●有心者…ものの風情のわかる人。みやび心をもつ人。風流人。

●天童…護法の鬼神や天人などが童子の姿となって人間界に現われたもの。

●深野…草深野（くさふけの・くさふかの）。草が一面に深くおい茂った野。草深い野原。

●警策…「きやうざく」「かうざく」とも。（詩文・人物・事物などが）人を驚かせるほどすぐれている様子。際立ってすばらしい。

●集会…衆会（しゆゑ）。多くの人が集まること。また、その集まり。しゅうえ。

●桂の冠…月桂冠。古代ギリシアで、霊木である月桂樹の枝葉でつくった冠。競技の優勝者に与えられた。転じて、名誉または名誉ある地位をいう。

●先生…古くは「ぜんしょう」「ぜんじょう」とも。師。

◆鑑賞

第二詩集『ゆく春』の自序において、「この巻を世に出すにあたりて何の言はんとする所あらず。『ゆく春』はまことに野にふさはしき調のみ。唯歌うて感情をいつはらざりしを喜ぶなり。挿画は満谷国四郎君、輪郭は松尾素濤君の筆になれり。こゝに旧友ふたりの厚意を謝す」と述べている。また後年、「詩集の後に」（大正一二年二月）において、尾崎紅葉から「二度刷は贅沢」と言われたが「中の詩は一行も読まれなかつたものと見えます」と回想している。

「鉄幹君に酬ゆ」の初出は、泣菫自身が編集を担っていた金尾文淵堂による文芸誌『ふた葉』（明治三三年一月）である。「さはいへ同じ寂しさを……涙せきあへず打なげく哉／と結びたまへる一篇の詩」は、与謝野鉄幹「暮笛集（薄田泣菫君を想慕して）」（『國文學』明治三三年一月）の、「さは云へおなじ寂寞《さびしさ》を／此処《こゝ》にもわぶるわかき身の／君が詩集をふところに／涙せきあへず打なげくかな」を承けている。鉄幹による同詩は、先の『暮笛集』巻頭の「詩のなやみ」を引き、「『石をつつみて玉といふ』／なほ軽薄の世をゆるせ／玉をねたみて石といふ／げに我どちの堪ふべきや」と、優れた詩への無理解を共感を込めて批判している。松村緑氏はこれを「赤門の人々の妄評」に対する「憤り」としている（『薄田泣菫考』昭和五二年、四四頁）。「野にふさはしき調」と「野」にあることを自負する泣菫のあり方は、同じく文芸誌を編纂する立場となった鉄幹の大いに共鳴するところであった。

「聞《きけ(ママ)》けば秀才《すさい》ら君《きみ》を推《お》し／都《みやこ》に詩歌《しか》の集会《しゆゑ》組《く》むと」は、鉄幹による東京新詩社結成（明治三二年一一月）を言祝ぐものである。泣菫は、鉄幹からの寄稿依頼に『明星』創刊号（明治三三年四月）から応じ、鉄幹も泣菫を誌上において厚遇した。二人が実際に面識を得たのは明治三三年八月、鉄幹西下の折である。

鉄幹はさらに、『明星』（明治三四年一二月）に、「『行く春』を読む」と題する詩を巻頭に掲げ、「美《うる》はしき音《ね》よ『行《ゆ》く春《はる》』／亜細亜《あじあ》初《はじ》めて歌《うた》を聞《き》ける」と讃えた。同巻には、前田林外・蒲原有明らも同じく「『行く春』を読む」と題して書評を載せている。

泣菫の音数律

現在の詩は使う言葉の長さに規則性のない自由詩がほとんどだが、泣菫の詩の多くは定型詩である。しかし、泣菫の詩は定型といえども複雑に組み合わされ「自由詩に踏み込んでいる錯覚すら惹き起す」（野山嘉正）と評価されるものである。「わがゆく海」（『白羊宮』）の冒頭「わがゆくかたは、月明《つきあか》りさし入《い》るなべに、／さはら木《ぎ》は腕《かひな》だるげに伏《ふ》し沈《しづ》み、」は「七五七／五七五」の音数となっており「七五」の反復とも見えるが、「第一ラインの終の7は次ラインの初の5に重くのしかゝり、第一行初の7の出と、第二行初の5の出とが対照される所に、単なる七五調とは音脚性格上のちがいができる」（日夏耿之介）と指摘されるように、改行を越えて意味が続く「跨ぎ」の効果とあわせて、従来の七五調とは異なる表現を実現している。音数律の複雑化は上田敏、蒲原有明、薄田泣菫によって追求されたが、その後時代は口語自由詩へと展開する。

（竹本寛秋）

魂《たま》の常井《とこゐ》

一

ああ野《の》は上《うは》じらむあけぼの、
ゑ笑《わら》ひ浮歩《うけあゆ》むをとめさび、
瑞木《みづき》の木《こ》がくれに花小草《はなをぐさ》、
茎葉《くきは》の下《した》じめり香《か》を高《たか》み、
朝践《あさふ》む陰路《かげみち》の行《ゆき》ずりに、
若《わか》ゆる常夏《とこなつ》の国《くに》あらば、
ゆかまし、恋《こひ》ご丶ろ葉《は》がらみに、
くれなゐ――燃《も》ゆる火《ひ》の花《はな》と咲《さ》かめ。

二

ああ世《よ》にしろがねの高御座《たかみくら》
美酒《うまき》の香《か》ぞくゆる御座《ござ》の間《ま》に、
立《た》ち舞《ま》ふ八少女《やをとめ》の入綾《いりあや》や、
楽所《がくそ》のをんな楽《がく》、箜篌《くご》の音《ね》の
どよみよ、大海《わだつみ》の波《なみ》とゆる、
夜長《よなが》を宴会《うたげ》うつ宮《みや》あらば、
ゆかまし、恋《こひ》ご丶ろ酔《ゑひ》ごとに、
はえある歌《うた》ぬしの名《な》をか得《え》め。

三

ああ日《ひ》は身隠《みかく》れし宵闇《よひやみ》の
樹立《こだち》の息《いき》ごもり気《け》をぬるみ、
林精《すだま》は水錆《みさび》沼《え》に羽《は》ぞひたす
静寂《しゞま》を、月白《つきしろ》の陰青《かげさを》に
ほのめく気深《けぶか》さや、空室《うつむろ》に
灯明《ともしび》の火《ひ》ぞしめる寺《てら》あらば、
ゆかまし、恋《こひ》ご丶ろ夜籠《よごも》りに、
天《あめ》ゆく羽車《はぐるま》や聞《き》きつべき。

四

ああ然《さ》は野《の》に、宮《みや》に、夜籠《よごも》りに、
あくがれまどひにし日《ひ》はあれど、
果《はて》しは野心《のごゝろ》の伸羽《のしば》して、
帰《かへ》るや、なつかしき君《きみ》が手《て》に。
たゆげの片笑《かたゑま》ひ、優《やさ》まみの
うるみよ、うら若《わか》き霊魂《たましひ》の
旅路《たびぢ》に熱《あつ》れては掬《く》みつべき
うべこそ、真清水《ましみづ》の常井《とこゐ》なれ。

▼『早稲田文学』（明治三九年一月）

さふむーかけ みちのゆーき ずりに わかゆるーここ なつのくーに
ヨミヨーワダ ツミノナーミ トユル ヨナザチーヤタ ゲヤツミーヤ
のめくーけぶ かさやうーつ むろに こもしびぞー しめるてら
ユゲノーカタ エマヒヤーサ マミノ ヤルミヨヤラ ワカキターマ

あらは ゆかまし こひこころ はが
アラバ ユカマシ コヒゴコロ エヒ
あらは ゆかまし こひこころ よこ
シヒノ タピヂニ アツレテハ クミ
f

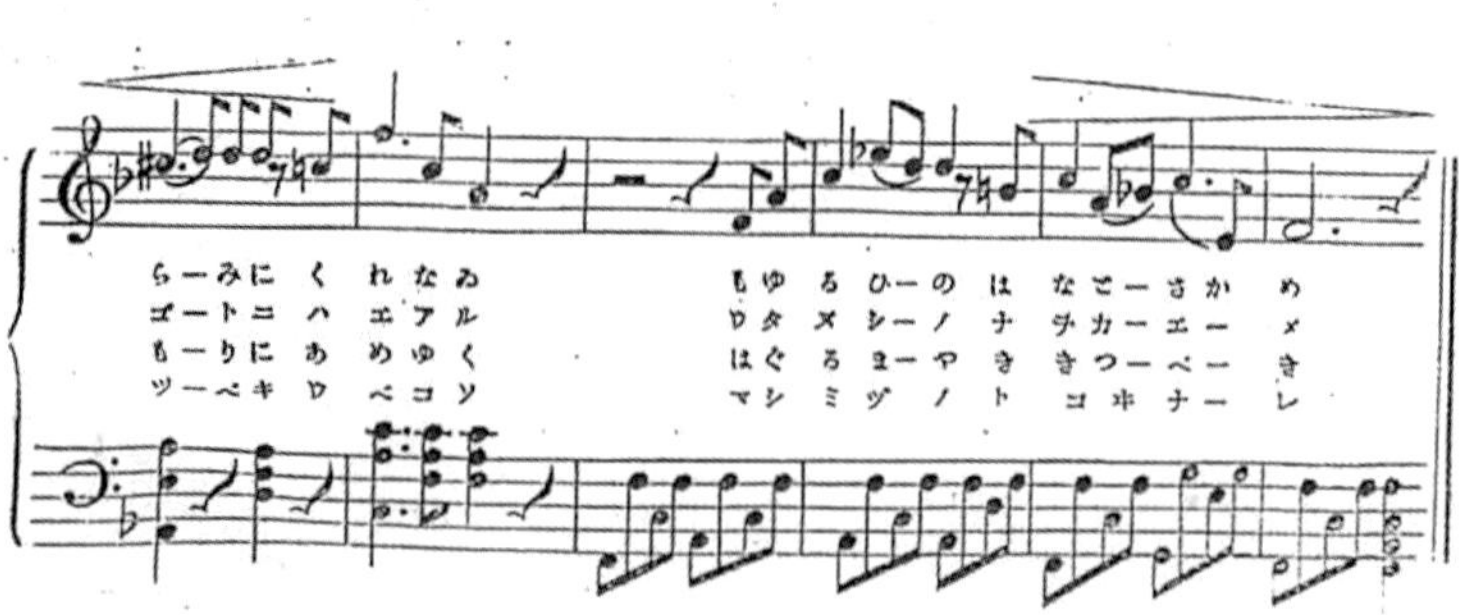
らーみに くれなゐ もゆるひーの はなごーさか め
ゴートニ ハ エアル ヤタヌシーノ ナヂカーエー メ
もーりに あめゆく はぐるヨーや き きつーべー き
ツーベキ ヤ ベコソ マシミヅノト コホナー レ

▼「魂の常井」曲譜（作曲 東儀鉄笛『早稲田文学』明治三九年一月）
（国立国会図書館蔵）

なつめ

棗《なつめ》の枝《えだ》をゆすつたら、
黄金《こがね》の色《いろ》の実《み》が落《お》ちる。
妹《いもと》が一人《ひとり》あつたなら、
夏《なつ》は二人《ふたり》でうれしかろ。

一人《ひとり》はあつた妹《いもうと》は、
いつやら遠《とほ》い国《くに》へ往《い》た。
知《し》らぬ木蔭《こかげ》でこのやうに、
夏《なつ》は木《こ》の実《み》を拾《ひろ》ふやら。

猿《さる》の喰逃《くひに》げ

お山《やま》の猿《さる》はおどけもの、
今日《けふ》も今日《けふ》とて店《みせ》へ来《き》て、
胡桃《くるみ》を五《いつ》つ食《た》べた上《うへ》、
背広《せびろ》の服《ふく》の隠《かく》しから、
銀貨《ぎんくわ》を一《ひと》つ取《と》り出《だ》して、
釣《つり》銭はいらぬと、上町《うへまち》の
旦那《だんな》のやうに、お言《い》やれど、
銀貨《ぎんくわ》は贋《にせ》の人《ひと》だまし、
お釣《つり》銭のあらう筈《はず》がない、
ふざけさんせと言《い》つたれば、
帽子《しやつぽ》を脱《ぬ》いで、二度《ど》三度《ど》
お詫《わ》び申《まを》すといふうちに、
背広《せびろ》の服《ふく》のやぶれから、
尻尾《しつぽ》を出《だ》して逃《に》げちやつた。

狐《きつね》の嫁入《よめいり》

向《むか》う小山《こやま》の山《やま》の端《は》に、
日《ひ》は照《て》りながら雨《あめ》が降《ふ》る。
野《の》らの狐《きつね》の嫁入《よめいり》が
楢《なら》の林《はやし》を通《とほ》るげな。

幼《をさ》な馴染《なじみ》の小狐《こぎつね》を
向《むか》う小山《こやま》へ立《た》たせたら、
明日《あす》より誰《たれ》を伴《つれ》にとて、
狸《たぬき》は古巣《ふるす》で泣《な》いて居《を》ろ。

星《ほし》と花《はな》

星《ほし》が空《そら》から落《お》ちて来《き》て、
花《はな》が代《かは》りに撒《ま》かれたら、
空《そら》はやつぱり光《ひか》りらうし、
野路《のみち》もきつと明《あか》るかろ。

天《てん》の使《つかひ》がおりて来《き》て、
星《ほし》は残《のこ》らず取《と》り去《さ》ろが、
み空《そら》の花《はな》を拾《ひろ》ふには、
あゝ羽《はね》はなし、しよんがいな。

▼『御伽噺とお伽唄』（大正六年一二月）

東大寺

月がいいので、東大寺のあたりへ出かける。すくすくと大樹の立ちこめた境内の木立には月の光も流れかねて、陰森の気が煙のやうに立迷うてゐる。このやうな宵に、森のなかで路でも迷はうものならば、きつと小さな魔ものの係蹄《わな》にひつかかつて、夜つぴて歩きまはつたところで、とても家に帰ることはむづかしからうと思はれる。

南大門は、撞木杖をついた老人のやうに支《つか》ひ柱に凭れて、そのすばらしい体をじつと空にもちあげてゐる。その両脇に立てる二人の金剛夜叉は、この静かな宵にも、その三丈にも余らうといふ図体を起して、胸肉《むなじし》を張り、宝杵《はうしよ》を揮つて、ぐつと肘を張つて控へてゐる。銀《しろがね》のしづくのやうな月明りが、盗むやうに窓にこぼれて、肩より脹脛《ふくらはぎ》にかけて、半身にちらちらと流れる。肉《しし》むらの色が冷くまた美しい。じつと見てゐると、厳めしい顔の何処かに、「夢心地」が漂つて、静かに吐息でもついてゐるらしく思はれる。しかし、それもほんの一瞬間で、すぐまた劫初《ごふしよ》このかた宝杵を揮つて、教法を護つてゐる金剛神の、威丈高な姿に帰つてくる。

仏殿の中門は閉されてゐる。ここにも月明りは、しつとりと二天の木像に湿つてゐる。百間にも達《とど》かうといふ廻廊は、鳥の翼のやうに左右に開いて、極《はて》は見えなくなつてゐる。門の透間から覗いて見ると、金堂の扉は静かに閉ぢて、屈托さうな燈明が一つ瞬いてゐる。堂守《だうもり》の僧でも居ることか、どこかにひそひそと囁くやうな声がして、それもやがて消えてしまふと、あたりは墓のやうな静かさになる。天人の足音も聞えさうな宵である。このやうな静かな夜を、じつと仏殿の闇に閉籠つて、毘盧舎那仏《びるしやなぶつ》は何を観じてゐられるであらう。永禄のむかし、仏殿が炎上してより、百三十余りの夏冬は、仏はいつも露仏でゐらせられたといふ。その頃は夢のやうな月夜の静かさに、酔心地になるまでも見惚れられてゐたであらう。そことしもなく草の香の漂ふ卯月の宵に、春日野の木立より洩れる流眄《ながしめ》のやうな月明りに濡れながら、または佐保の川瀬に、衣を晒す女の唄も眠つた真夜中、秋篠のあたりに沈み入る夕月を眺めて、ひとり法界の久遠を想ひ、閻浮《えぶ》の世の流転を観じられた姿はどれ程にか美しく、また偉大なものであつたらうか。今宵はそれらの追懐に、しみじみと寂寞の盃を味ははれてゐるかも知れない。喬木は丈の高いがゆゑに、寂しみもまた多いといふ。世に二つとない偉大な毘盧舎那の身は、また他には知られぬ甚深な寂しみを抱かるるに相違ないと思ふ。

月は魔の如く踊つてゐる。今しがたまで、折々、ばつさりと水の上に跳ねかへつてゐた魚は、鎮まりかへつて、鏡が池は眠つてしまつた。松の葉一つこぼれる音がせぬ。

百年も経つたかしら……

ふと頭の上で鐘が鳴る。九時ださうだ。ものさびた古寺の宵は、もう夜半過ぎの気持がする。

▼(『落葉』)

『たけくらべ』の作者

この頃、何かの雑誌で、『たけくらべ』の作者、樋口一葉女史のことを読んだので、私は十幾年のむかし、ふとした事で、よそながら見た女史の顔を思ひ出した。

ところは上野の図書館であつた。図書館といへば、私は四年ばかりもそこに通ひ続けてゐたので、そのうちには、名も知らぬ顔馴染も、かなり沢山出来るには出来たが、年を重ねてまで毎日のやうにあすこへ通つて来るのは、大抵は医者、判検事、弁護士などの試験応募者に限るので、年々の試験が済むと、その半分程は何処へか消えていつて、二度と顔が見られなくなつてしまふ。静かな読書人の生活から忙しい活動社会のひとごみに紛れてゆくので、さうしたてあひに又もここに顔出しをするといつたやうなのは、よくよく珍しい方だから、やつと顔馴染になりかかつたかと思ふと、ふとまた別れて、いつの間にか忘れてしまふ。――さういつたなかに、一葉女史とはほんの一度の邂逅であつて、いまだにその面影を忘れかねるといふのは、どうした縁であらうか。

ある日の事、――時節はいつであつたか、はつきりと覚えてゐないが、私はその日を想ひ出す毎に、いつでも梅の花が咲いてゐたやうに思ふ。――いつものやうに私が図書館に行つて、何かの書物を借り出さうとして、目録を繰つてゐると、ふとうしろの方で、女の髪のなまめいたにほひがして来る。そつと振りかへつて見ると、齢は二十四五でもあらうか、小作りな色の白い婦人が、きやしやな指先で、私と同じやうに忙しさうに目録を繰りながら側に立つてゐる妹らしい人と、低声で何かひそひそと語り合つてゐた。

見ると、引締つた勝気な顔の眼鼻だちが、何かの雑誌で見た一葉女史にそつくりであつた。それとなく見てゐると、その人はやつと目録を繰り当てたと見えて、手帖に何か認めようとして、ひよいと目録台に屈んだかと思ふと、どうしたはずみか、羽織の袖口を今口金を脱したばかりの墨汁壺にひつかけたので、墨汁はたらたらと机の上にこぼれかかつた。周囲の人達の眼は、胡散さうに一斉に婦人の顔に注がれた。その人は別にどぎまぎするでもなく、そつと袂に手を入れたかと思ふと、真白な手巾を取出して、さつと机に被せるが早いか、すばしこく墨汁を拭き取つて、すました顔で目録をうつしとつてゐた。

その折であつた。図書出納掛の方で、

「樋口さん。」

といふ呼び声が聞えた。すると、その人は、

「はい。」

と、はつきりした声でうけて、牛のやうに呆けた顔をした周囲の人を押しのけて、さつさと出納掛の方へ行つてしまつた。

その日の午すぎ、私が御霊廟のあたりへ散歩に出かけていつて、暫くして門口へ帰つて来ると、路の出合頭にばつたりとさつきの二人づれの婦人に行き合つた。すれ違ひざま通り過ぎようとすると、その人は、

「あつ。」

と小声で言つて、足を曳きずるやうにして、そこに立ち停つてしまつた。見ると、左足の地味な色の鼻緒を踏切つてゐた。妹らしいのは、それを見ると、かひがひしく寄り添ひざま、さつきの墨汁に染まつた手巾を引裂いて、こまめに鼻緒をすげにかかつた。その肩先を軽く指先に抑へて、姉らしいのは、微笑しながらじつと待つてゐた。程なく鼻緒はすがつて、二人ははしやいだやうに笑ひ声をたてて、門の西へ消えてしまつた。

ほんのそれきりのことである。

▼（『泣菫小品』）

「，《コンマ》」の価《あたひ》二百万弗《ドル》

文章を書くものにとつて、句読点ほど疎かに出来ないものはない。合衆国政府は、この句読点一つで二百万弗損をした事がある。いつだつたか、同国の政府が、外国産の果樹を成るべくどつさり移植して、かうした果物の供給で、余り外国に金を払ひたくないといふので、外国産の果樹輸入は無税にするといふ海関税法を拵《こしら》へた事があつた。

芭蕉実《バナナ》や蜜柑を廉《やす》く食はうといふには、こんな結構な規則は滅多に無かつた。肝腎の法文を印刷する場合に、どう間違つたものか外国産の果樹といふ"Foreign fruit plant"といふ言葉のなかに、句読点《コンマ》が一つ挿《はさ》まつて、"Foreign fruit, plant"となつて、そのまゝ世間に公布せられてしまつた。

さあ、政府では外国産の果物《フルウト》を無税にしたといふので蜜柑や、葡萄や、レモンやバナナといふやうな果物が、大手を振つてどん〳〵入つて来た。それと気づいた政府が法文を訂正するまでには、関税の収入がいつもより雑《ざつ》と二百万弗少くなつてゐたさうだ。

句読点といへば、ある時近松門左衛門の許《とこ》に、かねて昵懇《なじみ》の珠数屋《じゆず》が訪ねて来た。その折門左《もんざ》は鼻先に眼鏡をかけて、自作の浄瑠璃にせつせと句読点を打つてゐた。珠数屋はそれを見ると、急に利いた風な事が言つてみたくなつた。

「何やと思うたら句読点かいな、そんなもの漢文には要るかも知れへんが、浄瑠璃には要らんこつちや、つまり閑潰《ひまつぶ》しやな。」

門左はひどく癪《しやく》に障《さ》へたらしかつたが、その折は唯笑つて済ました。それから二三日過ぎると、珠数屋あてに手紙を一本持たせてやつた。珠数屋は封を切つてみた。手紙は珠数の註文で、なかにこんな文句があつた。

「ふたへにまげてくびにかけるやうなじゆず。」

珠数屋は「二重《へ》に曲げて首に懸けるやうな」とは、随分長い珠数を欲しがるものだと、早速そんなのを一つ拵へて持たせてやつた。すると、門左は註文書《ちゆうもんがき》に違ふと言つて、押し返して来た。

珠数屋は蟹のやうに真赤になつて、皺くちやな註文書を摑むで門左の許に出掛けた。門左はじろりとそれを見て、

「どこにそんな事が書いてあるな、二重に曲げ手首に懸けるやうな、とあるぢやないか。だからさ、浄瑠璃にも句読法が要るといふんだよ。」

▼（『茶話』）

芥川氏の悪戯《いたづら》

小説家の芥川龍之助氏は三田文学の先月号に『奉教人の死』といふ短篇小説を書いた。そしてこの小説は自分が秘蔵してゐる長崎耶蘇教会出版の『れげんだ・おれあ』といふ西教徒が勇猛精進の事蹟を書きとめた稀覯書《きこうしよ》から材料を取つたものだ。この書物は上下二巻美濃紙摺《みのがみずり》六十頁《ページ》、草書体交りの平仮名文で、上巻の扉には羅甸《ラテン》字で署名を横に書き、その下に漢字で、

「御出世以来千五百九十六年

慶長元年三月上旬鏤刻《るこく》也」

の二行が縦書にしてある。序文《じよのぶん》は間々《まゝ》欧文を直訳したかのやうな語法を交へ、一見して伴天連《ばてれん》たる西人の手になつたものだらうと思はれるやうな所があると断り書まで添へたものだ。

これを読んで一番に物好きの眼を光らせたのは、丸善の内田魯庵氏だつた。魯庵氏は人に知られた珍書通だけに、自分が今日までこの書物の存在を知らなかつたのを何よりも恥しい事に思つて、掌面《てのひら》でそつと禿げ上つた額を撫でた。

「れげんだ・おれあ――名前からして珍らしい書物《ほん》だ、是非一つ借りて見なくつちや。」

魯庵氏は直ぐ芥川氏あてに手紙を書いて、その珍本の借覧を申込むだ。

芥川氏はその手紙を開けて見た。そしてにやりと皮肉な笑ひを洩《もら》してゐると、丁度そこへ東洋精芸会社の社長某氏の手紙を持つた若い男が訪ねて来た。その手紙によると、三田文学で御紹介になつた『れげんだ・おれあ』、あれは珍しい書物だと思ふから、上下揃つて三四百円で譲つては呉れまいかといふ頼みなのだ。

芥川氏は雀の巣の様にくしや〳〵した頭の毛を掻きながら、若い男に言つた。

「この本だと、今丸善の内田さんからも借覧を申込まれては居るが、さういふ達《たつ》ての御希望なら、お譲りしてもいゝんだが……」

「それぢや何うかさういふ御都合に――」若い男は刈立《かりたて》の頭を丁寧に下げた。「社長もどんなにか喜ぶでせう。」

芥川氏は当惑さうに手を拱《く》んだ。

「ところが、あいにくその本が手許《てもと》に無いんだ。」

「誰れかにお取り替へにでもなりましたんで。」

「いや、そんな本は僕も読んだ事が無いし、また誰一人見た事はあるまいと思ふんだ。」芥川氏はかう言つてくすくす笑ひ出した。「君あんな本が有る筈がないぢやないか、あれは唯僕の悪戯だよ。」

「悪戯なんですか、それぢや偽書といふ訳ですね。」

若い男は呆つ気にとられた顔をした。芥川氏はその一刹那、若い男の懐中《ふところ》で百円札が幾枚か南京虫のやうに身を縮かめてゐるやうに思つた。
▼(『茶話』)

上司《かみつかさ》小剣氏の時計

小説家の上司小剣氏は、文学者に似合はない立派な時計をもつてゐる。英国のベネット製の懐中時計で、側《かは》はニッケル製だが、機械のいゝ、時間の正しい事にかけては一寸類のない、上司氏自身の言葉によると、日本にたつた四つしか無いといふ大切《だいじ》な代物である。

この時計が上司氏に不似合だといつて、腹を立ててはいけない。不似合だといふのは値段が高いからいふのではなく、時間がそんなに正しいのをいふのである。上司氏が、汽車の車掌か、測候所の技師であるならば兎も角も、小説家であつてみると、ちょい〳〵時間の遅れる時計を持つてゐた方が、万事につけて都合がよささうなものだ。

その上司氏がある時友達と一緒に電車に乗つた事があつた。車が日比谷まで来ると、車掌は乗換切符に剪刀《はさみ》を入れようとして、自分の腕時計を見た。すると安物の腕時計は安物の政友会内閣の大蔵大臣のやうに両手を伸ばしたまゝ昼寝をしてゐた。

「これはいかん、時計が止まつてゐる。」車掌は呟《ぼや》きながら車中のお客を見まはした。「どなたか時間を教へていたゞけないでせうか。」

「時間か。」上司氏は帯の間から自慢の懐中時計を引張り出した。上司氏の考へでは、成るべくなら日本にある時計といふ時計を、自分の有《も》つてゐるベネツト製の上等時計に合はせておきたかつたのだから、それにはこんな恰好な機会はなかつた。「ちやうど十二時に五分前だよ。」

「有難うございます。」車掌は礼を言ひ言ひ針を直さうとすると、上司氏と同じやうにポケツトから時計を取り出して時間を見てゐた小説家の友人は、横つちよから口を出した。

「をかしいな、僕のは十二時に五分過ぎだぜ。」

「へえ、十二時に五分過ぎ。」車掌はどつちに従つたものかと一寸途方に迷つたらしかつたが、ひよいと上司氏のニツケル側と友人の金側とが目に入ると、初めて判断がついたやうに金側時計の持主の方に向きなほつた。

「あなた、十二時に五分過ぎと仰有いましたね。有り難うございました。」

車掌は安心して腕時計の針を十二時五分過ぎに直した。

「あれだから困る。世間のわからずやといふ者は、機械を見ないで、ぢきに外側だけで、善い悪いを判断するのだから。」

上司氏は独り言を言ひながらにやりと笑つた。

上司氏に告げる。世間はまあそんなもので、もしか世間の人達が、上司氏の時計が、日本に四つしかない事を知つて、皆が皆立停つて時間を聞いたら、上司氏もつく〴〵好《よ》い時計を持つた事を後悔するだらうから。

▼(『茶話』)

心斎橋筋

市街を都市の血管だといふが、どこの都へ行つたところで、大阪の町ほど血管らしい町はちよつと見つかるまいと思はれる。大阪の町といふ町は、何処から切り離しても、そこには押へることの出来ない、血の出るやうな生命の踴躍があり、取り替へることの出来ない、地方的の色彩がある。その町々がそれぞれ異つた職分の下に活きて働きながら、纏まつて一つの有機体的都市を形づくつてゐるところに、大阪の生命もあれば、特色もあると思ふ。

――晴れた日の午過ぎ、鋭く眼を道の両側に配りながら、かういふ活きた町をぶらつくのは、私にとつては面白いといふよりも、真面目な一つの事業だつた。町はどこといふあてもなしに拾ひ歩いた。今も私の癖になつてゐるやうに、途の四辻に杖を立ててみて、倒れた方へすたすた歩いて行つた事もあつたが、どちらかといふと、心斎橋筋に出る事が多かつた。あそこはなんといつても大阪の脊髄で、唯活動があるといふばかりではなく、神経がある。四季の移り変りにつけて、店飾りの色彩と調子とが、いろいろと変つてゆくのは言ふに及ばず、朝の引明から夜の一時過ぎになるまで、その時々に絶えず異つた気分が動いてゐる。それを見つけるものには、時々俥夫の梶棒に胸元をつゝかれたり、自転車の前輪に夏羽織の襟を引掛けたり、両側の家から掃き出す埃を買ひたての麦稈帽に浴びるくらゐの覚悟がなくてはかなはない。何故といふに、心斎橋筋の気分は、さういふごちやごちやした間に陽炎のやうに動いてゐて、油断をすると、つい知らぬ間に見ようとする一刹那の感じを取逃してしまふ事になるのだから。それを思ふと、あの路筋が、あの通りに身動きも出来ないほど狭苦しいのは何よりも嬉しかつた。私達を傍観者の位置におかないで、どこまでもあの気分の中に動き、ところの雰囲気のなかに呼吸せしめるには、あの路筋が現にもつてゐるだけに、余裕を縮める必要があつたに相違ない。――とにかく私は心斎橋筋が好きだつた。そして今もなほ好きだ。道頓堀へ行くのにも、あの路を真直ぐに戎橋へ出ないと、大阪にゐるやうな気分になつて来ない。

▼(『泣菫文集』)

梅の花と蕗の薹

梅一輪一輪づつの暖かさ――といふが、そろそろ南寄りの梅は、もう咲き出しさうな時候となりました。

桜の花のおもしろみは、一夜の暖かさに、朝まだき思ひもかけず、しらじらと雲のやうに咲き揃うてゐるところにあります。それにくらべると、梅の花のおもむきは、かたい幹にあたつた早春のなま暖かい日の光が、樹の髄にしみとほり、枝から梢につたはつて、やがてぽつりぽつりと一輪ずつふくらんで来るところにあるやうです。

いつだつたか、京都の下賀茂で、つめたい、かさかさに干割れた樹肌をした、梅の老木がたつた一本の小枝に恥づかしいほど真赤な花を二三輪つけてゐるのをみて、こんな「死」そのもののやうな古ぼけたものの中にも、あたたかい春の生命が感じられるのかと、今更のやうに驚いたことがありました。

私の故郷の家には、後の畑にたくさんな梅の木が植ゑられてゐます。梅には数へきれない程木の種類がありますが、私の屋敷のは緑萼といつて、花のうてなに普通の梅にみるやうな、少しの紅みをも帯びないで、青みの勝つた、花弁もどちらかと言へば、幾分青みのさした樹であります。樹の風情から言ふと、すなほすぎる嫌ひがないでもないが、花の美しさと香の高さとは、一寸似るものが少いやうです。ほのかな夕月のかげで見るのもよく、また附近の寝しづまつた月の夜更に見るのもよろしい。白々と霧のやうな淡さが畑一面にただよつて、大地の底から、また空の高みから呼吸するやうな深い香気が、冷々と魂の中にまでしみとほるのも、この花だからでせう。

花が咲き揃ふ頃になると、鶯も来れば繍眼児も来ます。繍眼児はつれと一緒に多勢であわただしく飛んで来ますが、鶯はたいてい一人ぼつちです。こなひだ誰だかの書いた物をみると、その人はむかしからよく梅に鶯といふが、他の木も沢山あるなかに、鶯はなぜ梅の木を好いて来るのだらうかと、色々詮索の結果、やつと鶯は梅の花の蕊を食みに来るのだと判つたといふ事を言つてゐました。それに間違ひはないとして、私の見たところによると、鶯は梅の花の蕊を吸ふよりも、どちらかと言へば、ざらざらした梅の樹肌に棲んで、そこで冬籠りをするいろんな昆虫の方を好いて食べてゐるらしい事です。小鳥を飼ふ人が幼い鶯の児の餌附に、よく小さな蜘蛛をつかふのをみてもそれはわかる筈です。梅の花の蕊を好くのは、鶯よりもむしろ繍眼児の方で、樹から樹へ鳴きかはして、多勢で飛んで来るこの小鳥は、花の枝にぶら下つたり、とんぼがへりをしたりしながら、さもうまくてたまらなささうに舌鼓を打つて、鋭い嘴で花弁をおし分け、おし分け、蕊のふくらみに密蔵された花の蜜を吸ひとつてゐます。私達は子供の頃、この小鳥が来ると、花がとまらないからといつて、小石を投げてはよくそれを追はされたものでした。これを思ふと、梅の木に何か小鳥をあしらはなければならないとすると、鶯よりは繍眼児の方がふさはしいやうです。ただ困つたことは、鶯が詩人のやうに一人ぽつちなのに比べて、繍眼児は労働組合の加入者のやうに、多勢でざわめかしてやつて来ることです。あの騒がしさは、閑寂な梅の花の友達としては好ましいものではありません。

梅には竹藪がよくうつります。月の光を洩らさないやうな、たけの高い大竹藪は困りますが、まばらな竹林なら、どちらもの感じや気持を傷めあはないで、互に謙遜した心で早春の日ざしの中に、隣合せに棲むことが出来ると思はれます。柿の木と竹藪とは仲好しで、柿は秋になるとその落葉で土を肥やしてくれますので、竹は根を張るにも柿の木を避けると言ひ伝へられたものですが、私は竹の隣合せとしては、柿よりもむしろ梅を好ましく思ひます。

梅はたつた一本野中に立つてゐるのもよいが、また互に他のまねをしないで思ひ思ひの性格を維持し発揮しあつて、林を形づくつてゐるのも面白いと思ひます。実際梅はその枝ぶりにも、また花ぶりにも、どこか性格の樹だといふ気持がします。その下に綺麗な小流が走つてゐるとよいが、流はなくて、一寸した畑地があるのも悪くはありません。畑には是非蕗の薹がぽつかりと芽を出してゐてほしいと思ひます。高い梅の香を空の思ひと見るとき、蕗の薹の苦い味を、土の心とかみしめてみるのも、捨てがたいもののの一つであります。

▼(『太陽は草の香がする』)

北畠老人

一

世間の人の九割九分までは「お前」で、残る一分が「貴公」である。——と言ひますと大抵の人が不服を唱へるでせうが、そんな事には一切お構ひなしに、北畠老人は勇敢にそれを実行したものでした。

北畠老人といふのは、長い間の裁判官勤めをやめて後は、大和の法隆寺に隠栖してゐた老男爵のことで、早稲田の大隈老侯とも大の仲好しのお爺さんでした。だが、そのお爺さんも今はもう亡くなつてしまひました。

私は、その横柄な、おまけに小面憎いまでに口の悪い北畠老人を、「お前」呼ばはりからこの人としては特別扱ひの「貴公」に余儀なく改めさせた一つの笑ひ話をもつてゐます。今日はその事を話したいと思ひます。

二

ひとしきり談話に倦んだ北畠老人と私とは、古風な卓子をなかに、からだを動かすたびにぎしぎし鳴りきしめく古椅子に凭りかかつてゐました。開けひろげた障子の間からは、初夏の日に白く輝いた前庭が見えてゐました。

「お前、どこの生れだな。」

暫くしてから老人は口を切りました。長い間の裁判所勤めで、誰を見ても原籍を調べないではゐられないといつたやうなところがありました。

「備中です。」私は答へました。

「備中か。備中ならお前に訊きたいことがある。」老人は眼がしらに浮いた眼脂を、皺くちやな手の甲でぎごちなささうに拭きながら言ひました。「高島はどこにあるか、知つとるかい。」

「高島ですつて。」私はねつから聞き覚えのない名前なので、不審さうに聞き返しました。

「うん、高島ぢや。神武天皇が東征の御途中で三年間お駐りなされたといふ、あの高島ぢや。尤も古事記にはその間を八年としてあるがの。」

高島。神武天皇御東征の時のあの高島。その名を名乗るところが幾つもあつて、いづれをそれと定めかねる高島。それゆゑついうつかり忘れてゐた高島。——それを昨日の夕方、法隆寺村の村はづれで起きた事件に対するのと同じやうな、新鮮な興味をもつて話題とすることが出来る老人の態度に、私はすつかり驚かされてしまひました。

「ああ、あの高島ですか。よくは知りませんが、なんでも児島水道の辺にある……」

「馬鹿。そんなことくらゐ誰だつて知つとる。」老人は喚きました。「備中生れのお前には、もつとはつきりした事が解つとらねばならん筈ぢや。」

北畠老人に、ともすれば人を馬鹿呼ばはりをする癖があるのを聞いてゐた私は、別に驚きもしませんでした。私は笑ひながら言ひました。

「それぢや、後学のためにあなたに教へていただきませうか。」

「実は俺も知らん。」老人はけろりとした顔で言ひました。「ぢやが、弁へておいて貰はねばならんのは、俺の知らんのと、お前の知らんのとでは、大分そこに隔りがあるといふことぢや。お前のは学ばずして知らんので、俺は学んで後に知らんのぢや。つまりお前のは無学者の不知、俺のは好学家の不知といふことになるのぢや。二つ一緒にされては至極迷惑ぢやからのう。」

「いや、よくわかりました。滅多に一緒にはいたしません。」

私はさう言つて笑ひました。すると老人も安心したやうに笑ひました。

暫くしてから、私が今日中に吉野まで行かなければならない事を話して、そろそろ暇乞ひをしようとしますと、老人は
「まあ、よい。ゆつくりするがよい。」

と、押へるやうな手つきで留めました。

「これから吉野へ行くといふのは、何よりもよい機会ぢや。ついでだからお前に教へてやらうが、あの源九郎義経ぢやな——」

「義経。義経がどうしたんです。」

私は老人が、またしても九郎判官を自分の幼友達か何かのやうに親しみをもつてその名を言ひ出すのに驚きました。

「義経はどうもせん。ただ吉野へ入つたばかしぢや。」老人は真面目くさつて言ひました。

「その吉野入りが何を目的に計られたかといふことをお前知つとるかい。大物が浦で味方に分れたものが、わざわざ吉野入りをしようといふには、何かもくろみがなくちやなるまいと思ふが……」

「吉野へは何しに入つたかとおつしやるんですか。」

くどくどと幾度も同じことを繰返すらしい老人の言葉つきに、私はいくらか苛立たしさを感じながら、聞き返しました。

「さうぢや。源九郎は何しに吉野へ入つたか、お前それを知つとるかといふのぢや。」

私はその瞬間、いつだつたか、私がMといふ老紳士の口から、何かの話のついでに、義経の吉野入りの目的について聞いたことがあるのを思ひ出しました。一度だつてそんな詮索をしたことのない私は、この場合、M氏の解釈をそのまま借用する外には仕方がありませんでした。M氏といふのは、私がいろいろの方面で世話になつた人で、その交遊仲間では聞えた物識でした。

「吉野入りといつたところで、大した目的があらう筈はありません。精々北国行に要る山伏の装束を取りに来たくらゐのものでせう。あすこには修験者がたんとゐますからね。」

自分の言葉に深い根拠がないのを知つてゐる私は、変もなく言つて退けました。

「山伏の装束取りに。それはお前の解釈か、それとも誰かに聞いたのか。」

老人はいつに似ず性急に、言葉の調子もいくらかふるへてゐました。

「なに、ほんのちよつとした私の思ひつきですよ。間違つてゐませうか。」

「いや、間違つちやをらん。その通りぢや。義経の吉野入りは、全く山伏の装束を手に入れたいばかしのためぢやつた。」老人の言葉にはなんとなく元気が乏しいやうでした。胸元の長い鬚にあてた皺くちやな手はぶるぶる顫へてゐました。「俺はそれを研究して知つたが、貴公がほんの思ひつきでそれを考へたとすりや、貴公の頭はなかなか馬鹿にはならんぞ。」

北畠老人は、かう言つて声をあげて笑ひました。

私はこの横柄な、気位の高い、大抵の人にお前呼ばはりをしなければ承知しない老人に、初めて我を折つて私に貴公扱ひをさせたのを何よりも面白いと思ひました。

三

私は大和から帰ると、間もなく老紳士M氏に出合ふ機会があつたので、北畠老人との問答を詳しく話しました。そしてM氏から借りものの「山伏の装束取り」が、すばらしい利き目があつて、私が急に「お前」から「貴公」に変つたことを話して、この霊験いやちこな解釈を無断で借用したお詫やお礼を述べました。

それを聞くと、M氏は急に笑ひ出しました。二月も辛抱しぬいたをかしさを、一度に切つて落したやうに笑ひ出しました。頑丈な樫の木製の椅子がきしきしと軋むまで、大きな体をゆすぶつて笑ひ出しました。こんなに留処もなく笑つてゐて、盲腸炎でも起したらどうするのだらうと、私が側ではらはらしてゐると、やつとの事で笑ひを抑へる事の出来たM氏は、眼頭に一杯溜つた涙をふきふき、またしてもかぶつて来るをかしさにたまらないやうに喘ぎながら言ひました。

「違ふ。違ふ。あの山伏の装束取りは、僕の発明ぢやない。あれは聞きかじりだよ。北畠老人からの……」

私は呆気にとられてしまひました。

▼(『猫の微笑』)

古本と蔵書印

本屋の息子に生れただけあつて、文豪アナトオル・フランスは無類の愛書家だつた。巴里のセイヌ河のほとりに、古本屋が並《なら》んでゐて、皺《しわ》くちやな婆さん達が編物をしながら店番をしてゐるのは誰もが知つてゐることだが、アナトオル・フランスも少年の頃、この古本屋の店さきに立つて、手あたり次第にそこらの本をいぢくりまはして、いろんな知識を得たのみならず、老年になつても時々この店さきにその姿を見せることがあつた。フランスはこの古本屋町を讃美して、「すべての知識の人、趣味の人にとつて、そこは第二の故郷である。」と言ひ、また「私はこのセイヌ河のほとりで大きくなつた。そこでは古本屋が景色の一部をなしてゐる。」とも言つてゐる。彼はこの古本屋から貪るやうに知識を吸収したが、そのお礼としてまたいろいろな趣味と知識とを提供するを忘れなかつた。――といふのは外のことではない。彼が自分の文庫に持てあました書物を、時折この古本屋に売り払つたことをいふのだ。

　一度こんなことがあつた。――あるときフランスは来客を書斎に案内して、自分の蔵書を一々その人に見せてゐた。愛書家として聞えてゐる割合には、その蔵書がひどく貧しく、とりわけ新刊物がまるで見えないのに驚いた客は、すなほにその驚きを主人に打ちあけたものだ。すると、フランスは、

「私は新刊物は持つてゐません。方々から寄贈をうけたものも、今は一冊も手もとに残してゐません。みんな田舎にゐる友人に送つてやつたからです。」

と、言ひわけがましく言つたさうだが、その田舎の友人といふのが、実はセイヌ河のほとりにある古本屋をさしたのだ。

　そのフランスを真似るといふわけではないが、私もよく読み古しの本を古本屋に売る。家が狭いので、いくら好きだといつても、さうさう書物ばかりを棚に積み重ねておくわけにもゆかないからである。

　京都に住んでゐた頃は、読み古した本があると、いつも纏めて丸太町川端のKといふ古本屋に売り払つたものだ。あるとき希臘羅馬の古典の英訳物を五六十冊ほど取揃へてこの本屋へ売つたことがあつた。私はアイスヒユロスを読むにも、ソフオクレエスを読むにも、ピンダロスやテオクリトスを読むにも、ダンテを読むにも、また近代の大陸文学を読むにも、英訳の異本が幾種かあるものは、その全部とまではゆかないでも、評判のあるものはなるべく沢山取寄せて、それを比較対照して読むことにしてゐるが、一度読んでしまつてからは、そのなかで自分が一番秀れてゐると思つたものを一種か二種か残しておいて、他はみな売り払ふことにきめてゐる。今Kといふ古本屋に譲つたのも、かうしたわけで私にはもう不用になつてゐたものなのである。

　それから二三日すると、京都大学のD博士がふらりと遊びに来た。博士は聞えた外国文学通で、また愛書家でもあつた。

「いま来がけに丸太町の古本屋で、こんなものを見つけて来ました。」

　博士は座敷に通るなりかう言つて、手に持つた二冊の書物をそこに放り出した。一つは緑色で他の一つは藍色の布表紙だつた。私はそれを手に取上げた瞬間にはつと思つた。自分が手を切つた

女が、他の男と連れ立つてゐるのを見た折に感じる丁度それに似た驚きだつた。書物はまがふ方もない、私がK書店に売り払つたなかのものに相違なかつた。

「ピンダロスにテオクリトスですか。」

　私は二三日前まで自分の手もとにあつたものを、今は他人の所有として見なければならない心のひけ目を感じながら、そつと書物の背を撫でまはしたり、ペエジをめくつて馴染のある文句を読みかへしたりした。

「京都にもこんな本を読んでる人があるんですね。いづれは気まぐれでせうが……」

　博士は何よりも好きな煙草の脂《やに》で黒くなつた歯をちらと見せながら、心もち厚い唇を上品にゆがめた。

「気まぐれでせうか。気まぐれに読むにしては、物があまりに古すぎますね。」

　私はうつかりかう言つて、それと同時にこの書物の前の持主が私であつたことを、すなほに打明ける機会を取りはづしてしまつたことを感じた。

「それぢや同志社あたりに来てゐた宣教師の遺愛品《ビクエスト》かな。さうかも知れない。」

　博士は藍表紙のテオクリトスを手にとると、署名の書き入れでも捜すらしく、前附の紙を一枚一枚めくつてゐたが、そんなものはどこにも見られなかつた。

　私は膝の上に取残されたピンダロスの緑色の表紙を撫でながら、前の持主を喘息か何かで亡くなつた宣教師だと思ひ違ひせられた、その運命を悲しまぬわけにゆかなかつた。

「宣教師だなんて、とんでもない。宣教師などにお前がわかつてたまるものかい。――だがこんなことになつたのも、俺が蔵書印を持合さなかつたからのことで。二度とまたこんな間違ひの起らぬやうに、大急ぎで一つすばらしい蔵書印をこしらへなくちや……」

　私はその後D博士を訪問する度に、その書斎の硝子戸越しに、幾度かこの二冊の書物を見た。その都度書物の背の金文字は藪睨みのやうな眼つきをして、

「おや、宣教師さん。いらつしやい。」

と、当つけがましく挨拶するやうに思はれた。

　私はその瞬間、

「おう、すつかり忘れてゐた。今度こそは大急ぎで一つ蔵書印のすばらしく立派な奴を……」

と、いつでも考へ及ぶには及ぶのだつたが、その都度忘れてしまつて、いまだに蔵書印といふものを持たないでゐる。

▼（『艸木蟲魚』）

光

　蛍が一つ、青白い憂鬱な光を後方《うしろ》に曳きつつ、真夏の水辺の、湿つた暗闇をすいすいふらふらと飛んでゐる。

「蛍よ。お前の光はなぜそんなに悲しいのか。」

「私の飛んでゆく前方《むかう》は、永久に大きい暗闇で、私が求めてゐる光は、いつも後方にのみ生れるからだ。私の光は、唯私を愛す

る者達に、私がたつた今通り過ぎて来た径程《みちのり》を示すに過ぎないのだ。」

かげひなた

静かな冬の一日、庭前に出て日向ぼつこをする。柔かい日光の抱擁。地面に落ちた裸木の影。小鳥の羽搏。枝の揺れ。影の揺れ。私の身体ぢゆうから発散する日向臭い枯草のやうな匂。太陽を横ぎる雲の片々。それから音もなく生れては消えるかげひなた。その度に私の気持のくまぐままでも明るくなり、また暗くなる。

▼（『樹下石上』）

詩は良剤

家に引籠つてからかれこれ十年近くにもなるのを思ふと、私の病気もかなり長いものだ。むかしの詩人は、

「病によつて、間《ひま》が得られるのも、悪くはないものだ。」

と歌つたが、それは平素《ふだん》すこやかで、仕事に忙しくしてゐたものが、たまに病にかかつて閑を得たので、久振りにのんびりとした気持になつて、

「これも、悪くはないな。」

と、微笑をたたへた程度のもので、私のやうに十年近くも病気を抱へてゐる者にとつては、昼夜の見境なく襲つてくるその苦痛を受け容れ、その不自由さに応対するのが一仕事で、なかなか病気の持つて来る閑を楽しむといつたやうな、のんびりとした余裕などあるべきはずがない。私ひとりの経験から言ふと、身体がすこやかだつた当時は、仕事の方も忙しかつたが、たまさか獲ることができた「閑」は、まことに静かで、ゆつたりとした、気持のいいものだつた。ところが、長い病にかかつて、世間のいふやうな「閑」のある身になつてみると、その間友達のやうに親しんで来た病とその苦しみとを、どう取扱つたものかと、間がな隙がなその工夫にのみいそがしくて、閑らしい閑を持つたといふ気持は味はれない。

詩人として聞えた清朝の屠琴塢は、また体の弱い病気持ちの人としても知られてゐたが、いつも見舞に出て来る親しい友人達からは、

「君はそんな弱い体をしてゐながら、天命を楽しみ、自己に安んじて、ちつとも境遇のために心を動かされない。ひよつとすると、病気は治るかも知れないぜ。」

と言つて慰められたものださうだ。屠琴塢がどんな気持でそれを聞いてゐたか知らないが、私などそんな言葉で慰められたかといつて、始終もてなやんでゐる病の苦痛は、いくら私が貘のやうな性分を持つてゐたにしても、そんな夢のやうなことを思つたりするゆとりがないまでに、たえず現実感を刺戟して来るのであつてみれば、今さら返事のしやうもないといふものだ。

その屠琴塢は、持病の一つも持つてゐるくらいの人だつたから、医者には内証で、自分の病に好く利く合薬《あひぐすり》を知つてゐて、保養のひまびまにはいつもそれを調合して服用してゐたものだ。その合薬といふのは他でもない、詩のことなのだ。それについて彼はこんなことを言つてゐる。

「むかしの人は、書画の二つをすぐれた持健薬としてゐたものだつた。ところが私の友の一人は、それだけでは物足りないといつて、琴と石と香と茶とをそれにつけ足したが、詩のみはいつものけものにせられてゐた。

私は病気になつてこのかた、多くの仕事は皆やめてしまひ、書画などもまた余計物のやうに扱つてゐるのだが、ただ詩のみは好きな道だけに、そんななかにも捨てないでゐる。とり乱した病の床で気がふさいで仕方がないときなどに、見舞客からひよつくりと詩を贈つてもらつたりすると、いつまでもそれを手から離さないで、幾度か味はひなほすやうにそれを口ずさむのだ。そしてそのなかから詩味の和やかなのを見つけると、丁度人蔘や茯苓の口当りが甘いのに出会つたやうに、また格調の激越なのを目にすると、まるで薑や肉桂の辛烈舌を刺すやうなのを味はつたやうに、どちらも内臓を癒やすにききめが少くない。三五年このかた私が度々死にかけて、それでゐて死ななかつたのは、大部分詩の力だ。それを思ふと、詩は私にとつてこの上もない保命薬なのだ。」

これは実際さうあるべきはずのことで、現に私なども好きな詩を読み耽ることによつて、どれだけ苛立つ自分の気をなごやかにし、ひいては病気を快くしたとまでは言ひ得ないにしても、病気から来る時々の発作の不気味さを押し鎮めることが出来たかわからない。

また私ひとりにとつて詩と同じやうに、ことによつたらそれ以上に治病の効果があつたのは、自然の観察――とりわけ草木の、どちらかといへば、静寂で、むしろ単純極まるその生活を凝視することであつた。

私は四季を通じて、どんなに寒くとも、また暑くとも、天気のいい日には、日に幾時間かはきつと陽当りのいい庭先に出ることにきめてゐる。明るい日光と澄みきつた大気とを通じて、そこらにある草木の本然の姿を見るのが、楽しみなのだ。草木は皆生命の火焔のやうに黒い土の中から燃え上つてゐる。彼らは健康だ。健康そのものの有難ささへ知らぬかのやうに。彼らは長生し、また再生する。さも長生といふものの鬱陶しさなど少しも気づかぬかのやうに。彼らは群生する。多くのものと一緒にゐるのが、生活の真の姿であるかのやうに。

彼らはまた、あの倪瓚の描いた沙樹の図のやうに、高い空のもとにひとりぼつちで立つてゐる。その眼は絶えず自分の孤寂を見つめてゐるもののやうに。

明るい日光のなかで、さうした草木の生活の種々相を凝視してゐることによつて、私はなにほどか私の持病を忘れ、その苦しみを軽くすることが出来るのだ。まだ治療方法の見つからない病にかかつてゐる私のやうな者にとつては、幾分なりとも病を忘れるのは、その治方の一つであるかも知れない。

▼(『独楽園』)

【付記】「茶話」の三編は谷沢永一・浦西和彦編『完本茶話〈冨山房百科文庫〉』上・中・下(昭和五八～五九年、冨山房)を、それ以外は『薄田泣菫全集』第五～八巻(昭和一三～一四年、昭和五九年復刻、創元社)を底本とした。各随筆の末尾に初収本を挙げた。なお、漢字は現行の字体に改めた。

泣菫の随筆

薄田泣菫は、その文学活動を詩人としてスタートしたが、やがて韻文から散文に転じた。早くから芸術に関する抱懐、折々の感想や日記などを収録した、次の書を刊行している。

・『落葉』（明治四一年二月、獅子吼書房）
・『泣菫小品』（明治四二年五月、隆文館）
・『象牙の塔』（大正三年八月、春陽堂）

しかし、散文で薄田泣菫の名を広く世に知らしめたのは、『大阪毎日新聞』『東京日日新聞』『サンデー毎日』『文芸春秋』などに発表したコラム「茶話」である。八〇〇篇を超える「茶話」は複数の本に収められている。書名に「茶話」が入ったものだけでも一一冊ある。

・『茶話』（大正五年一〇月、洛陽堂）
・『後の茶話』（大正七年四月、玄文社）
・『新茶話』（大正八年六月、玄文社）
・『茶話上巻』（大正一三年三月、大阪毎日新聞・東京日日新聞）
・『茶話下巻』（大正一三年一〇月、大阪毎日新聞・東京日日新聞）
・『茶話抄』（昭和三年一一月、創元社）
・『茶話全集上』（昭和八年八月、創元社）
・『茶話全集下』（昭和八年八月、創元社）
・『新版茶話全集上』（昭和一七年七月、創元社）
・『新版茶話全集下』（昭和一七年四月、創元社）

「茶話」は古今東西の人物の逸話に取材した随筆で、「その名の通り、お茶を飲みながら世間話をするやうな気持で、また画家がカリカチウルを描くやうな気持で」（『茶話』「はしがき」）書かれたものであった。ぴりりと皮肉の効いた寸評が嫌味でないのは、泣菫のユーモアあふれる語り口と根底にある親愛の情のためであろう。

また、次の二冊には泣菫が友人知人について「みづから親しく面接したをりの印象」や「友人なり同僚なりから聴いた談話」（「はしがき」『忘れえぬ人々』）を綴った文章が収録されている。

・『忘れえぬ人々』（大正一三年四月、金尾文淵堂）
・『泣菫文集』（大正一五年五月、大阪毎日新聞・東京日日新聞）

「茶話」をはじめ、これらの随筆からは泣菫の人間に対する強い関心が窺える。

泣菫は、大正六年頃からパーキンソン氏病を患う。大正一二年一二月には大阪毎日新聞社を休職し、病気療養に専念した。この頃から、泣菫の観察は人間よりも自然に向けられるようになる。身体が不自由な泣菫の日課は、近所や庭の散歩であった。泣菫は「好きな詩を読み耽ること」と「自然の観察とりわけ艸木の、どちらかといえば、静寂で、むしろ単純極まるその生活を凝視すること」で、「病気から来る時々の発作の不気味さを押し鎮めることが出来た」のである（「詩は良剤」）。このような生活の中で作られたのが、次の随筆集である。

・『太陽は草の香がする』（大正一五年九月、アルス）
・『猫の微笑』（昭和二年五月、創元社）
・『艸木蟲魚』（昭和四年一月、創元社）
・『大地讃頌』（昭和四年六月、創元社）
・『樹下石上』（昭和六年一〇月、創元社）
・『独楽園』（昭和九年四月、創元社）
・『人と鳥蟲』（昭和一八年四月、桜井書店）

これらの随筆集からは、泣菫がどのように病気と向き合い、限られた生活のなかで何を発見し、いかに豊かな精神世界を構築していったかを知ることができる。小さな動植物に向けられた泣菫の眼差しは温かい。

泣菫の随筆集を通読すると、薄田泣菫という一人の人間と、その人生の軌跡が見えてくるであろう。

（荒井真理亜）

第3部

資料編

語られる泣菫

薄田泣菫――現代において、この名前を知っている人がどれほどいるだろう。おそらく、多くの人がその物珍しい名前を前に、ただ首をひねるだけではないだろうか。そうした状況の中で、本章を読んだ読者は驚きとともに、改めて「薄田泣菫」という名前をもう一度まじまじと見直すことになるのではないか。かつて彼は、それこそ小説に登場するほどの有名人であった。

本章は「語られる泣菫」というタイトルの下、何らかの形で泣菫のことを語っている作家、詩人、文化人の文章を集めて掲載している（ただし、書簡や文学研究者の論稿は本書の性質上から原則として採録しなかった）。掲載の順序は発表順にした。また、旧漢字は通行の字体に改め、仮名遣いは原文のままとしている。ルビは煩雑になるため、原本にあっても基本的にはふらないこととしたが、ただし読みづらいものについては残してある。

明治三〇年、二一歳で彗星の如く詩壇に登場した泣菫は、三〇歳になる頃には詩壇の頂点に立つことになる。一方で、雑誌や新聞の編集者としての顔を持ち、四〇代には「茶話」という新聞コラムで一世を風靡し、その後パーキンソン氏病により新聞社退社を余儀なくされるも、随筆の名手として活躍し続ける。まるで一遍の大河ドラマのようなその人生は、同じ時代を生きた人びと、あるいは次の世代の人びとにも、多くの影響を与えている。本章はそうしたことを裏付けるものである。

島村抱月（*1871–1918*）

「花密蔵難見」（『新著月刊』第二所掲新体詩）については、予輩も一評を試みんと思ひゐしが、天来氏の此の評に接して、所思の半は言ひつくされたる感あれば、重ねて呶々せざるべし、一読過の後いかにも藤村張りならぬかとは、予輩も心づきたれど、其のうちまた捨てがたき所もあるやうなり、必ずしも擬古ならずして而も流麗に、必ずしも新語ならずして而も措辞と譬喩と清新に、一道の温味間々掬すべきものあるは、蓋し藤村と此の作者との共に有する特色なるべし、予輩は、此の作者が果たして藤村に私淑し、藤村を張らんとして起こりしか否を知らずといへども、起所を離れて、兎も角も此れほどに文字を使ひこなす技倆ある点より、将来に望ある詩家の一人に推さんとするなり

▼「附言三則」（『早稲田文学』明治三〇年六月）

与謝野晶子（*1878–1942*）

（泣菫「破甕の賦」の『明星』（明治三三年一一月）巻頭掲載について。）

すきな〳〵泣菫さまのために、あゝしてかかげたまひし君うれしく候。

▼「絵はがき」（『明星』明治三四年一月）

与謝野鉄幹（*1873～1935*）

詩に痩《や》せて恋なき宿世さても似たり年は
我より四つ下の友

友の詩集新たに市に出でたり、集の名は『行く春』早う去年《こぞ》の暮春に出づ可かりしを、美くしき二十女《はたちをなご》の解き髪、櫛に流る丶一筋を惜む情《なさけ》さながら、一音一律の乱れ気にする友の、用意疎《おろそ》かならず、書を飾る組緒《くみを》の色にも憎き趣《おもむき》見せて、待つ一の耳目を驚かすこと今日《けふ》に成りぬ。近く詩集として世に出でしが多き中にも、長詩には藤村の『落梅集』短詩には晶子の『みだれ髪』、共に我詩壇の珍として、世評の定れるもの有り。今又この『行く春』を添へ得たるを思へば、卅四年の我詩壇は誠に幸福なりと謂ふべし。この集の作者薄田泣菫の名は君の夙に知る所ならむ、泣菫が眉目清秀の青年詩人にして西欧詩聖の遺韻を渇仰し、情熱に富むの詩人なることも、亦、君の伝へ聞く所ならむ。然れども我は更に君に向つて告げむ。泣菫は衒学の徒に非ず、真摯なる修養ある詩人也。泣菫は俸禄爵位の望ある人に非ず、『火かげの低唱眉をとぢて、痩せたる詩風に泣く』は、其改めがたき志なり。泣菫は情を矯めて道学先生の前に屈するの徒に非ず、『福田われ等の願ならず、腕の白きに恁らば足りぬ、罪をも厭はじ人もあらば、恁りて泣かむ』とする恋愛詩人也。泣菫は徒らに紅恨紫怨の文字を弄する薄志弱行の徒に非ず、侯爵伊藤を罵つて『亟相何とて無礼なるや』と歌ひ、南阿の義戦を憐んで『自由に圧さる丶時し来るも、護るべき手あるを神に謝せよ』と讃ずるの詩人也。嗚呼此の如きは又、わが単調なる詩壇の何人にか求め得べき。君、われは此あり難き友の詩集を抱いて、今新らしき歓喜の光明の中にあり。夕を訪ひ来らずや。君と此詩集に額《ぬか》あつめて、更に此うら若き詩人の家庭に就て、友情に就て、われ微笑みて語る所あらむ。我は世の毀誉に関せずして君に断言す、『行く春』は今の詩壇に於て最も高く最も優れたる詩集なり。

▼「行く春」（『掌中記』『明星』明治三四年一一月）

夏目漱石（*1867–1916*）

（泣菫『白玉姫』と河合酔茗『塔影』を比較して。）

僕はあまり新体詩といふものを読まないから知らんが、この間しら玉姫といふのと、塔影といふ詩集を贈つてくれた、しら玉姫の作者の方が塔影の作者より才もあり力もあるやうだ、しかしわからない事に至つたら塔影よりしら玉姫がわからない。近頃の新体詩は一体にわからないのが多いやうだ、といつて僕は巻頭四五行より多くを読まないのだから、読まずに評する訳にはゆかないが、どうもそうらしい。有明といふ人の詩を雑誌などで、これも二三行の拾ひ読みだが、見る、一向わからない、鉄幹といふ人はうまい、それに余程才があると思ふ。

▼談話筆記「みづまくら」（『新潮』明治三十八年八月）

茅野蕭々（*1883–1946*）

（『白羊宮』についての合評会にて。出席者は与謝野寛、馬場狐蝶、茅野蕭々。）

只今馬場氏の御評言は、私も同感であります。殊に作者が古代の言語を復活して多くお用ゐになつた為め、耳慣れぬ詞、意味の通じにくい詞が、この『白羊宮』に充満して居るといふ事は、薄田氏のお作などを読むで、大に学ぶ処あらむとして居る私共青年には、或は利益もあると共に、又悪るい感化をも与へられはしまいかと心配されます。古語の復活と云ふ事は、他にも試みて居る先輩があり、決して悪るいといふ訳ではありません。言語の不足は我が何れの作家に於ても感じて居る処でありますから、適当な意味を有つて居る古語で之を補充するのは、寧ろ賢い仕方でせう。但し、余りに意味の解らぬ耳遠い古語は避けたい。それは之を用ゐて何の功果も無いのみならず、却て詩を害しませう。成るべく語調の連想などでその意味が想像せられる古語、今の言語と多少連絡のある古語を用ゐるが好からうと思ひます。さてこの『わがゆく海』が世間で評判の好いのは理由のある事であります。私は作者の人生観といふものを、この詩のみならず、『白羊宮』全体に渉つて明かに窺ひ得られるのを、喜ばしく思ひます。技巧の優れて居るのも前の評者達と同感でありますが、惜むらくは最後の一連の力が弱いと思ひます。『遠《とほ》つ海や、』と云つて、『努力《ぬりき》の帆を呼びたまふ』と結んであるのが物足らぬ、今些し力が入つた句であつたらばと思ふのです。

▼「白羊宮合評」（『明星』明治三九年七月）

馬場孤蝶（*1869–1940*）

『望郷の歌』といふのは、読むで見て面白い歌でありますけれども、私共が此れを読むと一寸遠い国の事を歌つてあるやうな感がしてなりません。是恐らくは王朝趣味なるものでありませうか。此処に歌つてあるのは即ち今日の京都では無く、兎に角何代か前に過ぎ去つた京都であらうと云ふ感が致しました。私が此の詩を面白いと思ひますのは、私共少年の時分にゲーテのミニオンの歌の英訳をよく口吟したことなどがありますからです。この詩は即ち其れと同じ行き方で『彼方へ君といざ帰らまし』と皆同じやうに使つてあるのであります。随分今日では、旧るい、稍々旧るい方の詩といふものは外国の歌でも顧み無いで、大抵の人は新しい詩を珍重する世の中であるのに、既に稍飽きられた詩として、人の捨てゝあるものを著者が連想して、『望郷の歌』の如く面白き詩を作られたのは感服の至であると思ひます。

▼「白羊宮合評」（『明星』明治三九年七月）

近松秋江（*1876–1944*）

薄田泣菫氏の令弟鶴二氏が、此様なものを拵えたから見て下さい、と泣菫氏の『落葉』を持つて来た。

目次を見ると、恰ど謡曲本の目次を見たやうに、趣味に富んだ内容を見たがらすやうなものばかりだ。手当り放題に先づ『旧教師』といふ題の処を披いて見ると、小生には『ハハア彼の人か』と思はれる人のことが書いてある。『岡山のさる学舎で、かれこれ一年ばかりも世話になつた教師云々』とあるのは、岡山の中学校に相違ない。岡山のさる学舎でも好いが、岡山の中学校と書いても差支へない。それを特に岡山の学舎としたのが、泣菫氏の泣菫氏たる所以で、それが『落葉』中到る処に散乱つてゐる。

　小生が『ハハア彼の人か』と思つた次第は自分も唯一学年と二学期ばかし岡山の中学校には居つた人間だ。まだ中学に入らぬ前、小学生徒の頃、岡山に『教』といふ、定価一銭の雑誌があつて、購読してゐたが、其の雑誌に、備中の人で、始終趣味のある探し絵だの、作文だのを投書する薄田淳介といふ人間があつた。雑誌を読むことを好む自分は、薄田淳介なる人間を、何様な人間だらうぐらゐに考へてゐたと思ふ。それから中学校に入ると、自分の隣家の竹馬の友で、三年生の人間が『あれが薄田淳介だ』と教へてくれた。薄田氏は二年であつた。

　小生が一年半ばかし中学校に居た間に、『尚志会の図書で一番多く利益を得るのは薄田だ』といふ言葉を耳にしたことがあつたと思ふ。尚志会といふのは何校にもよくある雑誌其他教科書以外の雑著を備へ置いて自由に学生の読むに任せ、且つ月刊雑誌を出す、中学生間の会の名であつた。また薄田氏が、体操の時間に、病気届を出して置いて、雑誌か何か読みながら校庭の芝生に偃臥つてゐるのだ、といふ姿も時々見たやうに思ふ。

　薄田氏とは無論知合にはならなかつた。が、矢張り其頃中学校に一寸腰を掛けてゐた自分のことであるから、氏の所謂『旧い教師』に対しては『ハハアあの人か』といふことぐらゐな追懐《メモリイ》は有つてゐる。小生も何処かで其の人乃至其様な関係で長く見なかつた人を十何年かぶりに擦違ひざまに見たならば、屹度薄田氏のやうな追懐の情を起すであらう。が小生が若し其の追懐の情を描くとしたなら、或は薄田氏ほどの文致は有たぬかも知れぬが、小生は小生相当に、もつと変つた表し方があるやうに思ふ。

▼「文壇無駄話〈8〉」（『読売新聞』明治四一年三月二九日）

三木露風（*1889–1964*）

『行く春』が出て日本初めて詩ありと云はれたのは泣菫氏であつた。時代は何時もこの言葉を繰返す。別の人に向つて別々の人の口から光栄ある言葉を浴せかけて居る。その時代の最もすぐれた鑑賞家から、又民衆から所謂「異議の無い光栄」を受けるのだ。然るにそれが何故滅ぶのであらうか。何故もつと異議の無い光栄、あらゆる賞賛、堂々たる文章を批評家が書かぬのであらうか。「ウオルズウオースを読む者は今は老人ばかりになつた。」とヱドモンド・ゴッス氏は書いて居る。曽て愛読者の僕が氏のために、同じ様に悲しむのはあながち迷妄に陥つたからではない。尊敬する多くの詩はこの様にして痕をとゞめて行く。今一つ一つ挙げることは僕にとつて、尠からぬ苦痛である。

▼「明治詩壇の回顧」（『文章世界』大正二年一月）

川路柳虹（*1888–1959*）

　泣菫氏はその情熱に於て真に天性の詩人的素養を持つてゐた。氏の『行く春』が与謝野寛氏をして『亜細亜始めて歌を聞けり』と悦ばしめ、高山樗牛氏をして『前途多き天才』と感ぜしめたことは氏の詩人的情熱が時代の文化的精神と共鳴しえた何物かを持つてゐた事を示してゐる。然るに「白羊宮」を出すに及んで氏は死語の詩人となつた。「行く春」の情熱は早く失はれて努力精進を歌ふ意欲は見えてもそこに溢る丶感情の泉は既に枯れ、たゞ美しき衣を纏ふ「古語」があつたのみである。氏は古語を復活ささんとして危く古語に殺された。

▼「詩壇の推移と現在」（『伴奏』大正六年一一月）

芥川龍之介（*1892–1927*）

一　叙事詩人としての薄田泣菫氏

叙事詩人としての薄田泣菫氏は処女詩集たる「暮笛集」に既にその鋒芒《ほうぼう》を露はしてゐる。しかしその完成したのは「二十五絃」以後と云はなければならぬ。予は今度「葛城の神」「天馳使の歌《あまはせつかひ》」「雷神の賦」等を読み往年の感歎を新にした。試みに誰でもそれ等の中の一篇――たとへば「天馳使の歌」を読んで見るが好い。天地開闢の昔に遡つたミルトン風の幻想は如何にも雄大に描かれてゐる。日本の詩壇は薄田氏以来一篇の叙事詩をも生んでゐない。少くとも薄田氏に比するに足るほど、芸術的に完成した一篇の叙事詩をも生んでゐない。この一事を以てしても、詩人としての薄田氏の大は何びとにも容易に首肯出来るであらう。予は少時「葛城の神」を読み、予も亦いつかかう言ふ叙事詩の詩人になることを夢みてゐた。のみならずいつか「葛城の神」の詩人に教へを受けることを夢みてゐた。第二の夢は幸にも今日では既に事実になつてゐる。しかし第一の夢だけは――一以下省略。

▼「人及び芸術家としての薄田泣菫氏――薄田泣菫氏及び同令夫人に献ず」（『サンデー毎日』大正一四年二月二六日）

久保田万太郎（*1889–1963*）

記者。中学時代に物を読んで、其の結果落第されたと云ふのはどう云ふものを読まれたのですか。

久保田。其の時分は濫読でした。手当り次第何でも構はずよみました。

記者。今記憶に残つてゐるものは……

久保田。特にその当時好きだったのは薄田泣菫の詩でした。分らないなりに始終「暮笛集」「二十五絃」「白玉姫」「落葉」「白羊宮」――さうしたものを手許に置きました。「行く春」をささ《ママ》がすので骨を折りました。延いて蒲原有明も「春鳥集」で好きでした。小説では独歩でした。

▼「久保田万太郎氏との赤裸々問答　作家と記者の一問一答録――其七――」（『新潮』大正一四年五月）

新村出（*1876–1967*）

私の好きな木の公孫樹をうたつた歌人、俳人、詩人をさがしてゐた乙丑の二月に、当年刊行の明治大正詩選で『二十五絃』中からぬいた泣菫君の長篇『公孫樹下に立ちて』を読んで、おくればせにも大にうれしくなり、例の如く作詩の年代と取材の場所とを探りたくてたまらず、いきなり作者に書を送つてお尋ねした所、早速これこれと御挨拶に接したことがあつた。やがて『泣菫詩集』も刊行され、その後語によつても私は更にあの名詩製作の由来と時機とを明にした。今さら私の迂遠を蔽ふことは出来ない。ひきつゞき雑誌『女性』の同年七月号に於て、泣菫君自身は『大樹の言葉』と題する随筆の劈頭に、私との問答のことに筆を起して、この樹を讃美されたこともあつた。これらの間にあたつて、金井紫雲氏の『公孫樹礼讃』などもあらはれ、その前後私は小説漫筆研究の形を以て、散文でこの樹を頌したものが或は新刊されたり、或は旧著に存したりしたのを知つた。

私は植物学者林学者の調査によつて、岡山県勝田郡豊並村大字高円村の菩提寺に、円光大師手植の公孫樹があるのを知つてゐたから、泣菫君の詩材はもしやあの名木ではないのかと思つて作者にお尋ねしたのであつた。美作の誕生寺云々と名ざしたかどうかはつきり記憶にのこらぬが、あの大作はともかく、津山と湯原温泉との間の大木を歌つたもので、円光大師御手植の名木には関係しないとのことであつた。然しその場所の問題よりも、むしろ私にとつて大事であつたのは年代の点であつて、その作が明治三十四年十月に成つたといふ由を詩集の後語で知つたので、この名篇が明治に於ける公孫樹をうたつた韻文の先駆としておいてよいのでないかと思ふに至つた。その後更に『有明詩集』に於て、旧『春鳥集』中の明治三十七年前後の作にかゝる公孫樹詩の存在を知り、更に日夏氏の詩にも一篇を見出しなどしてひとり喜んでゐた。

所が十一月十五日の夕べ、関西歌壇の人々と落合つた席上で、本誌編者の一人なる薄田清君から、七月号の新潮に木村毅氏が『二十五絃』の公孫樹と題して、かの長詩に関する考証を加へられたことを知り、つゞいて其の雑誌を送られたので、直に一読すると、銀杏樹愛着者たる私にとつていろ〳〵好い資料が散見するのを知つた次第である。それに由ると菩提寺の名樹に関し、或は泣菫君の歌つた大木に関し、さまざまのゆかしい話も伝はり、よかれあしかれ絵画や写真も世に流布してゐるといふことを承知し、自分の見聞の狭かつたことが今更きまりわるくもなつてくる。そのうちに手近になくてまだ見ない『二十五絃』の旧本をはじめ、『春鳥集』の単行書などをも手にすることが出来ようと思つて楽しんでゐる。

▼「泣菫君の公孫樹詩」（『関西文芸』大正一五年一月）

徳冨蘆花（*1868－1927*）・愛（*1874－1947*）

徳冨蘆花の自伝的小説。文中の熊次は蘆花、K君は金尾種次郎、その場にいるS君は泣菫、「信州の小諸の詩人」・「詩壇の先進S君」は島崎藤村と思われる。

心斎橋通りの小さな角店、立看板の蔭には雑多な書を列べて、主人のK君は居なかつた。S君は居るさうで、二階に導かれた。倉づくりの薄暗い二階に、白い清げな面をした小柄の詩人S君と熊次は初対面の挨拶をした。信州の小諸の詩人S君をヨリ若くし、和らげたやうな肌ざはりの人である。初対面ながら、手紙の往復はして居た。小天地に写真を求められ、髯でも剃つたらと茶かした熊次の返事に、「髯は剃り玉ふとも玉はずとも、此方の求むるものは御額《おひたひ》のあたり」とたしなめてよこしたものである。写真は到頭御免を蒙つたが、S君から可愛い詩集「ゆく春」を送られ、挿画の苦情など云ふてやつた。今何を読んでお出ですかと熊次の問に、S君はきまり悪るげに、ハルトマンを読んで居ます、と云ふた。そんなものを熊次は覗いても居なかつた。（略）熊次はわが趣味を疑ふた。それは文芸の上ばかりでもなかつた。洋画の展覧会など見ても、鴨志田君等が美しいと云ふ京の舞妓姿などが熊次には一向美しくなかつた。深水の太郎君が描いたモデルの女の疲れて眠つて居る画を、深水君も腕を上げた、と鴨志田君等が嘆賞する。熊次は其画の何処に美があるかを疑ふた。所詮他は他、我は我趣味で行く外はない、と詮らめをつけた熊次は、滅多に読んだものの所感を語る事もなかつた。大阪に来てS君と少しばかりそんな話をした。ハウプトマンの「織工」は面白かつた。それはゾラの「芽立ち」を思はする。京都のT君もさう云つて居た、とS君が応じた。同じ人の「淋しき人人」は、結末の主人公の水死が唐突だ、と熊次が曰ふ。他に結びやうがあらうか、とS君は穏に諍《あらそ》ふた。詩壇の先進S君の詩を何と見る？　落梅集の詩人は、抱負を裏切る似而非謙遜が気障《きざ》、と浪華の詩人は謂ふのであつた。

▼『小説　富士』第三巻（福永書店、昭和二年）

北原白秋（*1885–1942*）

藤村、晩翠の併立に次いで、詩壇はまた泣菫と有明とに興味ふかい其後の対照者を見出した。ただ別格の晩翠を除く三詩人には日本詩歌の伝統としての本流の繋りが因縁的にかの秋夜星座の図に見るがごとき金の直線を感ぜしめた。

泣菫の処女詩集『暮笛集』の上刊は三十一年の十一月、即ち『夏草』の翌年であつて、『天地有情』とは同年の版であつた。

キーツを愛慕したといふこの新詩人の多感にして才思《さいし》、奔逸《ほんいつ》の趣ある、『若菜集』の情熱に比して些《いささ》か度は薄いかと思はせたが、彼にもまさる近代の閃《ひらめ》く雑色が朱に紫に入り交つた。その語感にも措辞にも調律にも附き纏《まと》つた一種の泣菫癖はその独自の新彩に於て却《かへ》つて時人を蠱惑《こわく》する何かがあつた。その漢語と雅言との意識的交錯については、時には何の吃々《きつきつ》かと世の評者をして怪しましめ、「聴官の訓練発達未だ足らず、恐らく楽耳《がくじ》を欠く人なるべし。」宜しくその訓練を計れとの好意的忠告をも敢てせしめた。しかも衆口はほぼ藤村に雁行するの詩人として一致したやうである。思ふに耳疎き雅言の駆使にも既に来るべき古典的風格の大成は予感されたのである。

▼『明治大正詩概観』（『現代日本文学全集　第三七篇』昭和四年）

河井酔茗（*1874–1965*）

然し詩語に於ては何としても前述の通り泣菫は異彩を放つてゐるが、更に彼は何ういふ体系に属する詩人かといふに、抒情詩人のやうでもあり、象徴詩人のやうでもある。

尤も泣菫にはこれはまぎれもない象徴詩だといふほどに際立つた象徴詩は余り多くはない。象徴詩のやうな抒情詩のやうな作品が多いのである。泣菫も有明と同じく、初期は藤村その他の影響を受けて抒情詩を作つた。「暮笛集」一巻はそれを代表してゐる。第二集「行く春」になると稍象徴詩めいた作品も加はつてきてゐる。その中に「破甕の賦」といふ詩がある。

　火の気絶えし厨に
古き甕は砕けたり

人のかこつ肌寒を

甕に身にも感ずるや

と歌ひ出して、砕けた甕のかけらに落ちる光を憂ひ、美しいものの脆さを嘆いてゐる。この詩の如き今一歩進めば象徴にも触れさうであるが、先づ詠嘆に止まつてゐる。詠嘆と云つても有り来りの感傷ではなく、新しい技工があるから感興は深い。

▼「詩語の考察」（『日本現代詩研究』昭和四年一〇月）

佐藤春夫（1892–1964）

（佐藤春夫の自伝的小説。主人公の「彼」は春夫、「三講師」の一人石田は生田長江、他の二人は与謝野鉄幹と石井柏亭と思われる。）

…彼は三講師の帰京と同行するつもりで、兼ねての歯治療の京都行を決行したわけであつた。他の両先生は和歌の浦へ上陸するとともに所用を帯びて大阪に行くといふし、石田先生は序に奈良を見物するといふので彼は石田先生が気軽るに何くれとなく話してくれるのを喜び慕うて石田先生と奈良へまはることにした。彼はまだ他の迷惑などを考へてみることさへ知らない若さであつた。いやならば先方で拒絶するだらうから位な単純さで随従した。法隆寺の見物にまで放れないでついて行つた。石田先生は日ざかりの大和の平原の木影もない田圃道のなかを諄々と日本美術史概論、奈良朝時代ともいふべき章を説いて聞かせてくれた。こちらにその下地が絶無だから十分には会得出来なかつたが、話術に長けたこの先生の話は題目の如何にかかはらず面白かつた。それからこれも一種の言文一致といふべきか、石田先生が文章で書かれてゐるやうな口調で話されるのを彼は珍らしく思つた。例えば「泣菫に、「ああ大和にしあらましかば」といふ詩がありますね、かの一詩あるがために大和の地はその風物の外に我々旅客に一種格別の美を感得せしめるのを認めるでせう。詩人の自然から奪ひ、奪つたところのものに更により多くを附加して返却するもの概ね斯の如し」と話すやうなのである。石田先生との奈良に於ける四五日は楽しく過ぎて京都の歯の治療は毎日二三十分間位、終り頃には一時間近くも我慢してそれでも一ヶ月近くかかつた。

▼「若者」（『文芸春秋』昭和九年一〇月）

後藤宙外（1867–1938）

薄田泣菫君は、今では、関西詩壇の元勲といふことになつて居る。若い頃より謹厚な人ではあつたけれども、一面へうきんな所もあつて、即席の写生漫画を書いたりして、笑はせもしたのである。話をするにも、飽くまで、温雅な態度で、落着いて語るのであつたが、折々、滑稽味たつぷりな警句を吐いて、鼻の上に皺をよせて、静かな、穏やかな微笑をもらし、そして、人には腹を抱へさせる事もあつたのである。私と一緒に、会津地方に旅行された際、途中福島県の郡山駅前の川島屋に、一夜、泊つた際のことである。私は疲労をなほす為めに、按摩を呼んで、肩を揉ませたのであつた。その様子が、如何にも、をかしかつたものと見え、泣菫君は、直ちに、傍らの硯箱を引き寄せ、あり合せの巻紙に、漫画風のスケッチをやつたのが、私の手許に今も遺つてゐる。襟巻を頭からスッポリ被つた八字髭の男が私で、紋服を着た盲人に、頭を揉ませてゐる図が面白く書かれてゐる。そして、御当人は横に臥て、頬杖をついてゐる。その後姿も簡単な筆でよく出来てゐる。按摩さんの口に近く「三味線は親を泣かせる声がするだ」と言葉がきが添へてある。この旅舎の奥座敷から絃歌の声でも聞えたものであつたかと思ふ。

▼『明治文壇回顧録』（岡倉書房、昭和一一年）

岡本かの子（*1889–1939*）

その詩風は日本の古謡古詞の巧な復活の中に、羅典風な感触がある。滋美で格調が正しく、しかも大らかで、これこそ、真の芸術の魅力と思はれる。詩に代つて現はれた随筆には、およそ人間の教養の限度を示すかのやうに、人生のあらゆる部門の観察、批判、紹介が多く事物の趣味に即して語られた。また、そこに典雅優麗な文体が、枯淡と洒脱の円熟を加へて示されてゐる。

▼「教養の最高限度」（「薄田泣菫全集内容見本」昭和一三年、創元社）

菊池幽芳（*1870–1947*）

長い交遊中に、私の到底及ばぬ事として、羨みもし感服もして居るのは、泣菫さんの驚異すべき記憶力である。凡そあの浪漫的な香の高い詩を作つた人とは思はれない対蹠的な皮肉屋で、かうした頭脳の持主であればこそ、あの『茶話』の生れる訳も合点がゆかう。この『茶話』くらゐ泣菫さんに打つてつけの名題はあるまいと思ふもので、天下一品の称ある所以である。

▼「博覧強記の皮肉屋」（同上）

尾関岩二（*1896–1980*）

謀を帷幄の中に回らし、兵を千里の外に用ふるものは名将中の名将であるといふ。此言にしてもし真ならば、自は六尺の病床にあり、足は門外一寸の土をだも踏まぬに、よく深山大沢の様を写し、広大無辺の自然を吟じ、古今の人生を叙する者があれば、これこそ真に尊敬すべき詩人でなければならぬ。

薄田泣菫氏こそは真にその人である。泣菫氏の随筆は茶話を除くほかは全部が病中の作であるといつてよからう。しかもその茶話の後半では既に病気はいつか、詩人の肉体を蝕ばみつつあつたのである。

肉体に病を得て、人と交るときが少くなり、ひとり憂々として楽しまないやうな人ならば、たいていは、人生を嘲罵するか、冷眼視するか、精神的にも、肉体と同じい病気が現はれることが通例である。

それにも拘はらず、泣菫氏の文章はますます明るく、ますます親愛の度を加へて、読者の一人一人へ、やさしい言葉をかけてくれてゐるのである。まだ健康であつた「茶話」時代には、まだ多少皮肉があつたり、こしらへたユーモアがあつたりした。だが病気と反対に、さういふ俗なもののたくんだものがとれて行つたのは、どういふ心の消息を語るものでは《ママ》あるだらう。「太陽は草の香がする」「猫の微笑」「大地讃頌」「草木蟲魚」「樹下石上」「独楽園」これらの書物の題だけをあとづけても、その人の明るさ朗らかさは判るやうな心持がされるではないか。

病気にならなかつたら、もつと俗な仕事をしたい人であつたかも知れぬ。もつとつまらぬ事務に心を労する人であつたかも知れぬ。それが病気といふものを契機として、一切の俗務をすてて専心文学の途を進み得たことを、私は、この人のために不幸中の幸であつたと思はずにはゐられないのである。とはいへ、彼の心はもう充分に練れ、鍛へられてゐる。今はたゞどうかしてもう一度元気な散歩好きな、そして俗務をもさう重荷とせずに処理して行く泣菫となられる事を念じるのだ。

泣菫氏の詩作生活は早く閉じられた。丁度藤村のそれと前後して閉された。しかし形の上の詩だけが詩であるわけではない。

ことにエッセイが理智の詩であることは既に論じつくされたことであつて、私は小説よりも随筆の方がより多く詩であり、その点で、藤村氏よりも泣菫氏の方がより多く詩人であるのではないかと思ふのである。

泣菫氏が童謡の創始者であつたことも、あまり世間では知るまい。泣菫氏の詩集を開く人たちには、すぐ「子守唄」てふ一群の詩が収められてゐるのを見るであらうが、詩心は即ち童心であるてふことは、私の長く提唱するところであつたが、私は私にかく近いところに、この人を持つことが、私にとつての一つの強味となつたのである。

大毎在社当時、私の童話創作に関しても、たびたび励ましの言葉をかけてくれたのは、私にとつて、終生忘れ得ぬ感激であつた。

また泣菫氏は自然を、芸術を、そして人生を鑑賞するに、実に豊かな、真面目な態度を失はない人である。

世のユーモリストには、さういふまじめさは、とかく忘れられ勝であり、ユーモアは、いつもユーモアの為のユーモアであらうとするのに、この詩人は、決してユーモアをもてあそんだことはないのだ。

人生を、芸術を、自然を常に端的に見て、それに的確な表現を与へて来てゐる。

彼の歩んで来た道はひとりの道であつた。彼は多くの友と交はり、多くの人に愛され、多くの人に敬はれて来た。しかも彼の道はただ一人の道であつた。

大道ではよしなくとも明治、大正、昭和をつらぬく独自の道が、そこには通じてゐるのである。

▼「泣菫を語る」(『人生の山河』人生社、昭和一六年)

室生犀星 (*1889–1962*)

私が会計課を去らうとして、机の抽出しの物をまとめてゐると、雇員の平岡といふ人がちよつとの暇に読みかけた本をちらりと眼に入れた。本といふものに気狂ひのやうになつて見たくなる私は、机の抽出しの物をまとめることをあとにして、すぐ、平岡さんのところに行つた。

「その本見せて」

「この本か」

彼は一冊の横綴ぢの本を見せた。それは薄田泣菫の詩集「行く春」だつた。へいぜいから、どこか変つてゐるやうなところのあるこの人は、やはりかういふ本を読んでゐたのだと、私はやつと「行く春」といふ本の名前は知つてゐたが見たのははじめてだつたので、悸乎として平岡さんの苦笑してゐるやうな顔を見つめた。私はこんなに人といふものに驚きを深くしたといふことはなかつた。二年近くも毎日一緒にゐて、この平岡さんがこんな立派な詩集を読んでゐようとは、ちつとも知らなかつたからである。私は平岡さんにこの詩集をかしてくれぬかと頼んだが、平岡さんはやはり苦笑していまにかしてやる、と云つたきり抽出しにしまひ込んだ。私なんぞが読んでも分るまいといふ気と、私にかすには彼にあまりにも大切な本であることが、わかるのであつた。たうとう彼はそれきり詩集を見せてくれなかつた。

▼「詩集「行く春」」（『泥雀の歌』昭和一七年五月）

百田宗治（*1893–1955*）

泣菫詞藻の綾を集めた絢爛哀調の妙味は私たち青年時代の記憶にふかく沁みこんで、時代の陽のひかり、手触り、物の香りまで、新しく巻を披くごとに甦つて来る思ひがする。日本の近代詩もこの豊熟した峠路を経て来たものであることを後学の人たちは深く銘記するがよいであらう。

薄田さんにはたうとう最後までお目にかゝらずに過ぎた。大阪毎日の「茶話」でその博識と機智の妙を発揮されたのも一代の詩人の終りを飾られたものとしてふさはしいと思ふ。

▼「薄田泣菫」（『現代詩』昭和二三年二月）

折口信夫（*1887–1953*）

私の生れたのは、大阪の町である。東京を外にしては、文化の上から言へば、これに越した幸福な土地はない訣であつた。書物は新刊の月日を多く隔てないで見る事が出来た。たゞ雑誌は極めて普通なものゝのほかは、見る事が出来なかつた。当時読者の少かつた文学に関する類の本は、殊に目に入る場合が少い。私の家では、文学書を見させる事を忌んだ父が、まだ健在であつて、軟らかな書物を見るためにはどれ程辛苦したか、今も身にしみて覚えてゐる。それでも、明治三十二年四月中学生なつて間もなく、土井晩翠さんの『天地有情』を当時上級四年であつた要蔵さんと言ふ先輩から見せてもらつた。さうして「丞相病ひ篤かりき」など言ふ句を教へてくれると共に素朴な鑑賞法もさづけてくれた人である。同じ月に薄田泣菫の『暮笛集』も出た筈だが、これは翌年になつて仲兄に教はつて、当時南本町にあつた金尾文淵堂で求めた。今から思へば、出版史の上に書いてよい当時としては豪華な本で、而もこれが自分の手で最初に購うた書物だけに印象が深い。金尾の二階には当時泣菫さんが居つて、主人種次郎君の代りに、帳場格子に坐つてゐられる事が多かつたから、顔を見知つたといふ以上に、何か深い影響を蒙つたに違ひない。

▼「詩歴一通——私の詩作について」（『現代詩講座』第二巻
創元社、昭和二五年）

宇野浩二（*1891–1961*）

薄田泣菫といへば、私が、若年の頃、（十七八歳の時分に、）愛読した、第一詩集『暮笛集』の巻頭の、『詩のなやみ』の最初の、

　遅日《ちじつ》巷《ちまた》の塵にゆき
　力ある句にくるしみぬ
　詩はわたつみの真珠貝

といふのを、今でも、暗記してゐるほど、私の、青春の、あこがれの、詩人である。

　これは、私ばかりではない。ある時、ある会で、辰野隆と久保田万太郎のちかくの席にすわつた時、私が、なにかの話のきれめに、ふと、泣菫の詩のことを、述べると、その話がをはらぬうちに、辰野が、あの有名な『公孫樹下にたちて』のはじめの、

　ああ日は彼方、伊太利《イタリア》の
　七つの丘の古跡《ふるあと》や、
　円《まろ》き柱に照りはえて、
　石床しろき回廊《わたどの》の

と、癖の、口を長方形にひらき、目をランランとかがやかせながら、情熱をこめ、唾《つばき》をとばしながら、朗誦しはじめた。（私は、その辰野の姿を見ながら、その辰野の朗誦を聞きながら、ひそかに、涙をながさんばかりに、感激した、ああ、論をすれば、しばしば、はげしい敵になる、辰野よ、……と、これを書きながら、私は、また、感激を、あらたにするのである。）

　ところが、辰野が、

　きざはし狭《せば》に居ぐらせる……

と、つづけてゐるのに、いきなり、久保田が、そばから、ひきとるやうに、

　青地襤褸《あをぢつづれ》の乞食《かたゐ》らが、
　月を経て来む降誕祭《くりすます》、
　市の施物《せもつ》を夢みつつ……

と、肩をゆすりながら、鼻の穴をふくらませながら、夢中になつて、朗誦しはじめた。すると、辰野が、また、……と、書きつづければ、はてしがないのである。そのうちに、辰野と久保田が合唱しだした。ここらで、私も、夢中になつて、

　ここ美作《みまさか》の高原《たかはら》や、
　国のさかひの那義山《なぎせん》の
　谷にこもれる初嵐、
　ひと日高みの朝戸出《あさとで》に、
　遠く銀杏《いてふ》のかげを見て……

と、やりたいところであるが、遺憾なるかな、私には、胸にあまる感激だけがあつて、声に出せないのである。

▼『芥川龍之介』（文芸春秋新社、昭和二八年）

和辻哲郎 （*1889–1960*）

　わたくしが興味を持つたのは、小説よりもむしろ新体詩であつた。その頃わたくしはどういふ縁でか『文庫』といふ雑誌を購読してゐて、それに載つてゐる河井酔茗、横瀬夜雨、伊良子清白などの作品を愛読した。尤もこの『文庫』には詩のほかに写生文のやうな小品文が載つてゐて、それが言文一致体で、非常に清新な印象を与へた。また小島烏水などの連中の日本アルプス登山記はその頃にもう連載されてゐたやうな気がする。だから『文庫』の

記憶は詩のことだけに集中してゐるわけではないが、しかし『文庫』を購読してゐた縁でわたくしは間もなく『明星』を購読するやうになつたのである。といふのは、或る月極め読者が急にやめることになつたので、あとを引受けないかと西村書店の主人からす、められたのである。さういふ機会でもなければ、店頭で『明星』を見かけるなどといふことは、姫路の町では到底あり得ないことであつた。で、わたくしは『明星』が創刊されてから三年目位で、『明星』の愛読者になつたのである。短歌よりも新体詩の方に魅力を感じた。特に薄田泣菫や蒲原有明などの詩が好きであつた。

▼「中学生（二）自叙伝の試み（二十）」
（『中央公論』昭和三三年一〇月）

永瀬清子（*1906–1995*）

（泣菫の詩「公孫樹下にたちて」について。）

…その詩は百行もある長詩なのに、久保田万太郎、辰野隆、宇野浩二といった人々は老年になっても盃をあげては朗誦したと云われているし、私の知る有本芳水さんも明治三十八年早稲田に入ったばかりで三木露風と下宿を共にし、朝、雨戸をあける時はもうこの「公孫樹下にたちて」を朗誦していました、と語られた。

そこには「公孫樹」つまり銀杏の大木がそそり立ち、詩人は、その樹が青空に高く朝日にてりはえる姿を、

見れば鎧へる神の子の
陣に立てるに似たりけり

とまずながめるのであるが、やがて那岐山《なぎせん》（岡山県北部の山）おろしの北風との凄壮な戦いをその樹は戦い、ついに全て落葉しつくして裸身の姿を露わにするのである。

黄泉《よみ》の洞なる恋人に
生命《いのち》の水を掬《むす》ばむと
七つの関の路守に
冠《かむり》と衣《きぬ》を奪はれて
「あらと」の邦におりゆきし
生身素肌の神の如

と、つまり地獄へ愛人を求めゆくため、その途中、代償として冠や衣をはぎとられていく女神の事を泣菫は直喩しながら銀杏の姿を描いているのである。それは雄々しい戦いであり、泣菫は最後にその激しい姿と心の高揚こそ、人生の栄誉であり、価値であり、幸福であると結んでいる。つまりイシュタル女神の冥府行の神話はこの詩において象徴的なテーマになっているわけである。

がしかしこの詩が成った理由には、今一つ詩人の心の底の琴線にふれている契機があったので、彼は長法寺のほとりを散策した時、「姉なる人」を訪ねて津山へ来たのであり、その人と共に長法寺を訪れた。つまりこの詩はその直後にかいた詩なのであり、感動が強く出ている。その人、竹内文子という女性は何者だろうか。泣菫が十七歳の時、郷里の中学を中途退学し、京都へ出て同志社大をめざして、しばらく寄宿したのがこの竹内夫妻の家であった。文子は彼より九歳年長の女性であり、夫はキリスト教の伝道をしていたが、不幸病死したので文子は津山へ帰り、南新座という所に「竹内女学校」の看板をかかげ、あらん限りの力をふるって子女の育成につとめ、祖父母、父母、父の妹、二人の男児

の大家族をかかえながらも、立派に教育者、経営者としての仕事をつとめていたのである。

文子は津山藩士の娘で神戸女学校に学び、英語、漢文にも達者なキリスト者であったが、彼女がその明治三十年代に女として職業と家事を両立させながら自分の能力をフルに働かせていた事は、泣菫の心をどのように打ったかしれない。実の姉が夫の死とともに生家で父母の厄介になっているのをみるにつけても感動に価する文子の姿ではあったろう。その尊敬と嘆賞の心がこの「公孫樹下にたちて」の中に生かされ、イシュタルを象徴し文子にささげる詩として成り立ったのだと思う。

▼「「いしゅたる」について」(『いしゅたる』昭和五九年一月)

田辺聖子(1928–)

実は私も『茶話』を読んでそう感じたのだが、泣菫はコラムニスト・エッセイストというより、むしろ作家肌の人ではないかと思った。話のつくり方がうまく、会話がうまい。これは完全に小説家の会話である。たとえていえば、作家の感性と、随筆家の批評精神と、詩人の言語感覚、新聞記者の材料取捨のカンを、持っていた人ではないかと思われる。

で、私もたのしんで『茶話』を読んだのだが、ことに面白かったのは、彼の写しとった大阪弁・京都弁である。

泣菫は岡山の産だが、若くして上京し、ついで関西地方に住み、詩作活動をつづけた(大阪毎日新聞に入社したのは三十五歳のときで、新聞のコラムに連載したのが『茶話』である。これがたいそう人気を博して、新聞の紙価を高からしめたといわれる)。

関西住いが長いので、大阪弁・京都弁に馴染《なじ》んでいたろうが、馴染んでいれば書けるというものでもないので、そのへんのカンどころが、やはり詩人の言語感覚でもある、と思うのだ。

泣菫といえば私たちは〈ああ大和にしあらましかば〉を思い出す。(略)

これを暗誦している人もあるが、この詩は眼でその韻律をたのしむもので、口誦してみても、べつに楽しくはない。舌になめらかにのりにくい。これよりは白秋の「邪宗門」なんかのほうがずっと朗誦に適《あ》う。泣菫は字面のイメージを楽しむ詩である。

もっとも『明星』の与謝野鉄幹らと仲がよくて『明星』創刊のときには、こんな詩をおくって励ましている。

〈聞けば秀才《すさい》ら君を推し
都に詩歌の集会《しゅゑ》組むと
誉《ほまれ》ある名を身にうけて
桂の冠ながく得よ〉

これは『明星』調のなめらかで昂揚した詩句なので、鉄幹や晶子にはことにも喜ばれたらしい。『明星』関係者らは折あるごとにこの詩を唇にのぼせて楽しんだようである。

ともあれ泣菫の真骨頂は詩句のイメージのぶつかり、照り映える光耀《こうよう》をたのしむところにあり、〈ああ大和……〉なども、さながら正倉院御物が身辺に浮游するような思いを抱かされる。

そういう詩人が、大阪弁を書きとめるとどうなるか。

実に軽快で字面も美しい。大正八年一月十二日付の『茶話』に〈贋治郎の涙〉というのがある。

初代鴈治郎《がんじろう》は北の新地の芸者喜代次を愛していたが、三十四という若さで喜代次は亡くなってしまう。鴈治郎は老いてから若い二号はんに先立たれ、〈まるで雷にでも打たれたやうにぽかんとして〉、〈どないなるのやらう、まるで夢のやうやな〉と言い言い暮している。悪戯者《いたずら》の実川延若《じつかわえんじゃく》が、

〈兄さん、そないくよ〳〵考へてばかしゐても仕やうおまへんぜ。もっと気を大きく持ちなはれ〉

〈わてもそない思うてんのやが、つい那女《あれ》の事が思はれるもんやよってな〉

鴈治郎が悲しそうに目をしょぼしょぼさせるのへ、延若はにやにやして、

〈兄さん、気晴らしに一遍遊びに往《ゆ》きまひょかいな。あんたに見せたい〳〵と思うてる妓《こ》が一人おまんのやぜ〉

〈もう〳〵、そんな話聞くのも厭や〉

鴈治郎は〈老《とーよ》った尼さんのやうな寂しさうな眼もとをして、掌《て》をふった〉が、延若が、

〈でも、先方《むかふ》が、一遍兄さんに会ひたい〳〵言うてまんのやぜ〉

というと、

〈さよか、先方がそない言うてるのんやと――〉鴈治郎はみるみる相好《そうごう》を崩し、〈会うだけなら一遍会《お》うても構やへんな〉

とんとんと文章がはこんで、詩のような晦渋《かいじゅう》のあとをとどめない。万人に受けそうな文章になっているのだが、右の延若のセリフ中で〈気を大きく〉は「気ィ大きゅう」か、または「気ィ大きィに持って」とすべきであろうし、〈やぜ〉は「やで」ではないかと思うが、あるいは明治・大正は〈やぜ〉という語尾が行なわれたかもしれない。しかし大正期ののんびりした味わいの大阪弁が活写されていて面白い。

（中略）

泣菫はたいそう博識で学殖ゆたかな人だったらしくて、『茶話』には洋の東西を問わず有名人のエピソードが羅列されているが、それに泣菫一流の警句と箴言《しんげん》の味つけがされており、職業や年齢、身分の貴賤に応じて会話の雰囲気が書き分けられている。

だからみな大阪弁で書いてあるわけではない。

しかし大正の初期、すでにこんなにデリケートに大阪弁を紙上にとどめていることに私はちょいと感じ入らされる。

そのあたりの事情が、泣菫をコラムニストではなく、作家だと思わせられるのである。大阪弁に対する興味の持ちかたが、コラムニストのそれではなく、作家の興味である。コラムニストは展開した論理に向ってわき目もふらず、計算通りにおとしこむ性急さがあるが、泣菫は、わき道にそれて大阪弁のおかしさを悠々とたのしむ。

▼「明治・大正の大阪弁（その二）――大阪弁の陰影」子『大阪弁おもしろ草子』昭和六〇年九月、講談社）

泣菫とキリスト教

夙に松村緑が指摘がするように、泣菫作品には聖書や賛美歌の知識がなくては書けない筈の詩句が見られる（「薄田泣菫とキリスト教」『本の手帖』昭森社、昭和四三年六月）。キリスト教に入信したこともない泣菫とキリスト教の接点は、いついかなる形であったのか。まず思い出されるのが泣菫が一時身を寄せた同志社（予備校）であろう。しかし、ではなぜ同志社だったのか。たとえば、梅渓昇はその理由として当時関西文芸雑誌の代表格だった『同志社文学』、あるいは「英文学研究の開拓者的役割を演じていた」同志社の教育や教授陣に魅力を感じたのではないかと推測する（『鷹陵別冊　古都散策』佛教大学通信教育部、昭和六三年九月）。

一方で、明治初期の岡山キリスト教伝道をみてみると、同志社はその中で大きな役割を果しているころがわかる。明治一三年には同志社出身の金森通倫を初代牧師として、岡山基督教会が設立されている。泣菫の京都での寄寓先の主、馬場種太郎も一四年頃この金森から洗礼を受け、一八年には岡山市内東中山下に建てられた同教会新館の献堂式で演説をしたという（『山陽新報』同年一二月四日）。先の松村緑の文章によると、この教会が泣菫の下宿先から尋常中学校への通学路上にあることから「遠からぬ場所にあつたこの教会をのぞいたことがあつたかも知れない。（中略）同志社の知識は、この教会を通して耳に入つたものであろう」という。また、馬場種太郎は備前市香登《かがと》の最初の信者としても知られるが、泣菫の尋常中学校一年級の同級生にも同じ香登出身の馬場一二という者がいた。この人物は信者ではなかったようだが、現在の香登教会関係者の中にもその名前を覚えている人がいるほどで、泣菫に紹介できるような種太郎との接触がこの人物との間にあったかもしれない。こうした状況・交友関係の中で馬場種太郎夫妻、さらには同志社との接点が生まれた可能性もあるのではないか。

この他、泣菫の従兄弟で仲のよかった高戸猷という、倉敷教会で活躍した信者もいる。泣菫がキリスト教を信仰することはなかったにしろ、キリスト教の知識を吸収する場面は意外と多くあったのかもしれない。

（西山康一）

▲明治期の岡山基督教会（明治43年頃撮影、日本基督団岡山教会編『岡山教会年史』上巻、昭和60年9月より）

薄田泣菫 年譜

（※年齢は数え年で表記した）

明治一〇（一八七七）年……一歳

五月一九日、岡山県浅口郡大江連島村（現、倉敷市連島）大江八〇四番地に、薄田篤太郎・里津の第二子（三歳上に長女アヤがいた）として生まれる。

明治一三（一八八〇）年……四歳

七月一四日、弟鶴二が生まれる。

明治一五（一八八二）年……六歳

一〇月、薄田本家一〇代目当主の如圭が後嗣のないまま没したため、遺言により分家の篤太郎が本家を継ぐ。それにより本家のある同村大江一二八四番地へ一家で移る。

明治一六（一八八三）年……七歳

連島小学校（当時は知新小学校とも。現、連島東小学校）初等科に入学。その後、学制の変更などにより西之浦小学校（当時は西浦小学校とも。現、連島西浦小学校）、玉島小学校（現在も同名）と転校を繰り返す。

明治二四（一八九一）年……一五歳

三月、玉島高等小学校を卒業。九月、岡山県尋常中学校（現、岡山県立岡山朝日高等学校）に入学。

明治二六（一八九三）年……一七歳

秋～初冬頃、岡山県尋常中学校を退学して、京都の室町上立売の竹内（馬場）種太郎・文子の家に下宿し、同志社予備校に通う。

明治二七（一八九四）年……一八歳

春～初夏頃、上京して牛込区（現、新宿区）宮比町にあった宮内黙蔵（鹿川）の漢学塾聞鶏書院に寄宿。そこで鹿子木孟郎と満谷国四郎という同郷の洋画家たちと出会い、生涯の親交を結ぶ。

明治三〇（一八九七）年……二一歳

五月、『新著月刊』に投稿した「花密蔵難見」総題とする長短十三篇の詩が、同誌第二号の新体詩欄冒頭に掲載される。麹町区（現、千代田区）六番町の漢学者三好正気方に寄宿していたが、徴兵検査のため間もなく連島に帰郷、検査で胸部疾患が見つかったためそのまま病身を養う。

明治三二（一八九九）年……二三歳

九月以降、泣菫の評価をめぐって、『帝国文学』記者と『新著月刊』編集者の後藤宙外との間で論争が起こる（翌年五月まで続く）。一一月、第一詩集『暮笛集』（金尾文淵堂）刊行。『ふた葉』の新体詩欄を担当。

明治三三（一九〇〇）年……二四歳

一月、「鉄幹君に酬ゆ」を『ふた葉』に発表。六月、三宅薫が婿養子を迎える。金尾文淵堂の客となり大阪に在住。七月、後藤宙外と初めて会う。八月、関西旅行中の与謝野鉄幹と会う。

同年秋、再度会う。一〇月、『小天地』創刊。泣菫は編集主任を務める。一一月、「破甕の賦」が『明星』第八号に四号活字で掲載される。一二月、大阪毎日新聞社に入社。『小天地』主任を辞す。

明治三四（一九〇一）年……二五歳

二月、大阪毎日新聞社を退社。『小天地』主幹となる。四月、上京。後藤宙外と会津東山温泉に遊ぶ（六月帰郷）。一〇月、第二詩集『ゆく春』（金尾文淵堂）刊行。一〇月二九日、竹内文子を訪ねて津山へ旅する。日蓮宗本長寺に移転。

明治三五（一九〇二）年……二六歳

一月、「公孫樹下にたちて」を『小天地』・『中学世界』に発表。三月一九日、神戸港に島村抱月の外遊を見送る。目を患う。胃病を併発。居を金尾文淵堂に戻す。四月七～八日、京都旅行。

明治三六（一九〇三）年……二七歳

一月、『小天地』休刊。五月、「金剛山の歌」が『新小説』に四号活字で掲載される。六月、「雷神の歌」を『明星』に発表。七月、父篤太郎、上阪し、博覧会を見物。八月、京都岡崎満願寺裏の小林方に転居。一〇月一七・一八日、富小路四条下ル四条教会での同志社文学会並びに四条基督教青年会主催の文学講演会で詩の朗吟をする。鈴木鼓村を知る。

明治三七（一九〇四）年……二八歳

二月、日露戦争が勃発し、帰郷。六月、与謝野鉄幹、晶子の次男に「秀」と命名する。

明治三八（一九〇五）年……二九歳

五月、第三詩集『二十五絃』（春陽堂）を刊行。六月、詩文集『白玉姫』（金尾文淵堂）を刊行。九月、日露戦争、講和条約。弟鶴二、満州より帰る。一〇月、京都へ戻る。一一月、「あゝ大和にしあらましかば」を『中学世界』に発表。

明治三九（一九〇六）年……三〇歳

一月、「望郷の歌」を『太陽』に、「わがゆく海」を『明星』に、「魂の常井」を『早稲田文学』に発表。四月、上京。山本露葉、岩野泡鳴、前田林外らと近県を旅行する。文芸協会に島村抱月を訪ねる。坪内逍遙に紹介される。新詩社の集会に列席。森鷗外の観潮楼を有明、泡鳴と共に訪ねる。綱島梁川と初めて対面する。五月、第五詩集『白羊宮』（金尾文淵堂）を刊行。一一月、京都市寺町通鞍馬口下ル高徳寺町に転居する。一二月、市川修と結婚。

明治四〇（一九〇七）年……三一歳

三月、下長者町室町通り西入ルに転居する。三月二四日、『国民新聞』に「京都」を発表。以後、『国民新聞』紙上に断続的に文章を掲載する。五月、金尾文淵堂が企画した『畿内見物大和の巻』（明治四四年三月刊行）の取材旅行で中沢弘光と大和を廻り、東大寺、法華寺、海龍王寺などを訪れる。九月一四日、綱島梁川が東京で死去。一一月二一日、長女まゆみが誕生。

明治四一（一九〇八）年……三二歳

二月、初めての随筆集『落葉』を薄田鶴二が興した獅子吼書房より刊行。また、七月には『新書翰』を、一二月には『名家書翰集』を、ともに薄田鶴二との共著で同書房より刊行。

明治四二（一九〇九）年……三三歳

二月、京都で高安月郊、厨川白村らと外国文学研究会の九日会を結成。四月、小説第一作「鬼」を『新小説』に発表。五月、「嫉妬」を『早稲田文学』に発表。同月、随筆集『泣菫小品』（隆文館書店）を刊行。この年の秋には生活に窮して故郷に戻る。

明治四三（一九一〇）年……三四歳

一〇月、平尾不孤をモデルにした「橘白夢の死」を『三田文学』に発表。

明治四四（一九一一）年……三五歳

三月、結城礼一郎から、新しく大阪で創刊された『帝国新聞』への誘いを受け単身上阪。九月、結城礼一郎などとともに帝国新聞社を退社。一〇月、長男桂が誕生。

明治四五・大正元（一九一二）年……三六歳

八月、大阪毎日新聞社（学芸部）に就職。一二月、発令を受け、社員となる。

大正三（一九一四）年……三八歳

八月、随筆集『象牙の塔』（春陽堂）を刊行。九月、父篤太郎が死去（享年七八歳）。

大正四（一九一五）年　三九歳

二月、次女和子誕生。三月、宝塚少女歌劇団が戯曲「お伽歌劇平和の女神」を公演。一二月、学芸部副部長となる。この年、夕刊の発行を始める。

大正五（一九一六）年……四〇歳

二月、「茶話」を『大阪毎日新聞』（朝刊）に五篇を発表する。好評により四月から夕刊での連載が始まる。一〇月、『茶話』（洛陽堂）を刊行。

大正六（一九一七）年……四一歳

パーキンソン病を発症。

大正七（一九一八）年……四二歳

二月、芥川龍之介を大阪毎日新聞社社友とする。

大正八（一九一九）年……四三歳

二月、学芸部部長心得となる。三月、芥川龍之介、菊池寛を社員として迎える。六月、『新茶話』（玄文社）を刊行。学芸部部長となる。

大正一〇（一九二一）年……四五歳

一月、紙上にて派遣留学生を募る。三月、芥川龍之介を特派員として中国に派遣する。

大正一二（一九二三）年……四七歳

九月、関東大震災が起こる。一二月、休職。

大正一三（一九二四）年……四八歳

『茶話全集　上巻　下巻』（大阪毎日新聞社）刊行。

大正一四（一九二五）年……四九歳

二月、『泣菫詩集』（大阪毎日新聞社）刊行。五月、出版部長として復職。一二月、休職。

大正一五・昭和元（一九二六）年……五〇歳

五月、随筆集『泣菫文集』（毎日新聞社）を刊行。九月、随筆集『太陽は草の香がする』（アルス）を刊行。同月、西宮市分銅町一三に転居した。

昭和二（一九二七）年……五一歳

五月、随筆集『猫の微笑』（創元社）を刊行。七月、芥川龍之介が自殺。九月、徳冨蘆花が死去。

昭和三（一九二八）年……五二歳

大阪毎日新聞社を休職満期で解雇となる。五月、詩集『泣菫詩抄〈岩波文庫〉』を刊行。一一月、コラム集『茶話抄』（創元社）を刊行。この年、長女まゆみが満谷国四郎の甥にあたる満谷三夫と結婚。

昭和四（一九二九）年……五三歳

一月、随筆集『草木蟲魚』（創元社）、六月、随筆集『大地讃頌』（創元社）を刊行。病が進行し、これらに収録された随筆は口述筆記による。

昭和五（一九三〇）年……五四歳

一月、『現代詩人全集』第二巻（新潮社）に、島崎藤村・土井晩翠・薄田泣菫の詩が収録された。

昭和六（一九三一）年……五五歳

一〇月、随筆集『樹下石上』（創元社）を刊行。

昭和八（一九三三）年……五七歳

八月、コラム集『茶話全集』増補普及版の上下二巻（創元社）を刊行。

昭和九（一九三四）年……五八歳

四月、随筆集『独楽園』（創元社）を刊行。

昭和一〇（一九三五）年……五九歳

三月、長男桂が京都帝国大学文学部を卒業し、大阪毎日新聞社に入社。同月、与謝野鉄幹が死去。

昭和一一（一九三六）年……六〇歳

八月、『薄田泣菫集〈新潮文庫〉』を刊行。

七月、満谷国四郎が死亡。

昭和一二（一九三七）年……六一歳

七月七日、盧溝橋事件、日中戦争開戦。この年、長男桂が阿部芳三郎の次女澄子と結婚。次女和子が林源十郎商店の末弟林六郎と結婚。

昭和一三（一九三八）年……六二歳

六月、後藤宙外が死去。一〇月、『薄田泣菫全集』全八巻を創元社より刊行開始（翌年七月に完結）。

昭和一四（一九三九）年……六三歳

九月、第二次世界大戦開戦。

昭和一六（一九四一）年……六五歳

四月、鹿子木孟郎が死去。一二月八日、真珠湾攻撃、太平洋戦争開戦。

昭和一七（一九四二）年……六六歳

五月、与謝野晶子が死去。九月、『童話と詩　蜘蛛と蝶』（新星社）を刊行。

昭和一八（一九四三）年……六七歳

三月、郷里連島で母里津が死去。四月、随筆集『人と鳥蟲』（桜井書店）を刊行。

昭和一九（一九四四）年……六八歳

二月、高安月郊が死去。三月、戦禍を避けて、次女和子の嫁ぎ先である岡山県倉敷市美和町の林六郎方に疎開。

昭和二〇（一九四五）年……六九歳

三月、弟鶴二が死去。七月、岡山県小田郡井原町（現・井原市）に再疎開。八月一五日、ポツダム宣言受諾、終戦。一〇月四日、連島の家に戻るが、人事不省であった。九日、尿毒症で死去。

薄田泣菫 ゆかりの地

❶東京
明治 27 年　牛込区宮比町の漢学塾聞鶏書院に寄宿。
明治 30 年　麹町区六番町の漢学者三好正気方に寄宿。
明治 39 年　上京。

❷会津
明治 34 年　上京し、後藤宙外と会津東山温泉で遊ぶ。

❸京都
明治 26 年秋　京都室町上立売の竹内家に下宿し、同志社予備校に通う。
明治 34 年 4 月　京都に旅行し、高安月郊と遊ぶ。
明治 36 年 8 月　京都岡崎満願寺裏の小林方に転居。
明治 39 年 11 月　京都市寺町通鞍馬口下る高徳寺町に転居。
明治 40 年 3 月　京都下長者室町通り西入ルに転居。

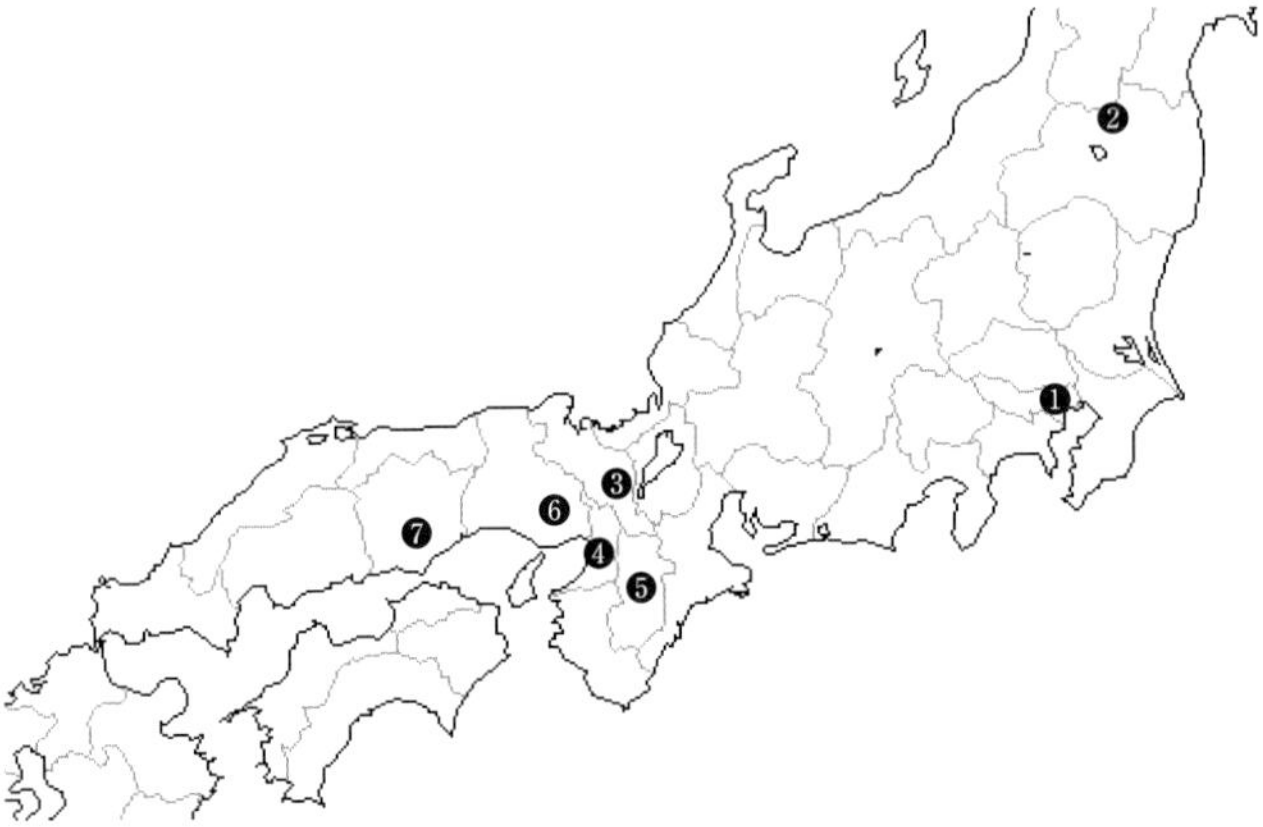

▲泣菫関係図

❹大阪
明治 33 年 6 月　金尾文淵堂の客となり、大阪に居住。
明治 34 年秋　本長寺へ転居。
明治 35 年　病のため、本長寺から金尾文淵堂に再転居。
明治 44 年　帝国新聞社入社のため大阪へ。
大正元年　大阪毎日新聞社入社。

❺奈良
明治 40 年 5 月　大和へ旅行。

❻西宮
明治 44 年　西宮川尻 2603 番地に転居。
大正 15 年 12 月　西宮市分銅町 23 番地に転居。

❼岡山・倉敷・津山・井原
明治 10 年 5 月 19 日　岡山県浅口郡大江連島町に生まれる。
明治 24 年 9 月　岡山県尋常中学校に入学。
明治 30 年徴兵検査のために連島に帰郷。
明治 34 年 10 月　津山へ旅行。
明治 37 年　帰郷。
明治 42 年秋　帰郷。
昭和 19 年 3 月　倉敷市美和町に疎開。
昭和 20 年 7 月　岡山県小田郡井原町に再疎開。
昭和 20 年 10 月 14 日　連島の生家で死去。

1 倉敷市連島・玉島

▲明治期の高梁川・霞橋（明治末撮影、倉敷市歴史資料整備室所蔵）

泣菫は幼い頃に接した故郷倉敷市連島・玉島の自然について、「小さな空想」（『山陽新報』昭和一一年一月四日）という文章で、次のように語っている。

高等小学校の三学年に入つた頃連島にあつた高等科は、玉島のそれと合併せられたので、私達（通学する者はたつた二人のみでした）は、毎日二里以上の道をとぼ〳〵歩いて玉島まで通つたのでした。連島を出はづれてから、玉島の東町に入るまでは田圃つゞきで、春は菜の花や、麦の穂が道の両側に押し並んでゐました。其の中を小さな頭のうちでいろんな空想を描きながら、歩いて往くのは此上もなく楽しい事でした。ある時は弁当箱から飯粒を取出し、これを懐中に忍ばせて来た釣針につけて、ハエ《ママ》やフナやドンコツなどを釣りました。気がついて駆け足で学校へたどりついて見ると、もう二時間目の課業が終らうとする頃だつた事もありました。

▲現在の高梁川・霞橋

文中で淳介少年が釣糸を垂らしているのは、連島と玉島の間を流れる高梁川のことであろう。当時、この高梁川を渡って通学するとなれば霞橋と呼ばれる橋か渡し舟を使ったと思われ、どちらを使って通っていたかは不明であるが（したがって文中の泣菫がどこで釣糸を垂らしていたかも不明であるが）、いずれにしろ何とものんびりとした学校生活である。

（西山康一）

2　津山

明治三四年一〇月二九日、泣菫は津山に向かう。竹内文子を訪ねての旅であった。この時の模様は「作の七日」（『小天地』明治三五年一月）に書かれている。

それによると津山駅（現　津山口駅）に到着したのは二九日夜で、その日は朝から雨が降り続いていた。竹内家に到着し、団欒を囲む。十一時に就寝した。翌日の天気は晴、九時頃家を出て竹内文子と一緒に津山城に向った。城から市街を眺め、津山城を北に下り、衆楽園を訪れる。

翌三一日は朝七時に起床。伯耆街道を歩き、高野神社、清眼寺、作楽神社を訪れた。この時、伯耆街道から見えたのが長法寺の公孫樹の樹をもとに「公孫樹下に立ちて」をつくったとといわれる。

（掛野剛史）

▲現在の津山口駅ホーム

▲竹内家跡

▼津山城から市街を望む

▲衆楽園

▲長法寺から伯耆街道を望む

▲作楽神社（『観光の岡山』岡山宣伝社、昭和 10 年による）

3　大阪　本長寺

明治三四年、金尾文淵堂に起居していた泣菫は住まいを谷町八丁目の本長寺に移す。この時期の体験をもとにしたのが「金剛山の歌」で、「『金剛山の歌』は大阪谷町のさる法華寺に住んでゐる頃、毎朝早く起きて郊外を散歩しましたが、華やかな朝日をうけて、葛城山の山嶺が金色に輝いてゐるのをよく見受けましたところから、こんな作が出来ました」（「詩集の後に」『泣菫詩集』大阪毎日新聞社・東京日日新聞社、大正一四年二月）と後年回想している。

現在、同寺には「明治の詩人　薄田泣菫　顕彰碑」が建てられ、わずかにそのゆかりをしのぶことが出来る。

（掛野剛史）

◀現在の本長寺

▼本長寺の薄田泣菫顕彰碑

4 西宮　分銅町

大正一五年一二月、泣菫は西宮市分銅町二三に転居する。戦時下に疎開した一時期を除き、ここが終生の住処となった。広い庭には種々の草花が植えられ、泣菫は「雑草園」と呼び、愛した。泣菫が校歌を作詞した安井尋常小学校（現　西宮市立安井小学校）もほど近い。

（掛野剛史）

▲分銅町の旧泣菫邸

▲現在の安井小学校

薄田泣菫　関連情報

1　薄田泣菫文庫

「薄田泣菫文庫」とは、倉敷市が薄田泣菫の遺族より寄贈を受けた資料約一七〇〇〇点の総称である。

この文庫は、平成一六（二〇〇四）年一一月、平成一九年一一月、平成二〇年四月の三度にわたって薄田泣菫の長男である薄田桂氏の長女野田苑子氏、次女森田佳香氏、三女大東柚香子氏より寄贈を受けた約一〇五〇〇点の資料と、平成二二年二月に薄田泣菫の弟薄田鶴二氏の長男である薄田博氏より寄贈を受けた約六八〇〇点の資料を基にしている。

平成二一年九月からは倉敷市が「薄田泣菫文庫調査研究プロジェクトチーム」を発足させ、「薄田泣菫文庫」の資料のうち、宛書簡についての調査を行い、合計九五名の書簡五六九通について翻刻、解説を行った『倉敷市蔵薄田泣菫宛書簡集』を平成二六年三月に作家篇、平成二七年三月に詩歌人篇、平成二八年三月に文化人篇を刊行した。

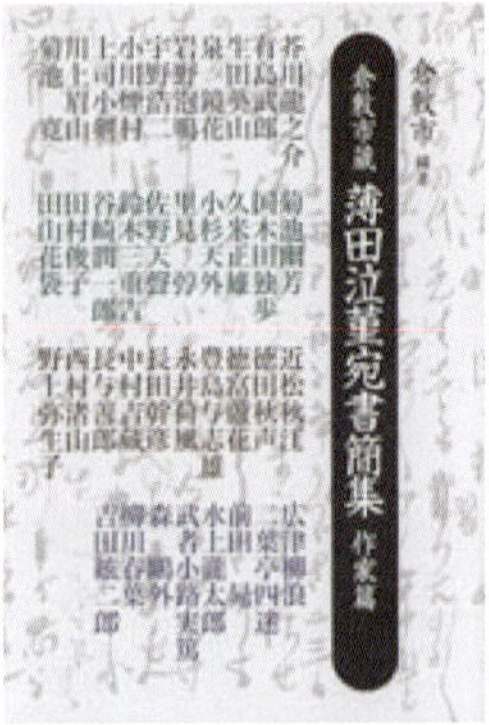

作家篇

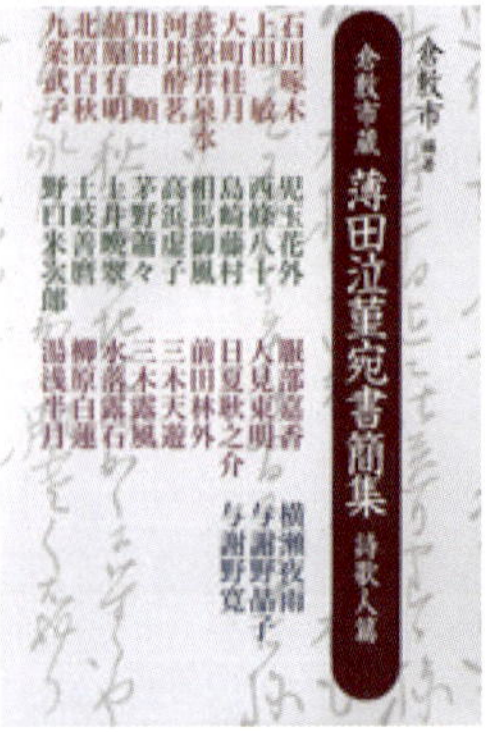

詩歌人篇

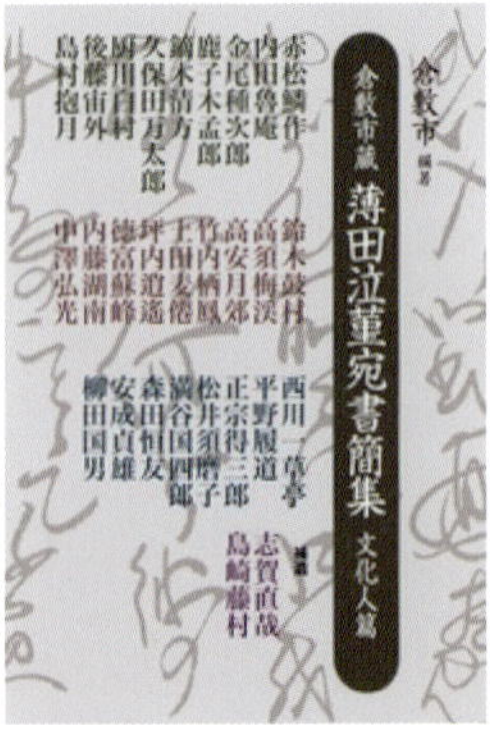

文化人篇

2 薄田泣菫生家

泣菫が生まれた倉敷市連島には今もその生家が残る。建物は江戸末から明治初めのものとされ、市が修復し、平成一五年七月五日に公開したものである。生家内の庭には梅、キンモクセイ、エンジュ、竹など七種が、裏庭には御所柿、夏みかんなどの果樹が植えられており、泣菫の随筆からそれらに関係する文章を紹介したパネルとあわせて、訪れる人の目を楽しませてくれる。また生家内には、泣菫が使用した机、書棚のほか、宛書簡や著作などが展示されている。

入館者数は平成二七年四月一二日に三万人を突破し、地域の人々の支えにより、地域に根付いた施設として今も訪問者が絶えない。

住所：倉敷市連島町連島一二八四

開館時間：九時～一六時半

入館料：無料

休館日：毎週月曜日、年末年始

交通：ＪＲ倉敷駅からバス（約20分）「大江バス停」下車徒歩５分

駐車場五台分

（平成31年3月現在）

3　薄田泣菫顕彰会

泣菫生家の保存運動をきっかけに、平成九年末頃に世話人会が発足し、平成一三年六月に松枝喬氏（故人）を代表に正式に発足した（現会長は山田錦造氏）。

　会員は泣菫の出身地である倉敷市連島町を中心に全国に及び、現在は有志約三〇〇名が集まる。薄田泣菫遺族の寄附による「薄田泣菫文庫」の形成については、同会の尽力によるところが大きい。

　泣菫生家の管理をはじめ、毎年の行事として、泣菫が没した一〇月に泣菫忌茶会、一一月三日の文化の日には、地元小中学校生による泣菫詩の朗読会の開催などを行っており、これらは現在では地域行事として定着している。こうした活動が認められ、これまでに「おかやま県民文化大賞」、「日本善行会表彰」、「倉敷市文化連盟奨励賞」を受賞。最近では、泣菫詩による歌曲をソプラノ歌手が歌唱する「泣菫を詩う」を開催するなど、新しい取り組みにも積極的である。

▲泣菫忌茶会

▲泣菫詩朗読会

4 薄田泣菫文学碑一覧

▲「ああ大和にしあらましかば」詩碑
昭和 29 年 11 月 23 日除幕
厄神社境内（倉敷市連島町西之浦 3815）
谷口吉郎設計。筆塚があり、泣菫が使用した筆や鉛筆を納めている

▲「ああ大和にしあらましかば」詩碑
昭和 35 年 3 月除幕　倉敷市立連島西浦小学校内

▶「公孫樹下にたちて」詩碑
昭和 40 年 11 月 28 日除幕
津山市井口長法寺内

▼「金剛山の歌」詩碑
平成元年 3 月建立
大阪市中央区上本町　東平北公園内

▲「ああ大和にしあらましかば」詩碑
泣菫生家内

▲「ああ大和にしあらましかば」詩碑
平成 29 年 9 月 6 日除幕
倉敷市立連島東小学校内

薄田泣菫に関する主な書籍

松村緑『薄田泣菫考』（教育出版センター、昭和五二年）
野田宇太郎『公孫樹下に立ちて　薄田泣菫評伝』（永田書店、昭和五六年）
三宅昭三『泣菫小伝』1～10（薄田泣菫顕彰会、平成一四～平成二四年）
木村真理子『百年目の泣菫『暮笛集』――『暮笛集』から『みだれ髪』へ』（日本図書刊行会、平成一四年）
満谷昭夫『泣菫残照』（創元社、平成一五年）
黒田えみ『薄田泣菫の世界』（日本文教出版、平成一九年）
松浦澄恵『薄田泣菫――詩の創造と思索の跡』（アーツアンドクラフツ、平成一九年）
倉敷市編『倉敷市蔵薄田泣菫宛書簡集』作家篇・詩歌人篇・文化人篇（八木書店古書出版部、平成二六～二八年）
三宅宣士『泣菫小伝（余光録）』（薄田泣菫顕彰会、平成三〇年）

薄田泣菫の著作

谷沢永一・浦西和彦編『完本　茶話』上中下（冨山房百科文庫）
谷沢永一・山野博史編『泣菫随筆』（冨山房百科文庫）
『泣菫詩抄』（岩波文庫）
『蒲原有明／薄田泣菫』近代浪漫派文庫

（掛野剛史）

後記

本書は、岡山県倉敷市の地元で「泣菫さん」と親しまれている薄田泣菫の人と文業を伝える一冊となることを願い、出版されました。詩人や編集者として多面的に活躍した「泣菫さん」は、多くの人たちに愛されている郷土の生んだ文豪です。小学生たちが泣菫の詩を朗読し、泣菫を愛する方々がお茶会を催し、「泣菫さん」の偉業を今に伝えています。本書の出版は、そのような方々のお気持ちに支えられています。

倉敷市が薄田泣菫のご遺族から貴重な資料群を受贈したのは、二〇〇四年に始まる事で、現在では一七〇〇〇点を数える一大コレクションとなりました。明治期に詩人として出発し、雑誌『小天地』の編集に関わり、その後に帝国新聞社や大阪毎日新聞社に編集部員として勤めた泣菫の交友は広く、詩人、歌人、作家、評論家、俳優、画家、宗教家、学者などさまざまな分野で活躍する人々に及んでいます。「薄田泣菫文庫」には、その交流が生んだ書簡や写真、関係資料が蔵されています。倉敷市は、これらの資料の積極的な活用を目指し、二〇〇九年に「薄田泣菫文庫調査研究プロジェクトチーム」を起ち上げ、薄田泣菫顕彰会や就実大学吉備地方文化研究所のご協力を得ながら整理と調査を進めてきました。その成果の一つとして二〇一四年からは『薄田泣菫宛書簡集』（「作家篇」、「詩歌人篇」、「文化人篇」）の三冊を八木書店から刊行しました。本書は、その過程で膨大な資料群の更なる有効活用を目指して検討された出版企画です。

なお、煩雑な作業を多く伴う出版を快諾してくださった翰林書房の今井肇、静江ご夫妻には、心よりの感謝を申し上げます。学界にとっても大変に貴重な一冊となりました。本書が、薄田泣菫の生涯とその文学の豊穣な世界を伝える一書となることを、そして「泣菫さん」と呼ぶ方々にとっても新たな魅力を拓く一書となることを願っています。

（編者）

■執筆者
片山 宏行（かたやま ひろゆき） 青山学院大学教授
西山 康一（にしやま こういち） 岡山大学大学院准教授
竹本 寛秋（たけもと ひろあき） 鹿児島県立短期大学准教授
掛野 剛史（かけの たけし） 埼玉学園大学准教授
庄司 達也（しょうじ たつや） 横浜市立大学教授
荒井 真理亜（あらい まりあ） 相愛大学准教授
加藤 美奈子（かとう みなこ） 就実短期大学准教授

薄田泣菫読本

発行日	2019年 3 月25日　初版第一刷
編　者	倉敷市・薄田泣菫文庫調査研究プロジェクトチーム©
発行人	今井　肇
発行所	翰林書房
	〒151-0071 東京都渋谷区本町1-4-16
	電 話　(03) 6276-0633
	FAX　(03) 6276-0634
	http://www.kanrin.co.jp/
	Eメール●Kanrin@nifty.com
装　釘	須藤康子＋島津デザイン事務所
印刷・製本	メデューム

落丁・乱丁本はお取替えいたします
Printed in Japan. 2019.
ISBN978-4-87737-439-6